Du monde entier

MÓNICA OJEDA

MÂCHOIRES

roman

Traduit de l'espagnol (Équateur)
par Alba-Marina Escalón

nrf

GALLIMARD

La deuxième citation en exergue du roman est extraite de *Conjurations contre la vie* de Leopoldo María Panero traduit de l'espagnol par Cédric Demangeot, Rafael Garido et Victor Martinez, Éditions Fissile, 2016.

La dernière citation en exergue est extraite de *Frankenstein* de Mary Shelley traduit de l'anglais par Paul Couturiau, Éditions du Rocher, 1988.

Titre original :

MANDÍBULA

Un grand crocodile dans la bouche duquel vous êtes
— c'est ça, la mère.

JACQUES LACAN

… des mâchoires de la mort, des mâchoires cannibales de la mort.

LEOPOLDO MARÍA PANERO

Tout ce que j'écris se résume à deux ou trois mots
Mère Fille Sœur
C'est une trilogie non prévue par la Psychanalyse.

VICTORIA GUERRERO

Il y a une joie dans la peur.

JOANNA BAILLIE

L'horreur liée à la vie comme un arbre à la lumière.

GEORGES BATAILLE

Tout exercice de la parole est un langage de la peur.

JULIA KRISTEVA

Et la couleur de la peau de l'homme
était la blancheur parfaite de la neige.

EDGAR ALLAN POE

Par-dessus tout,
c'est la blancheur de la baleine qui m'épouvantait.

HERMAN MELVILLE

... plus loin s'élevait le sommet blanc et spectral
du mont Terror, volcan de dix mille neuf cents pieds,
aujourd'hui éteint.

H. P. LOVECRAFT

Le voilà qui repose, blanc et froid comme la mort...

MARY SHELLEY

I

Elle ouvrit les paupières et toutes les ombres du jour qui se brisait s'engouffrèrent en elle. Ces taches volumineuses – « L'opacité est l'esprit des objets », disait son psychanalyste – laissaient deviner des meubles en piteux état et, plus loin, un corps fantomatique qui nettoyait le sol avec un balai-serpillière pour hobbit. « Merde. » Elle cracha sur le plancher contre lequel s'écrasait le côté le plus laid de son visage de Twiggy-*face-of-1966*. « Merde. » Sa voix semblait sortir d'un vieux dessin animé en noir et blanc. Elle s'imagina là où elle était, par terre, mais avec le visage de Twiggy, qui était en réalité le sien, mis à part la couleur canard-en-plastique des sourcils du mannequin anglais ; des sourcils canard-de-bain qui ne ressemblaient en rien à la paille brûlée non épilée des siens. Même si elle ne pouvait pas se voir, elle savait exactement dans quelle position gisait son corps et devinait l'expression peu gracieuse qu'elle devait avoir en ce si bref instant de lucidité. La pleine conscience de son image lui donna une fausse sensation de contrôle mais ne la tranquillisa pas pour autant car, malheureusement, la connaissance de soi ne transformait personne en Wonder Woman, ce qu'elle avait besoin d'être pour se libérer des cordes qui lui liaient les mains et les jambes, comme les actrices les plus glamour de ses thrillers préférés.

Selon Hollywood, quatre-vingt-dix pour cent des histoires d'enlèvement finissent bien, se dit-elle, surprise du manque de sérieux de son esprit dans un moment pareil.

Me voilà pieds et poings liés. Cette phrase lui semblait incroyable ! Jusqu'alors, « être liée » n'était qu'une métaphore sans épaisseur. « J'ai les mains liées », disait souvent sa mère, en ayant les mains libres. Mais à présent, le cadre inconnu et ses membres douloureux lui indiquaient que quelque chose d'horrible était en train de lui arriver ; quelque chose de semblable à ce qui arrivait dans les films qu'elle regardait parfois pour écouter, tout en se caressant, une voix qui pouvait être celle de Johnny Depp disant : « *With this candle, I will light your way into darkness* » – d'après son psychanalyste, l'excitation qui l'accompagnait depuis l'âge de six ans, lorsqu'elle avait commencé à se masturber sur l'abattant des toilettes en répétant des répliques de films, correspondait à un comportement sexuel précoce qu'ils se devaient d'explorer ensemble. Elle avait toujours imaginé la violence comme un déferlement de vagues occultant des pierres jusqu'à venir se fracasser contre la chair vive, mais jamais comme ce théâtre d'ombres ni comme ce calme seulement troublé par les pas d'une silhouette voûtée. Leur prof d'anglais leur avait fait lire un poème tout aussi sombre et confus. Elle en avait toutefois retenu deux vers qui, soudain, dans cette espèce de cabane ou de cahute en bois grinçant, commencèrent à prendre du sens :

There, the eyes are
Sunlight on a broken column.

Voilà ce que devaient être ses yeux à présent : un rayon de soleil sur une colonne brisée – la colonne brisée étant, bien sûr, ce lieu où elle était retenue ; un espace inconnu et arachnéen qui semblait être l'envers de sa maison. Elle avait ouvert les yeux par mégarde, sans penser à la difficulté que cela représenterait d'éclairer ce rectangle obscur et sa ravisseuse en train d'y faire le ménage comme n'importe quelle maîtresse de maison. Elle ne voulait pas se poser de questions inutiles, mais elle était déjà hors d'elle, prise dans l'enchevêtrement de quelque chose qui lui échappait, obligée d'affronter ce qu'elle ne pouvait résoudre. Regarder le cours du monde, voir l'obscur et le clair se faire et se défaire, la somme de tout ce qui existe et prend place dans l'histrionique agencement du Dieu drag-queen de son amie Anne – que dirait-elle lorsqu'elle apprendrait sa disparition ? Et Fiore ? Et Natalia ? Et Analía ? Et Xime ? Tout ce qui dans ses yeux brûlait plus que la pire des fièvres restait toujours un accident. Elle ne voulait ni voir ni subir le cours du monde, mais sa situation était-elle vraiment si grave ? La réponse qu'elle amorça annonçait une nouvelle gêne : un nœud à la surface de sa gorge.

Le corps qui lavait le sol s'arrêta et la regarda, ou du moins c'est ce qu'elle crut, car à contre-jour elle ne distinguait rien d'autre qu'une forme semblable à la nuit.

— Puisque tu es réveillée, assieds-toi.

Fernanda, le profil droit écrasé contre le plancher, lâcha un gloussement bref et involontaire qu'elle regretta aussitôt, trouvant que son rire instinctif ressemblait plutôt au couinement d'une belette. À chaque seconde qui passait, elle comprenait mieux ce qui lui était arrivé et son angoisse augmentait, inondant la demi-pénombre comme si elle escaladait les airs. Elle tenta de s'asseoir, mais ses mouvements se réduisirent à ceux d'un poisson se débattant contre sa propre terreur. Ce dernier échec l'obligea à reconnaître l'état pathétique de son corps, devenu larvaire, et elle éclata de rire sans pouvoir se contrôler.

— Qu'est-ce qui te fait rire ? demanda, quoique sans réel intérêt, l'ombre vivante tandis qu'elle essorait le balai-serpillière pour hobbit dans la silhouette d'un seau.

Fernanda mobilisa toute sa volonté pour contenir ce rire nerveux qui la possédait et quand enfin elle recouvra ses esprits, gênée du peu de prise qu'elle avait sur ses réactions, elle se souvint qu'elle venait de s'imaginer par terre, vêtue d'une robe bleu électrique, comme une version moderne de Twiggy kidnappée, genre *top-model-always-diva* même dans des situations limites, oubliant dans sa confusion l'uniforme de l'école qu'elle portait en réalité : chaud, froissé et sentant l'adoucissant.

La déception prenait la forme d'une jupe à carreaux et d'un chemisier blanc taché de ketchup.

— *Sorry*, Miss Clara. En fait, je ne peux pas bouger.

Le corps posa le balai-serpillière contre un mur, s'essuya les mains sur ses habits d'aspirante nonne et se dirigea vers elle, passant des ombres tranchantes à une lumière crue qui révéla sa chair rose de pélican déplumé. Fernanda scruta un moment le visage ovipare de sa professeure, comme si elle était vitale, cette vision élargie qui lui avait permis de remarquer sur ses joues des veinules violacées jusque-là inaperçues. *C'est pas que sur les jambes ces merdes de varices ?* se demanda-t-elle lorsque des mains bien trop longues la soulevèrent du sol et l'assirent. Bien que tout près de sa ravisseuse – Madame Bovary latina, comme on l'appelait au lycée –, elle ne réussit à déceler absolument rien dans son attitude. Il y avait des gens qui pensaient avec le visage et il suffisait d'apprendre à lire les muscles de leur front pour savoir de quels déluges ils provenaient, mais tout le monde n'avait pas le don d'élucider les messages de la chair. D'après Fernanda, Miss Clara parlait une langue faciale primitive ; un langage parfois indéchiffrable, parfois dépouillé comme une steppe ou un désert. Elle n'osa rien dire lorsque l'enseignante s'éloigna de nouveau en déplaçant les ombres dans la pièce. Ainsi assise, elle put étirer ses jambes entravées par une corde à sauter verte – comme celle qu'elle utilisait en cours d'éducation physique – et voir les mocassins reluisants que Charo, sa nounou, lui avait nettoyés la veille. À travers deux grandes fenêtres encastrées dans la partie supérieure du mur du fond, elle aperçut une végétation exubérante et une montagne, ou un volcan, au sommet enneigé qui lui firent comprendre qu'elles se trouvaient loin de sa ville natale.

— Où est-ce qu'on est ?

Mais là n'était pas la véritable question. *Pourquoi vous m'avez séquestrée, Miss Clara ? Pourquoi vous m'avez ficelée et emmenée loin de la ville aux flaques d'eau crades, espèce de pouffiasse-mal-baisée-ta-mère-la-pute ? Hein, grosse salope ?* Pourtant, elle garda le silence avec la résignation de ceux qui voient leur toit s'écrouler sur eux, et elle se mit à pleurer. Ce n'était pas la peur, c'était encore son corps qui déraillait. Elle ne supportait plus ce chaos qui détruisait sa conscience. Elle ne se reconnaissait plus ; elle était devenue pour elle-même une inconnue qu'elle arrivait à imaginer de l'extérieur mais pas de l'intérieur, tant sa conscience s'était fissurée. Tremblante, elle observa avec haine le corps de sa prof qui passait la serpillière en se balançant comme une branche sans feuilles. Des amas de cheveux noirs frôlaient sa large mâchoire – le seul trait peu commun de ce visage ordinaire. Parfois, lorsqu'elle souriait, Miss Clara avait l'air d'un requin, ou d'un crocodile. D'après son psychanalyste, ce genre de faciès trahissait une agressivité latente.

— Je veux rentrer chez moi.

Fernanda attendit une réponse qui soulagerait son anxiété, mais Miss Clara López Valverde, trente ans, un mètre soixante-huit, cinquante-sept kilos, cheveux à hauteur des seins, yeux d'arthropode et voix d'oiseau à six heures du matin, l'ignora comme lorsque en plein cours elle demandait combien de temps il restait avant que la cloche sonne et qu'elle puisse sortir en récré, aller s'asseoir par terre les jambes écartées, dire des mots obscènes ou regarder le cours du monde – qui au lycée était toujours plus restreint et misérable que nulle part ailleurs. En fait, elle aurait dû demander : *Combien de temps je vais encore rester ici, sale chienne au trou du cul sanglant?* Mais les questions importantes ne sortaient pas de ses entrailles aussi facilement que les pleurs et la fureur qui la forçaient à montrer ses crocs, si différents de ceux de Miss Clara et de ceux que peignait Francis Bacon – le seul artiste du cours d'histoire de l'art dont elle se souvenait et qui lui faisait penser à ces vieux films d'horreur où on voyait la dentition rageuse de Jack Nicholson, Michael Rooker et Christopher Lee. Des dents qui grincent et des mâchoires : cette force venue des os n'habitait pas sa bouche; pleurer comme elle le faisait, pleine de honte et de haine, c'était comme se déshabiller dans la neige qui remplissait l'esprit de Miss Clara. Ou presque.

Elle promena son regard sur le lieu où elle était enfermée et constata que la cabane était petite et lugubre; l'habitat idéal pour la larve qu'elle était devenue, la tanière où elle allait devoir apprendre à se dévertébrer pour survivre. Soudain, le froid commença à faire trembler ses mains et elle comprit qu'être loin de Guayaquil, c'était flotter dans un vide en suspens où elle ne pouvait se projeter. Un vide suspendu à la respiration de Miss Clara et qui manquait d'avenir. *Et si elle m'avait emmenée à l'étranger, cette pouffiasse ?* se demanda-t-elle avant d'écarter rapidement cette possibilité : il n'était pas si facile de faire passer la frontière à une adolescente endormie, ligotée et sans pièce d'identité. Elle essaya alors de reconnaître la montagne ou le volcan qu'on voyait par la fenêtre, mais ses connaissances sur les bosses terrestres de son pays-puceron-de-l'Amérique-du-Sud se réduisaient à trois ou quatre noms tonitruants et aux quelques petites illustrations de son livre de géographie. Une côte aux rives ocre, la chaleur et un fleuve s'écoulant avec l'intensité dramatique du mascara sur un visage en larmes, voilà tout ce que son corps identifiait comme son chez-soi, même si elle haïssait ce paysage plus que tout. « Le port est une peau d'éléphant », disait un poème que Miss Clara leur avait fait lire en classe et dont elles avaient toutes fait des avions qui s'étaient écrasés contre le tableau. Ce qu'elle voyait par la fenêtre, en revanche, était une bête d'un autre genre. *Maudit tas de terre dans les nuages,* pensa-t-elle, se raidissant comme un roc, avant de regarder sa prof avec tout le mépris qu'elle s'était efforcée d'étouffer sous ses paupières.

— Vous allez en baver pour tout ça.

La silhouette cessa de nettoyer et, pendant quelques secondes, donna l'impression d'être une œuvre d'art contemporain au beau milieu de la pièce. Fernanda attendit patiemment une réaction quelconque qui initierait le dialogue, une voix qui troublerait le silence, mais pas un mot ne vint. Miss Clara traversa la pénombre et sortit par une porte qui, en s'ouvrant, avala toute la lumière de l'après-midi et illumina l'intérieur de la cabane. Fernanda entendit de l'eau éclabousser quelque chose de solide, le bruit du vent qui décoiffait les arbres, des pas qui s'approchaient et, avant que la lumière ne reparte, elle aperçut au centre d'une longue table un revolver qui brillait comme un crâne.

Sa rage fit marche arrière.

— Non, dit Miss Clara redevenue une ombre, c'est toi qui vas en baver maintenant.

Fernanda la vit s'approcher et ferma les yeux. Que fabriquait ce corps de branche derrière le sien ? Une haleine vaporeuse se répandit sur sa nuque puis elle sentit les cordes se desserrer autour de ses poignets. La douleur de la liberté s'accompagna d'une tiédeur qui parcourut ses bras à l'instant même où elle put enfin les laisser retomber le long de son corps. Elle essaya de défaire la corde qui retenait ses chevilles, mais ses mains répondirent avec la rigidité et la lourdeur d'une machine rouillée. L'extérieur se dilatait en lui écarquillant douloureusement les yeux. *Bordel*, se dit-elle quand la corde céda et qu'elle put enfin écarter les jambes jusqu'à ouvrir en éventail la jupe de son uniforme, *mais qu'est-ce que je fous ici ?*

Face à elle, Miss Clara la regardait avec l'autorité que lui donnait le revolver derrière son dos.

— Lève-toi.

Mais Fernanda-libérée ne bougea pas. Elle savait que cela n'avait aucun sens de lui tenir tête, et pourtant elle ne put s'empêcher de réagir comme lorsque Miss Clara ou Mister Alan ou Miss Ángela l'excluaient et qu'elle, sans bouger de sa chaise, les fixait du regard en attendant qu'ils osent la toucher parce qu'elle savait bien qu'ils ne le feraient jamais. Maintenant qu'elle avait été kidnappée, cette sécurité n'existait plus. Pour la première fois, elle n'était pas invulnérable, ou plus exactement, pour la première fois elle avait conscience de sa propre vulnérabilité. Son esprit était comme un bateau qui prenait l'eau, mais le naufrage pouvait devenir une nouvelle façon de penser.

— Lève-toi. Ne m'oblige pas à te le répéter.

Obéir. Son cœur était un rat fuyant vers les égouts en plein jour. Elle avait encore du mal à plier les doigts, mais elle réussit à les appuyer contre le sol pour se relever maladroitement. Elle évita de regarder le revolver qui reposait derrière sa professeure. *Si je ne le regarde pas,* pensa-t-elle, *elle croira peut-être que je n'ai rien vu.*

Miss Clara signala du menton la chaise en bout de table.

— Toi et moi, nous allons devoir parler de ce que tu as fait.

II

— Salut, je m'appelle Anne et mon Dieu est une luciole givrée, chanta Annelise en se déhanchant, la main posée sur sa taille. Il dit être mon amant et porte de hauts talons aiguilles. Il met du rouge à lèvres pour m'embrasser la gorge et danser pour moi une lambada rouge quand j'ai le cafard. Sa tenue scintille au petit jour : ses ongles charrient les cadavres des insectes écrasés qu'il a extirpés de ma tête. Si vous voulez le savoir, je l'ai connu un soir sur la petite scène de ma chambre. Il a croisé les jambes et m'a léché l'aisselle avec ses cils. De sa robe perlaient du lait et des diamants noirs tandis qu'il raclait les insectes au fond de mon crâne. Il m'a appelée « fille » et je l'ai appelé « mère » à cause de son sourire vaginal aux yeux grands ouverts. Il m'a dit : « Seules les larges hanches peuvent accoucher des dimensions de l'univers. » Ses cils ont soulevé toute la terre mouillée de mon cœur. « Apprends, a-t-il dit. Le père de la création est une mère qui porte une perruque et sent le parfum Dior. »

Fiorella et Natalia applaudirent leur amie qui récitait sur la pointe des pieds en soulevant du ciment des ronds de poussière blanchâtre. Derrière elle, une fenêtre dépourvue de vitres servait d'abri aux pigeons qu'Analía chassait, sans le vouloir, de sa main grassouillette et moite.

— Fiche-leur la paix, s'écria Fernanda en agitant un aérosol qui lui rappelait le spray Schwarzkopf-fixation-extra-forte que sa mère mettait sur ses cheveux.

— J'peux pas. Je veux les toucher.

— Analía, stop ! Sois pas débile ! cria Natalia.

— Arrête de leur faire peur ! ajouta Fiorella.

— Je fais ce que je veux, je m'en bats les couilles.

— Ah ouais ? Soulève ta jupe, fais-nous voir si t'en as !

— Très drôle.

— T'as juste un cul trop moche.

— Pas aussi moche que le tien.

— Aïe, je me pisse dessus !

L'écho de leurs voix contre les murs inquiétait les geckos. « Ce sont des reptiles ou des amphibiens ? demanda Natalia. — Ce sont des lézards qui ressemblent à des crapauds », répondit Fiorella en tressant ses cheveux. C'était là qu'elles criaient le plus fort parce qu'avec le temps, elles avaient découvert le plaisir énigmatique de se parler violemment quand personne ne les écoutait, comme si, au fond, elles étaient fatiguées des bonnes manières et que l'amitié à l'état brut ne pouvait exister qu'au milieu de ces braillements splendides à quatre heures de l'après-midi. C'était Annelise qui avait trouvé l'endroit. « J'ai quelque chose à vous montrer », avait-elle dit, et depuis, elles y allaient en cachette à la sortie des cours pour taguer, chanter, danser ou juste ne rien faire, si ce n'est passer les heures creuses, avec la sensation, parfois frustrante, parfois excitante, qu'elles devaient pourtant faire quelque chose, quelque chose qu'elles pressentaient dans leurs articulations mais qu'elles n'étaient pas encore capables d'élucider. C'était un immeuble à trois étages abandonné en pleine construction, une structure grisâtre aux escaliers irréguliers, avec des arcs en plein cintre et des fondations apparentes qui, selon le père de Fernanda, appartenait maintenant à une banque qui n'avait pas encore décidé s'il fallait le terminer ou le démolir. Elles avaient toutes été séduites par l'esprit de ruine qui flottait sur la construction dénudée. « Notre tanière », dit Annelise. « J'aime bien. Ça fait animal », dit Fernanda. Très vite, elle devint leur QG anti-parents, anti-profs, anti-nounous ; un espace aux bruits fantomatiques qui avait quelque chose d'à la fois lugubre et romantique. Sa beauté résidait, aux dires d'Annelise, dans son horreur insinuée, toujours au bord de l'abîme, et dans les couleuvres marron, les cadavres d'iguanes et les coquilles brisées qu'elles y trouvaient. Fernanda aimait voir la nature recouvrir de vie ce qui était mort. « Le chaos divin dévore l'ordre des hommes », leur dit-elle. « La nature vivante dévore la nature morte », traduisit Annelise en voyant le lierre ramper sur les murs du premier étage et les insectes logés dans les recoins. Certains après-midi, le bâtiment ressemblait à un temple bombardé, à d'autres moments, à un jardin suspendu, mais lorsque la lumière devenait rasante et que les murs s'assombrissaient, la structure prenait l'aspect d'une oubliette sans fond – ou d'un château gothique, d'après Analía – qui les effrayait et les renvoyait chez elles en courant. Fernanda et Annelise furent les premières du groupe à escalader la clôture qui entourait le terrain. Les autres leur emboîtèrent le pas mais avec moins de conviction, pour sauver la face, et parce que « être une lâche n'a jamais été à la mode », dit Natalia ce jour-là, en entortillant une de ses mèches bouclées autour de son index. L'idée de forcer l'entrée d'une propriété privée leur faisait peur au départ, mais elles avaient vite été gagnées par l'enthousiasme et la curiosité de Fernanda et d'Annelise – les inséparables, les sœurs à la conscience salie qui n'avaient jamais peur de rien, toujours prêtes à s'inventer des aventures pour ne pas s'ennuyer. Ce jour-là, dans la zone interdite, les six sentirent que leurs vies rebelles et pleines d'audace étaient dignes d'être filmées et racontées dans une téléréalité ou une série. Soudain – elles le comprirent aussitôt – elles tenaient un vrai secret. Un secret différent de ceux pour lesquels baisser la voix n'était pas indispensable, et qui pourtant les avaient longtemps fait parler tout bas, comme si elles partageaient une recette de leur mère, la main arrondie en cornet autour d'une oreille, parce que chuchoter de temps en temps ça faisait chic et que toutes, à cet âge-là, voulaient avoir l'impression de détenir quelque chose de précieux à cacher, quelque chose qui ne se partageait qu'avec un nombre restreint de personnes : un monde privé, complexe, plein de nuances et de brusques coups de théâtre. Voilà pourquoi, lorsqu'elles franchirent la clôture et qu'elles sentirent l'adrénaline inonder leurs yeux et leurs genoux, elles furent persuadées que la valeur de leur vrai-secret résidait dans le fait qu'il les rendrait intéressantes : n'être que de simples élèves d'élite d'un collège-lycée Opus Dei, c'était terminé. Dorénavant elles seraient aussi exploratrices, profanatrices du bien d'autrui, *enfants terribles**, comme les appelait la mère de Ximena depuis qu'elle s'était inscrite à des cours de français qu'elle prenait en sirotant des mojitos et des caïpirinhas dans le jardin de l'une de ses amies du club de badminton. À partir de ce jour-là, elles eurent le pressentiment que l'appropriation de ce lieu était le prélude à une grosse affaire, mais elles n'en parlèrent pas entre elles,

* Cette expression est en français dans le texte original.

ne sachant pas encore très bien ce qu'elles y feraient. Elles s'empressèrent en revanche d'en parcourir les quatre coins et y découvrirent des chaussures, des seringues et des lambeaux de draps laissés par des clochards qui à un moment donné avaient dû faire de cet immeuble un logement de fortune. Les jours suivants elles craignirent que le lieu ne fût habité – « par un sans-abri » , disait Fiorella comme si elle parlait d'une souris sous son oreiller –, mais après plusieurs semaines passées à inspecter le moindre recoin du bâtiment, elles conclurent qu'elles étaient bel et bien les seules et uniques locataires.

« Le lieu est à nous, *bitches* », dit Fernanda en faisant claquer une bise qui alla ricocher sur tous les murs.

Aux étages il n'y avait rien d'autre que des plantes grimpantes, de la poussière, des insectes, des fientes de gros pigeons gris – « des rats volants », disait Ximena, « des cafards du ciel », « des crapauds des nuages » –, des petits lézards qui venaient de la mangrove et des briques. Les escaliers étaient dangereux, irréguliers, tordus, avec des marches cabossées, et des affaissements inattendus au niveau des paliers, mais au dernier étage il y avait une terrasse avec des piliers et des fils de fer d'où l'on pouvait voir le coucher de soleil. Le premier mois, elles y firent ce qu'elles faisaient partout ailleurs, mais entourées de la faune et de la flore du jardin. « Nous n'adopterons pas ce lieu, nous ferons partie de son abandon », dit Annelise, résolue à trouver une intrigue spectaculaire qui s'accorderait avec l'esprit de sa nouvelle scène-château du *Rocky Horror Picture Show*. Alors, elles bavardaient, jouaient avec les insectes, avec les geckos, avec les œufs qu'elles prenaient plaisir à faire éclater contre les murs, se reniflaient les cheveux et contemplaient la tombée du soir avec des cils lourds de sueur, avant de rentrer chez elles passer la nuit. Elles aimaient vouer leurs après-midi à ce vide que le bâtiment leur offrait, à cet étrange silence infesté de bruits d'animaux, à cette ambiance post-apocalyptique faite de résidus à chaque étage-ruine-du-monde ; mais, au fil des jours, des crépuscules et des lézards, elles perçurent une frustration squameuse qui se frottait contre leurs ventres, une déception de n'avoir pas trouvé le climax de leur aventure. C'était comme si leurs pensées vacillaient face au vague et que leur désir grossissait sans qu'elles trouvent une façon concrète de l'assouvir. Après un premier mois d'imprécisions et de batifolage, elles se mirent à explorer d'autres possibilités : des expériences maladroites vouées à l'échec, mais qui ouvrirent la voie à une recherche collective destinée à repousser les limites de ce qui pouvait se faire dans un lieu sans adultes ni règles. C'est ainsi qu'elles cessèrent de partager les mêmes lieux et que chacune s'empara d'un espace en le revendiquant comme sien. Le jeu commença avec la délimitation du territoire : Fernanda s'attribua le dernier étage, Annelise, le salon au premier, et les autres, les chambres du deuxième. Pendant deux ou trois heures elles se séparaient et, seules dans leurs espaces respectifs, se parlaient à elles-mêmes. C'était Fernanda qui avait proposé cet exercice, mais elles n'étaient pas toutes parvenues à s'y plier. Fiorella et Natalia s'en étaient lassées et avaient fini par se rejoindre en cachette dès le quatrième jour, tandis qu'Analía, au lieu de se parler à voix haute – chose qui lui paraissait délirante –, préférait fredonner des chansons du dernier album de Taylor Swift. Quant à Ximena, elle scandait de temps en temps des flows de Calle 13 dans la pièce contiguë.

— Je n'aime pas m'entendre. Ça me fait peur, avoua-t-elle à Fernanda.

— Moi ça ne me fait pas peur, mais je n'ai rien à me dire et je m'ennuie, commenta Fiorella.

— Moi, c'est le contraire. J'ai des choses terribles à me dire et je me les dis, fit Annelise pour motiver son amie.

« Mon psychanalyste dit que quand tu te parles à voix haute pendant longtemps, si tu t'écoutes vraiment, les mystères finissent par émerger du labyrinthe de ton subconscient », expliqua Fernanda un jour avant de changer d'exercice.

Fernanda se parlait à voix haute dès qu'elle le pouvait : quand elle se douchait, quand elle se couchait, quand le chauffeur de son père l'amenait au lycée, quand elle mangeait seule à la grande table prévue pour huit couverts, quand Charo lui enfilait ses bas et la chaussait le matin, quand elle s'enfermait dans sa chambre, quand elle se coiffait, quand elle coupait ses longs poils pubiens avec les ciseaux à ongles de sa mère, quand elle allait aux toilettes du lycée et qu'elle restait assise à regarder le carrelage et la porte numéro cinq couverte de déclarations HUGO & LUCÍA 4 EVER, SALSA IS NOT DEAD, DANIELA GÓMEZ EST GOUINE, JE T'AIMERAI +++ RAMÓN, BEA & VIVI BF, WE DON'T NEED NO EDUCATION, DIEU NOUS AIME TOUS SAUF TOI, MISS AMPARO SALOPE, MISTER ALAN CONNARD, quand elle faisait semblant de faire ses devoirs, quand elle salissait ses vêtements exprès pour que Charo ait à les laver, quand elle allait à la piscine et qu'elle pissait dedans juste avant de sortir, quand elle regardait des films seule ou accompagnée – ses parents, qui n'en regardaient jamais avec elle, ne voyaient aucun inconvénient à son bavardage solipsiste parce qu'ils pensaient que c'était un exercice proposé par le docteur Aguilar, le psychanalyste qui suivait Fernanda depuis toute petite et qui dissimulait son œil paresseux, presque aveugle, derrière un cache-œil de pirate pour des raisons esthétiques. Elle se parlait à elle-même parce qu'elle en avait envie et, même si cela ne faisait pas partie de sa thérapie, elle avait découvert que quelqu'un d'encore plus médisant qu'elle l'habitait et partageait ses pensées ; une fille qui était elle mais qui, à la fois, ne l'était pas. « L'essentiel, c'est que quelqu'un a toujours des choses à me dire. Mon psychanalyste m'a assuré que nous avons tous une voix comme ça, qui se balance dans notre tête. » Fernanda voulait que ses amies commencent à s'écouter elles-mêmes afin de savoir si ce qu'elles se racontaient ressemblait à ce qu'elle-même se disait. Elle se demandait si leurs voix secrètes seraient plus ou moins pareilles à la sienne, qui réclamait à cor et à cri des choses comme frapper la mère, embrasser le père, ou toucher la petite culotte d'Annelise et lui mordre la langue. Le bâtiment lui semblait être l'endroit idéal pour une thérapie de groupe, mais Annelise n'était pas convaincue que c'était ce qu'elles devaient faire. Néanmoins, pour faire plaisir à Fernanda, elles achetèrent des bombes aérosol, des brosses et de la peinture de différentes couleurs pour écrire sur les murs. « Mon psychanalyste dit que l'écriture est un lieu de révélations. — Moi, je déteste écrire. Je vais dessiner », dit Analía avant d'esquisser sur le mur une version étrange de Card Captor Sakura. Ximena, Fiorella et Natalia écrivirent leurs désirs sous forme d'épigrammes et Annelise dessina son Dieu drag-queen au premier étage : une poupée au torse velu, les sourcils en boomerang, avec une robe de french cancan et une barbe bouclée. Annelise était la seule d'entre elles qui souscrivait à la quête de Fernanda, bien qu'elle n'en approuvât pas les méthodes. Le bâtiment leur proposait de déchiffrer une révélation qui palpitait en elles. « Ici, on doit être différentes, c'est-à-dire être ce que l'on est vraiment », leur avait expliqué Annelise. Et pendant plusieurs semaines elles n'avaient plus abordé le sujet, peut-être parce que, même si elles avaient compris que pour tirer parti de l'expérience il fallait se mettre à nu et ouvrir leur esprit, elles ne savaient absolument pas comment s'y prendre, et encore moins comment gérer la honte de faire des choses qu'elles n'auraient jamais faites en public. « Il ne s'agit pas non plus de faire n'importe quoi, disait Fernanda tandis qu'Annelise acquiesçait à chacune de ses paroles. Il faut qu'on fasse un truc qu'on ne peut faire nulle part ailleurs. » Elles savaient en tout cas que cela devait avoir un sens, que cela devait les bouleverser, provoquer en elles une sorte de fièvre, mais aussi les connecter et les souder d'une façon particulière. Une affaire complexe que, pendant des mois, elles ne surent pas résoudre mais qui, malgré la difficulté à cacher aux adultes où elles passaient leurs après-midi, les fit persévérer. Comme elles devaient varier les excuses régulièrement, elles réduisirent le nombre de virées dans le bâtiment à trois fois par semaine. « Vos darons sont vraiment lourds », dit Ximena à Fiorella et Natalia, dont les parents posaient trop de questions alors même qu'ils n'étaient presque jamais à la maison parce que leur agence de publicité était chaque année sur le point de gagner le grand prix de l'Ojo de Iberoamérica, le salon de la com. « Et si on réservait chaque étage et chaque pièce à une seule activité ? suggéra un jour Analía. — OK, mais à quel genre d'activité, abrutie ? répondit Natalia. — On se raconte des histoires d'horreur ! lança Fernanda, inspirée par *Fais-moi peur !* sur Nickelodeon, une série des années quatre-vingt-dix qu'elle avait découverte grâce à une vidéo de PlayGround, dans laquelle un groupe de jeunes se réunissait autour d'un feu de camp pour se raconter des histoires d'épouvante. — Ça marche, on peut essayer, dit Annelise. Mais il nous faut quelques règles. » La première stipula que les histoires devraient être racontées au deuxième étage, dans la pièce sans fenêtres que Fernanda avait repeinte en blanc ; la deuxième, que ces séances auraient lieu une fois par semaine ; la troisième, qu'une seule histoire serait racontée par séance ; la quatrième, que la personne qui raconterait l'histoire serait tirée au sort ; et la cinquième – peut-être la plus importante –, que celle qui raconterait une histoire qui ne faisait pas peur se verrait imposer un défi choisi par le groupe. L'activité commença dans une certaine apathie de la part d'Annelise, qui ne croyait pas aux talents de conteuses de ses amies. Analía fut la première à raconter son histoire et, bien sûr, la première à recevoir un défi. Après un débat houleux, les autres lui attribuèrent une mission consistant à soulever sa jupe pour montrer ses fesses à Miss Clara, alias Madame Bovary latina – parce qu'elle ressemblait au dessin sur la couverture du roman de Flaubert. « Je ne vais pas faire ça, vous êtes tarées ? Elle convoquerait mes parents ! s'offusqua Analía. — Tu dois le faire sans qu'elle te voie, expliqua Annelise. Si tu y arrives, personne ne convoquera tes parents. Si tu t'y prends mal, comme une conne, tu l'auras bien mérité. » Ce jour-là, les disputes et les insultes éclatèrent et Analía rentra chez elle avant l'heure en pleurant de rage. « On devrait peut-être changer de défi », dit Fiorella, mais Annelise refusa catégoriquement : « Si on commence à faire ça, ce ne sera plus rigolo du tout. » Fernanda lui donna raison et proposa aux autres de ne plus parler à Analía tant qu'elle n'aurait pas relevé son défi.

« Je commence à aimer ce jeu », déclara Ximena.

Après que les autres lui eurent battu froid pendant deux jours, Analía profita du moment où Miss Bovary latina écrivait au tableau quelque chose sur les genres littéraires pour soulever sa jupe et remuer les fesses dans son dos. Toute la classe pouffa, Miss Clara se retourna en entendant le chahut, mais n'eut pas le temps de voir ce qui était arrivé. Très vite, les après-midi passés à raconter des histoires d'épouvante devinrent une excuse pour imaginer des défis qui, au début, avaient pour but de les amuser, mais peu à peu évoluèrent jusqu'à devenir ce que Fernanda appela des « exercices funambules ». Il s'agissait, en somme, d'accomplir de petits exploits : des choses qui présentaient un certain degré de difficulté, le plus souvent d'ordre physique. Le premier exercice consista en un duel de main chaude entre Annelise et Fernanda, pour lequel toutes deux avaient enfilé les bagues de leurs mères et avaient dû supporter pendant une heure la douleur des coups sur leurs phalanges. Pour le deuxième, Fiorella poussa des cris dans la chambre des hurlements jusqu'à en perdre la voix ; pour le troisième, Natalia sauta du deuxième étage au premier sans emprunter l'escalier. Il y avait quelque chose dans ces activités enfantines de résistance qui emplissait le groupe d'une émotion difficile à dissimuler, d'une sensation de pouvoir et de contrôle qui avait plus de poids que la douleur physique. C'étaient des jeux auxquels toutes avaient joué – ou assisté – à un moment donné de leur vie, comme la roulette russe, ou le jeu des têtes à claques, et auxquels elles n'auraient jamais osé admettre jouer encore à quinze ans pour la simple et bonne raison qu'ils étaient puérils et d'une corporéité déconcertante ; mais dans cet espace clos, ils avaient pris une autre dimension pour devenir des événements uniques, des fractures dans le temps qui les survoltaient étrangement. Environ un mois plus tard, elles décidèrent de dissocier les exercices funambules des après-midi consacrés à se raconter des histoires d'épouvante et instaurèrent le jeu comme un pas de plus vers ce qu'elles recherchaient : un sens nouveau et unificateur, un excès d'expérience. « Je pense que nous devrions avoir d'autres noms ici », dit Fernanda quelques jours avant que Mister Alan, alias Cul-Cosmique, ne découvre dans le cahier de Ximena une esquisse du Dieu drag-queen d'Annelise. Le scandale fut immédiat : non seulement il convoqua les parents, mais en plus il fit remonter l'affaire jusqu'à la direction. « J'imagine que tu comprends à quel point c'est grave de jouer avec le nom et l'image de Dieu et de surcroît à le travestir comme si c'était un monstre. Explique-nous ce qui t'est passé par la tête quand tu as décidé de dessiner une chose pareille. » Des fronts plissés, des lèvres crispées, la voix criarde de la mère de Ximena s'élevant sur toutes les voyelles, la directrice martelant le sol avec ses talons, la Bible sur la table, le Christ saignant sur la Croix à côté d'un faux tableau de Guayasamín, et Mister Alan, alias Cul-Cosmique, la regardant comme la brebis égarée qu'elle était. Ximena, évidemment, ne résista pas à la pression et finit par dénoncer Annelise : « Moi je ne sais même pas dessiner ! » À compter de ce moment, elle s'éloigna du groupe, incapable d'assumer ce qu'elle avait fait. Annelise, elle, reçut plusieurs sermons et elle fut collée tous les vendredis, la colle consistant en un cours particulier de lettres.

— Il faudra bien qu'elle revienne vers nous un jour, dit Fernanda en faisant des graffitis sur un mur.

— Qui ça ? Ximena ? demanda Natalia.

— Évidemment, Ximena ! Il nous faut de nouveaux noms. Et un manifeste, un truc comme ça.

— Pourquoi ? s'enquit Fiorella.

— Parce que. Je l'ai lu, c'est comme ça qu'on fait.

— Ah ? Et où tu as lu ça ?

— Qu'est-ce que ça peut te faire ?

Et, effectivement, un jour Ximena revint. Elle apparut dans le bâtiment, le regard plein de fraîcheur et l'uniforme taché du matin même, lorsque en cours d'éducation physique Fernanda l'avait fait trébucher dans la boue. Avec plus de résignation que de honte, elle s'excusa et promit de ne plus jamais cafarder : « À partir de maintenant, plutôt me trancher la langue que de raconter nos secrets. » Annelise la regarda sans rien dire pendant un long moment qui les gêna toutes, parce que même si le sens nouveau et unificateur qu'elles avaient recherché prenait enfin forme sous leur langue, elles s'attendaient à ce que ce soit l'autre qui franchisse le pas, ce pas dont le groupe avait besoin pour clore cet épisode d'hésitations et entamer une étape de véritable expérimentation. Voilà pourquoi, lorsque Annelise finit par parler, le groupe, outre l'excitation, se sentit soulagé et libéré de l'effort de verbaliser ce que pensait chacune des têtes qui le constituait, y compris Ximena, qui sembla anticiper et souhaiter ce qui allait advenir, et dut affronter le premier vrai défi – celui qui fut à l'origine de tout – avec un stoïcisme admirable.

Cet après-midi-là, elles avaient toutes été elles-mêmes et aucune n'en avait eu honte.

III

Si elle devait être honnête pendant son entretien d'embauche, Clara López Valverde se verrait dans la situation embarrassante d'avoir à admettre qu'elle n'était qu'une professeure de lettres sans vocation pour l'enseignement. Ce n'était pas qu'elle faisait mal son travail, en tout cas pas beaucoup moins bien que ceux qui affichaient un véritable enthousiasme pour l'éducation et se lançaient dans de longues diatribes sur l'apprentissage significatif, les méthodologies pédagogiques, le cognitivisme et autres problématiques dans les couloirs ; c'était juste qu'elle n'avait pas d'inclination particulière – ce que d'autres appelaient « passion », à défaut d'un mot plus sincère – pour les salles de classe remplies d'adolescents. Sa mère, morte cinq ans auparavant mais plus vivante que jamais dans ses pensées – surtout quand elle avait le trac et qu'elle transpirait et qu'elle se pinçait la peau douillette entre les doigts de la main gauche –, l'avait avertie que pour enseigner il fallait surtout y croire, que l'éducation, c'était un peu comme une religion dans laquelle le professeur était le curé, le ministre, le pasteur, et que si elle n'y mettait pas toute sa foi, si elle n'y mettait pas du sien, ses cours ne serviraient à rien – la mère aimait les discours sentencieux et faire des rimes, car le rythme de la répétition, en particulier celui des rimes riches, lui donnait l'impression d'être une médium, par la voix de laquelle s'exprimait une espèce de sagesse classique et intemporelle. Elle lui avait dit ça avec fougue, composant ses rimes sur un fauteuil imprimé tigre tandis qu'elle fumait son joint thérapeutique du jour, à l'époque où Clara commençait à peine à se préparer pour le professorat et qu'elle mettait déjà des jupes et des robes sous le genou, de la laque sur ses cheveux et des chemisiers à boutons en forme de perle – non par pudeur, non par décence, ni même en raison d'une sorte de prévention ou de pruderie qui n'allait pas à quelqu'un ayant des jambes de pélican, deux citrons atrophiés en guise de seins et des cheveux aussi rêches que le poil de gorille, mais parce qu'ainsi accoutrée elle pouvait avoir l'impression d'être sa mère dans les années quatre-vingt, de faire *vintage*, et se sentait plus prof que jamais. Les préceptes maternels – se souvint-elle en changeant de place pour éviter le souffle d'air climatisé qui envoyait trois cheveux valser sur son nez – avaient en général pour but de la démoraliser. Après tout, c'était ce que sa mère faisait de mieux dans son rôle de mère, en plus de mettre continuellement sur le tapis – et sur un ton condescendant – le fait qu'elle était visiblement embarrassée par quatre-vingt-dix pour cent des décisions que prenait sa fille-génisse – « Génissette d'Or », l'avait-elle appelée jusqu'à ses dix ans, puis, les fâcheries aidant, c'était devenu « Génisse » tout court, en allongeant les « s » si elle était fâchée, en les écourtant si elle était de bonne humeur. Elena Valverde, c'est-à-dire la mère à laquelle Clara pensait à présent pour tromper l'ennui de ces quarante-cinq minutes à attendre dans le hall de réception du Collège-Lycée bilingue

Delta, avait été institutrice pendant trente ans, jusqu'à ce que l'évolution de sa scoliose neuromusculaire l'empêche de continuer à exercer cette profession qu'à contrecœur – car comment sa gamine, cette morveuse égoïste sans imagination et qui ne tournait pas rond, aurait-elle pu savoir ce qu'était réellement l'enseignement ? – elle avait dû céder à Clara, la fille la plus chiante de l'univers – c'est ce qu'elle lui avait dit peu avant de mourir : « Tu es la fille la plus chiante de l'univers. » Elle lui avait dit aussi, à l'époque où elle pensait qu'il était encore possible de la convaincre de cesser d'usurper sa vie, que l'enseignement n'était pas fait pour des nihilistes tropicaux. Mais Clara, la fille-génisse, ne se considérait pas comme une nihiliste, plutôt comme une femme des tropiques aux opinions flexibles et aux certitudes plurielles, à la manière des hommes politiques – ou de ces gens ayant une faible estime d'eux-mêmes qui n'étaient jamais tout à fait sûrs de ce qu'ils pensaient –, et la seule chose à laquelle elle s'opposait vraiment, c'était les convictions de sa mère. C'est ainsi qu'après plusieurs années de préparation, elle était devenue une professeure de lettres sans foi, bien qu'attirée par l'étymologie, les allitérations, la grammaire, les poèmes en vers libres – les rimes lui semblaient aussi artificieuses que le maquillage au naturel ou les bas en nylon couleur chair –, l'orthographe, les volcans et les romans gothiques – chose dont elle se sentait particulièrement fière, mais qu'elle s'abstiendrait d'évoquer durant son entretien parce qu'elle ne voyait pas en quoi cela pourrait l'aider à atteindre son objectif principal, qui était d'être embauchée (le plus rapidement possible) par le Collège-Lycée bilingue Delta, *High-School-for-Girls*.

En chassant de son genou un moustique gorgé d'un sang qui n'était pas le sien, elle se rappela que sa flétrissante mère, la colonne en forme de S à peine corrigée par un corset dorso-lombaire qu'elle avait surnommé Frida Kahlo, lui reprochait souvent d'avoir choisi une profession qu'elle considérait comme sienne – de tout ce que sa fille avait arraché à son identité, c'était la profession perdue qui avait le plus alimenté son ressentiment. Clara ne se rappelait pas exactement, même là, alors qu'elle regardait les secrétaires-hôtesses du Collège-Lycée bilingue Delta, *High-School-for-Girls*, offrir aux visiteurs du thé dans des tasses en porcelaine et des biscuits en forme d'animaux – des pandas croustillaient, des éléphants croustillaient –, à quand remontait son obsession de devenir une réplique exacte de sa mère. Cette imitation imparfaite, cependant, avait fini par créer un fossé entre elles, et aujourd'hui – tandis qu'elle se pinçait la peau douillette entre les doigts de la main gauche et qu'à sa droite des zèbres croustillaient, des rhinocéros croustillaient –, Clara reconnaissait enfin dans son attitude la violence sourde qu'elle avait infligée de façon inconsciente mais prolongée à quelqu'un – la mère – qui n'avait eu d'autre choix que de se laisser mourir tandis qu'elle – la fille – poussait comme un arbre au-dessus de sa mort – parce que selon elle les enfants accéléraient la mortalité des parents, les transformaient en engrais en incarnant tous les matins le crâne ricanant de Yorick (chose qu'elle se garderait bien de dire pendant son entretien de peur qu'on ne croie que les relations parents-enfants la rebutaient). Être la fille, avait-elle compris avec le temps, revenait à être la mort de sa mère – tout le monde engendre son assassin, pensa-t-elle, mais seules les femmes en accouchent – et cette mort, elle l'emportait comme une graine dans sa profession, dans sa coiffure, dans ses vêtements et même dans ses gestes, mais pas dans ses croyances ni dans sa façon de parler – « vocation », par exemple, était un mot qui lui semblait désagréable, comme une vieille chaussure malodorante au pied du lit, mais qu'elle répéterait sans doute plusieurs fois pendant l'entretien parce que c'était un terme que les directrices d'établissement adoraient entendre (autant ou même plus que sa mère).

Il y avait des choses qu'elle ne pouvait pas dire si elle voulait être embauchée par le Collège-Lycée bilingue Delta, *High-School-for-Girls,* et qu'elle passait en revue mentalement en voyant les secrétaires-hôtesses décrocher les nombreux téléphones, parler à des parents d'élèves qui faisaient croustiller des chevaux et des chameaux, recevoir ses éventuelles concurrentes et les inviter à s'asseoir juste à côté d'elle. Des choses anodines, bien que potentiellement irritantes pour des directrices d'établissement, comme ses véritables centres d'intérêt, ses *hobbies*, ou ses projets d'avenir. « On s'occupe de vous dans un instant », lui dit une secrétaire avec la voix d'une fillette de cinq ans, tandis qu'une mère-de-famille croquait la tête d'une girafe. En réalité, ce qui l'attirait dans l'enseignement – cela non plus, elle n'en parlerait pas – c'était tout ce qui arrivait en dehors des heures de cours. Elle avouait une passion pour la lecture, les questions linguistiques et orthotypographiques ou ce qu'elle appelait « les questions de forme » ; elle trouvait son plaisir dans une grande variété de traditions littéraires – d'Eschyle à Parra, de Woolf à Dante… (même si, pour l'instant, elle était accaparée par un exercice de traduction qui l'obligeait à lire exclusivement de l'anglais) –, adorait chasser les coquilles dans les journaux, les revues, les livres, les publicités, les graffitis, etc. – elle tenait cela de sa mère, qui mettait à toutes les sauces la fameuse phrase de Flaubert (ou de Warburg, ou de Voltaire, ou sûrement de van der Rohe) « Dieu est dans les détails », même si elle était athée et qu'elle avait une fois craché sur un témoin de Jéhovah qui avait frappé à la porte alors qu'elle n'avait pas encore fumé son joint thérapeutique du jour (indispensable pour soulager les douleurs aiguës de sa scoliose neuromusculaire avancée). Pour être honnête sur son travail, Clara devrait peut-être admettre que la seule chose qui lui plaisait dans l'enseignement était de corriger les copies de ses élèves – même s'il ne fallait surtout pas parler de cela à l'entretien, car non seulement c'était peu valorisant, mais en plus ça lui rappelait quand sa mère lui reprochait son absence totale de vision pédagogique pour ne pas avoir à formuler d'autres reproches (comme celui d'avoir choisi la même profession qu'elle ou de s'habiller et de parler exactement comme elle, avec vingt-huit ans de moins et sans Frida Kahlo emmaillotant sa colonne vertébrale). À la fin de chaque année scolaire, quelques-uns de ses élèves avaient fait des progrès en rédaction. Des professeurs moins jeunes qu'elle, en revanche, laissaient passer les problèmes d'expression écrite comme s'ils n'étaient pas graves – ou qu'ils ne les remarquaient pas, se disait-elle parfois. Elle s'était souvent amusée à détecter des coquilles dans les sujets d'examen élaborés par ses collègues, dont la plupart étaient des disciples de Paulo Freire. Dans les discussions sur la pédagogie des opprimés et les méthodologies de la culture populaire, ils étaient tous partisans de Sarmiento tandis qu'elle, qui préférait parler du bon usage de l'orthographe et de la grammaire, se déclarait disciple de Bello et de sa propre mère. Un bon nombre de professeurs qu'elle avait connus pendant ses quatre années d'exercice étaient négligents et défendaient leur manque d'attention et le peu d'intérêt qu'ils portaient aux détails en minimisant l'importance des aspects formels de l'écriture. « Ce qui compte, c'est le "quoi", pas le "comment" », disaient-ils, mais Clara était incapable de les comprendre, et elle les comprenait encore moins lorsqu'ils parlaient du pouvoir de l'oralité dans la tradition ancestrale des pays andins, reléguant l'écriture au rang d'une technologie de colonisation épistémologique – posture qui avait toujours semblé réductrice à sa mère (l'implacable institutrice). Elle avait d'ailleurs protesté en barbouillant de peinture bleue le visage du théoricien postcolonialiste Walter Mignolo et en jetant au fond d'un carton un livre du critique Cornejo Polar. Clara, pour sa part, était persuadée qu'on pouvait connaître quelqu'un par sa manière de rédiger. Elle aimait à penser qu'au fond son travail aidait les autres à découvrir et à montrer leur véritable caractère – celui de sa mère, par exemple, était rythmique, définitif, sibyllin ; le sien, brouillon, digressif, truffé de propositions subordonnées et d'incises. Un jour, elle avait mis douze sur vingt – « Insuffisant » – à un devoir à cause d'évidents problèmes rédactionnels, ce qui avait déclenché un débat houleux entre les professeurs titulaires : la majorité soutenait que la note devait être de quatorze sur vingt – « Assez bien », « Acceptable », « A acquis les connaissances requises » – parce que le contenu de la copie était argumenté de façon créative, tandis que le petit groupe dont elle faisait partie objectait que le contenu et la forme étaient indissociables et que des arguments mal exprimés perdaient leur force et devenaient redondants et fallacieux, outre qu'ils manquaient de logique. À la fin du débat – qui traitait, en réalité, de la précision du langage de l'évaluation standardisée –, les deux camps s'étaient brouillés – chose commune dans ce genre de discussion, car tous voulaient avoir le dernier mot sur la véritable éducation et être à l'avant-garde en matière de pédagogie (mais en aucun cas elle ne donnerait son opinion sur l'ego de ses collègues lors de l'entretien, de peur que la directrice du Collège-Lycée bilingue Delta, *High-School-for-Girls*, ne l'interprète comme une animosité injustifiée et peu favorable à l'ambiance de travail et d'apprentissage).

Sa mère – avant qu'elle n'apprenne que sa colonne vertébrale était en train de se transformer en serpent – aimait beaucoup initier ses élèves à la lecture, mais pas tellement leur enseigner l'usage correct de la langue – « La seule chose importante, c'est l'art, Génisse. Il n'y a que l'art qui nous guérisse », lui avait-elle dit un jour, exagérant déjà sa myopie pour se sentir plus oraculaire au moment de débiter ses sentences à rimes riches. Clara, quant à elle, s'indignait du peu d'amour que les lycées portaient à Rimbaud – *Une saison en enfer*, pour des raisons qui n'étaient guère contemporaines, rebutait toujours les directrices d'établissement. Face au peu de liberté dont elle disposait pour choisir les textes à étudier – et devant son manque de motivation pour devenir médiatrice de lecture (transmettre aux lycéens le plaisir de lire lui semblait aussi absurde que de ne pas aimer Rimbaud) –, elle décida donc de se consacrer au développement de l'écriture chez ses élèves. C'était quelque chose qui lui procurait de la satisfaction : entourer les mots mal utilisés dans des cercles, les fautes d'orthographe dans des triangles et les problèmes de syntaxe dans des rectangles ; remplir de rouge la copie, en demander la réécriture puis la remplir de rouge à nouveau, mais dans une moindre mesure, jusqu'à ce que la feuille soit impeccable, délivrée de sa propre géométrie. Elle n'y arrivait pas avec tous, mais deux ou trois de ses élèves apprenaient à écrire mieux grâce à ses cours. Former des amoureux de la littérature, en revanche, lui semblait être une pure vue de l'esprit – non pas pour sa mère, mais pour des enseignantes comme elle : après tout, elle n'avait jamais été douée pour communiquer ses passions aux autres – bien évidemment, elle n'en parlerait pas pendant l'entretien, parce que si quelque chose émoustillait les directrices d'établissement (et faisait vibrer leurs poils de bras, parfois longs et peroxydés), c'était que les professeurs soient influents et animés par une passion communicative (mais seulement pour le programme).

Bref, si elle n'était pas convaincue d'être une enseignante qui inculquait à ses élèves le goût des lettres, elle était au moins une correctrice de textes décente.

« Une correctrice de textes décente et une professeure indécente, voilà ce que tu es », lui avait dit sa mère deux jours avant qu'elles n'aillent à l'hôpital et ne voient, pour la première fois, la radiographie de sa colonne serpentant à travers sa chair, la tordant et la retordant tel un gibier monstrueux dont Clara ferait sa pâture. La radiographie grise était encore accrochée au mur du salon, comme le portrait d'un fœtus – sa mère l'avait affichée là pour la contempler quand elle oubliait de feindre sa symbolique cécité oraculaire. C'était là comme le témoignage de la créature en os qui avait réussi à faire fléchir la seule personne qu'elle avait réellement aimée. À la mort d'Elena Valverde, Clara avait adopté toutes ses affaires, y compris les sous-vêtements (qu'elle ne mettait que pour dormir parce qu'ils étaient malheureusement trop grands pour être portés sous ses jupes taille haute et ses chemisiers satinés tendance maman-des-années-quatre-vingt-dix. Même en pareille circonstance, entourée d'inconnus qui ignoraient complètement que son serre-tête était identique à celui de sa mère dans les années quatre-vingt, lui revenait à l'esprit la façon dont les rares proches qui avaient assisté à la veillée funèbre – et qui avaient remarqué Frida Kahlo sous son chemisier noir tendance maman-de-deux-mille-dix – l'avaient toisée avec cette même froideur et cette même répugnance dont avait fait preuve Elena jusqu'à son dernier souffle, à l'époque où elle ne pouvait même plus se lever de son lit et où Clara lui donnait à manger, la baignait, la coiffait, et lavait son pot de chambre tout en perfectionnant l'art de marcher avec la colonne légèrement tordue vers la gauche à ses heures perdues. Clara avait compris que, pour une raison qui lui échappait totalement, l'imitation qu'elle faisait de sa mère choquait les gens, comme s'il y avait dans cette mimêsis amoureuse quelque chose d'abject qui les forçait à froncer le visage et à lui jeter des regards pleins de méfiance – elle avait parfois remarqué que ses quelques proches encore en vie (avec qui elle avait enfin coupé tous les ponts) la méprisaient ouvertement en raison de la gêne qu'ils éprouvaient quand elle feignait d'être sa mère, et qu'en plus elle arrivait à le devenir (son interprétation atteignait alors son paroxysme et, telle une goutte de sang sur une autre goutte de sang, Clara avait l'impression de se diluer dans le corps de sa mère). Se pincer la peau douillette entre les doigts de la main gauche, par exemple, lui venait naturellement quand elle était anxieuse, mais adopter cet élément de la gestuelle de sa mère lui avait pris presque sept mois ; deux ans pour transpirer comme elle ; un an et demi pour aller chaque jour aux toilettes le même nombre de fois qu'elle. Tout cela agaçait Elena Valverde, qui se mettait à pleurer, à crier et à s'arracher les cheveux, sans pour autant oser en parler à sa fille, à qui jamais elle ne demanda : « Pourquoi cherches-tu à être mon ombre ? », pas plus qu'elle n'avoua sa peur de se voir en elle comme un reflet abîmé ou un *doppelgänger* sur le point de disparaître pour que son double puisse exister. Ce n'est que plus tard, lorsque la mère se mit à parler les yeux perdus dans le vague en tenant un vieux manche à balai en guise de canne pour ressembler au Tirésias de Martha Graham, et à soutenir que sa prétendue cécité la rendait clairvoyante sur les questions métaphysiques, que Clara comprit que derrière la colère de sa mère, il y avait une horreur cryptique et un refus évident de l'imitation qui avait, peut-être, toujours été perçue comme un défi ou un sarcasme, et non comme ce qu'elle était en réalité : un acte d'amour. Toutefois, contrairement à ce qu'avait cru Elena Valverde jusqu'à son heure suprême, Clara n'avait pas décidé de devenir professeure de lettres dans le seul but de l'imiter, mais aussi parce que c'était le genre de travail qui correspondait le mieux à la personnalité qu'elle voulait avoir. Elle ne regrettait pas – s'avoua-t-elle en lisant sur le panneau d'affichage, par instants éclipsé par les cheveux de moufette d'un père-de-famille, une phrase de Gabriela Mistral : « Le pire professeur, c'est celui qui a peur » – d'avoir choisi par confort personnel – non pas monétaire mais comportemental – une profession chargée d'un discours quasi religieux d'abnégation, de sacrifice et de récompense trouvée dans le bien d'autrui. En fin de compte, après quatre années passées à travailler dans un lycée public, elle avait constaté de ses propres yeux que la plupart des enseignants-forgeurs-d'avenir se complaisaient dans l'image de martyrs qu'ils projetaient sur le monde – « épuisement et engagement » était la devise au nom de laquelle ils bombaient le torse, mais Clara devinait que derrière cet orgueil il y avait un effort monumental pour se dérober à eux-mêmes et aux autres, que c'étaient des professeurs qui avaient peur (même si elle ne l'avait jamais accepté, sa mère aussi avait été une enseignante qui avait peur, tout comme elle [mais la directrice du Collège-Lycée bilingue Delta, *High-School-for-Girls*, option baccalauréat international, n'avait aucune raison de le savoir]). Le secteur de l'enseignement – son expérience et celle de sa mère-au-dos-de-tatou en faisaient foi – était le déversoir de la médiocrité surestimée : tous se croyaient essentiels et indescriptiblement précieux, mais presque aucun ne l'était en réalité. Clara savait bien – sans pour autant l'avouer aux directrices d'établissement – qu'elle n'avait pas grand-chose à apporter, et que, pour elle, faire cours n'était qu'une excuse pour lire et résoudre des problèmes de rédaction comme des mots croisés du dimanche. De ce point de vue-là – pensa-t-elle tandis qu'à ses côtés des vaches et des cerfs croustillaient –, son manque de vocation ne nuisait à personne. Ses élèves, à quelques exceptions près, la respectaient – et cela, elle le glisserait subtilement pendant l'entretien parce que les directrices d'établissement raffolaient des enseignantes qui forçaient le respect. De plus, à sa connaissance, aucune professeure de lettres ne s'en sortait aussi bien qu'elle avec le programme du baccalauréat – de sa mère elle avait hérité (ou peut-être adopté) un goût vorace pour la lecture que les enseignants de plus de cinquante ans, déçus et fatigués (qu'elle surnommait « les dinosaures » contre l'oreiller), avaient perdu depuis le pléistocène. Malgré son jeune âge, Clara avait réussi deux choses qui étaient, selon elle, indispensables pour une enseignante : dominer le programme et dominer la classe. Sans la première, un professeur pouvait conserver son poste jusqu'à la fin des temps, mais sans la seconde, la direction perdrait rapidement confiance en ses capacités – pensa-t-elle, assise les genoux serrés et la peau entre les doigts de la main gauche d'un rouge violacé.

L'éducation, avait-elle dû apprendre très tôt, était une affaire de force.

« Personne ne veut l'avouer, Génisse, mais le système éducatif est fait pour des dompteurs de lions, pas pour des enseignants », lui avait dit un jour sa mère, apaisée par son joint thérapeutique quotidien, à l'époque où elle n'avait pas encore baptisé son corset dorso-lombaire Frida Kahlo – et où elle croyait encore que ses douleurs seraient passagères. Mais le véritable défi, avait-elle pensé, c'était d'être une dompteuse de dompteurs, ce en quoi elle se transformerait plus tard, en s'emparant de l'identité de sa mère devenue au fil du temps froide comme un mollusque, sculptée par la maladie et les années, acculée contre le même fauteuil imprimé tigre dans lequel par la suite – cinquante-sept mois plus tard, pour être exacte – deux lycéennes avaient attaché Clara pour lui voler les sujets d'examen. Ce souvenir, échappé de derrière ses orbites, lui fit se griffer machinalement la peau douillette entre l'index et le pouce de sa main gauche. Sa séquestration – ou, comme d'autres préféraient l'appeler, « l'affaire du vol des sujets » – était un des nombreux points qu'elle avait décidé d'éviter pendant son entretien – même si, évidemment, elle envisageait la possibilité que la directrice du Collège-Lycée bilingue Delta, *High-School-for-Girls*, disposant d'une salle de théâtre de deux cent cinquante places et d'un rideau de velours rouge, mette la question de son rétablissement sur le devant de la scène et lui demande, outre un certificat médical, une attestation psychologique (et comme elle avait hérité [ou adopté] de sa mère l'art d'être prévoyante, elle avait pensé à glisser les deux documents dans son sac à main bleu tendance maman-de-l'année-soixante-seize). Elle avait aussi répété devant le miroir – juste au cas où la directrice le lui demanderait – sa version des faits concernant les treize heures et cinquante-sept minutes pendant lesquelles ses élèves l'avaient maintenue attachée au fauteuil imprimé tigre; elle dirait : « Ce fut une expérience très difficile qui a néanmoins consolidé ma vocation pour l'enseignement » et elle insisterait sur le mot « vocation » pour satisfaire les oreilles pédagogico-institutionnelles de la directrice du collège-lycée doté de la plus grande bibliothèque de la ville. Il était également possible – et c'était le scénario qui lui convenait le plus – que la directrice du Collège-Lycée bilingue Delta, *High-School-for-Girls*, ne la questionne pas au sujet d'une histoire qui avait eu lieu il y a trois mois, deux jours et onze heures. Parce que, même s'il s'agissait d'une affaire dont avaient parlé tous les journaux du pays – même certains petits journaux locaux – et qui expliquait son éloignement temporaire des salles de classe – et qu'elle avait dû assister à des audiences avec des personnes ayant au poignet des montres de luxe –, c'était un incident qui n'avait rien à voir avec l'exercice de sa profession. Clara voulait être positive et penser qu'il était possible – bien que peu probable – que la directrice du seul lycée du pays doté d'une piscine olympique couverte ne désirât pas connaître les détails de son expérience avec Malena Goya et Michelle Gomezcoello – alias les M&M's selon leurs camarades de classe, les Hard Candies selon la presse à scandale, « ces gamines-là » selon la direction du lycée où elle travaillait avant et duquel elle avait démissionné sans le moindre regret. Mais en réalité, parmi ceux qui savaient ce qui lui était arrivé il y a trois mois, deux jours et onze heures, bien peu laissaient passer l'occasion d'écouter la victime raconter à la première personne une histoire qui promettait d'être trépidante – bien qu'un peu perverse, peut-être. Clara pensait donc qu'il serait difficile d'échapper à un « Et comment vous sentez-vous après ce qui s'est passé avec “ces gamines-là” ? », une question à laquelle – maintenant qu'elle y réfléchissait bien, et tandis que deux mères-de-famille aux dents d'une blancheur surnaturelle se saluaient d'une bise envoyée de la main – elle ne s'était pas entraînée à répondre mais qu'elle s'était entraînée à esquiver, parce que l'élaboration du récit des treize heures et cinquante-sept minutes durant lesquelles elle avait été attachée au fauteuil imprimé tigre de sa mère – pendant que ses élèves se baladaient aux quatre coins de sa maison, se servaient dans son frigo, s'amusaient avec ses affaires et, surtout, tournaient sa peur en dérision – était bien trop complexe, y compris pour elle-même. C'était peut-être pour cela – pensa-t-elle en regardant un affreux portrait de Josemaría Escrivá de Balaguer (par instants caché par la gibbosité proéminente d'un grand-père-de-famille) –, parce qu'elle avait refusé de raconter en détail ce qui était vraiment arrivé, que les professeurs et la direction du lycée où elle avait travaillé – qui, au début, lui avaient exprimé leur soutien inconditionnel face à l'attitude « barbare » et « sauvage » de « ces gamines-là » – avaient fini par croire qu'elle avait dû faire quelque chose en tant que professeure – et en tant qu'être humain – pour que deux filles de quatorze ans veuillent la séquestrer dans sa propre maison. Ce n'était pas qu'ils justifiaient ce que « ces gamines-là » lui avaient fait – conclut Clara en lissant sa jupe tandis qu'à sa gauche une mère-de-famille gagnait une partie de Candy Crush – mais plutôt que selon ses collègues et ses supérieurs, il devait y avoir des raisons derrière un acte aussi violent et déconcertant ; des raisons comme l'entourage familial de ces filles, leurs fréquentations en dehors du lycée, le fait qu'elles consommaient des stupéfiants et, bien évidemment, le type de relation qu'elles entretenaient avec Clara – car ce qu'elles avaient fait, elles l'avaient fait à elle et pas à une autre collègue, et cela voulait peut-être dire que Clara était, en réalité, une mauvaise prof (une despote ou une froussarde) qui avait mérité toute leur haine. Ils ne lui avaient jamais rien dit de tel, mais on voyait bien – dans leur regard et dans leurs gestes – qu'ils la jugeaient en partie responsable de ce que lui avaient fait les M&M's et qu'en même temps ils avaient honte de la soupçonner parce que cette terrible expérience aurait pu leur arriver à eux – et parce qu'au fond, ils étaient incroyablement soulagés que cela n'ait pas été le cas.

Clara connaissait bien ce bonheur-là, qui dépendait du malheur des proches. C'était un sentiment coupable, mais puissant, que la plupart des gens essayaient de cacher, quand il les embrasait de l'intérieur, par une phrase du genre : « Heureusement que ça ne m'est pas arrivé à moi ! » – *Heureusement que j'ai été ta fille et non pas ta mère !* avait-elle pensé en enterrant Elena Valverde dans une tombe sans épitaphe. Elle était persuadée que ses collègues avaient ressenti cette joie mesquine, et elle ne leur en tenait pas rigueur, mais parfois – comme à cet instant précis, alors que des otaries croustillaient et qu'un père-de-famille se mouchait dans un kleenex – elle se demandait si elle ne les avait pas mal interprétés et si en réalité, au lieu de se sentir réjouis et coupables, ils n'avaient pas plutôt été terrifiés – « Le pire professeur, c'est celui qui a peur », relut-elle tandis que la secrétaire-hôtesse qui sentait le vernis à ongles remplissait les coupelles de nouveaux animaux. Pour Clara, la peur avait une odeur très particulière, aussi facilement identifiable que celle de cette salle de réception et de chacune des personnes qui s'y trouvait – sa mère, par exemple (se souvint-elle en prenant dans la coupelle une baleine pour la broyer avec ses molaires), sentait un produit qu'elle mettait pour éviter la sueur abondante de ses pieds (« J'aime bien cette odeur », disait Elena en s'aspergeant le cou de spray-antitranspirant-pour-les-pieds). La peur sentait le corps : elle sentait l'urine chaude mouillant un pyjama imprimé de lunes et d'étoiles. Clara savait qu'aucun des adultes patientant dans cette salle – mi-chapelle, mi-zoo – ne mettait de pyjama d'enfant ni ne s'urinait dessus, mais dans le passé ils l'avaient fait et, même s'ils l'ignoraient, ils pourraient le refaire un jour, car si elle avait appris quelque chose en étant une fille-génisse – et le calque obstiné de sa mère –, c'était qu'il n'y avait pas d'âge pour se pisser dessus sous l'emprise de la peur – Elena Valverde l'avait fait en agonisant sur son lit d'hôpital ; et elle-même l'avait fait, trois mois, deux jours et onze heures auparavant, attachée au fauteuil imprimé tigre. En observant la pièce inondée de lumière et décorée de plantes d'intérieur, elle se dit que ses anciens collègues avaient peut-être craint d'assumer le côté arbitraire de l'affaire des M&M's – caractéristique de tout ce qui terrorise les gens –, et pour contenir l'effroi – et avoir au moins une certitude, un argument rationnel pour contrer l'inexplicable –, ils avaient préféré en conclure qu'elle était en partie responsable de l'incident, elle, la séquestrée et, surtout, la seule adulte du triangle ; celle qui n'avait pas le droit de s'uriner dessus et qui, pourtant, menaçait de mouiller le pyjama de lunes et d'étoiles de leur pensée. Clara se disait qu'à l'époque, lorsqu'elle avait raconté, sans trop vouloir entrer dans les détails, ce qui lui était arrivé pendant les treize heures et cinquante-sept minutes durant lesquelles elle avait été attachée au fauteuil imprimé tigre, ses anciens collègues s'étaient protégés de la peur de l'inconnu à la manière des adultes : par la raison, et c'était pour cela – parce que la logique apparente, le fantasme du bon sens, les avait peut-être empêchés d'admettre qu'il n'y avait pas eu d'autre cause à la violence que la violence elle-même – qu'elle finissait par leur pardonner plusieurs fois par semaine, y compris dans un moment comme celui-ci, alors qu'elle croquait une carapace de tortue et s'entraînait à inventer des raisons expliquant pourquoi les M&M's lui avaient pincé le ventre avec autant d'ardeur. L'analyse excessive et involontaire que Clara faisait des situations embarrassantes – en plus de renforcer les symptômes indéniables de son trouble anxieux – l'aidait à être consciente de tout ce qui se passait dans son environnement immédiat, et à créer une fausse – mais nécessaire – illusion de contrôle. Elle avait une immense capacité – sa mère le lui avait dit quand elle était petite – à sonder les éventuelles réactions des gens et à en déduire, dans les grandes lignes, ce qu'ils ressentaient ou pensaient d'elle et des autres – « Les petites filles qui ont trop d'imagination deviennent des malades mentales », lui avait répondu sa mère lorsqu'elle lui avait confié pour la première fois ce qu'elle pensait que ses enseignants disaient sur sa façon d'épeler les mots, de les écrire, de dessiner, de courir, de mâcher et d'éternuer. C'était une habitude malsaine, autant qu'une aptitude qui l'aidait à calmer ses angoisses, mais elle avait décidé d'éviter d'en parler à l'entretien, car même si elle n'en avait pas honte, la directrice du Collège-Lycée bilingue Delta, *High-School-for-Girls*, pourrait ne pas apprécier qu'elle interprète – ou *sur*interprète – ce que ses anciens collègues avaient ressenti ou pensé d'un incident qui ne la définissait pas en tant que personne – ni même que professeure.

« Ta cervelle est un nid de cafards », lui avait dit sa mère lorsque Clara lui avait expliqué ce que ses enseignants disaient, selon elle, de sa façon de prononcer les « r » et de se laver obsessionnellement les mains pendant les récréations.

Pour Clara, le plus gros problème c'était les pensées qu'elle n'avait pas demandé à avoir et qui, comme des cafards, venaient pondre des œufs dans sa tête. Mais l'anxiété qui grimpait par ses talons telle une tarentule aérienne – alors que des lions croustillaient, que des mouettes croustillaient, et qu'elle léchait discrètement une goutte de sang perlant sur la peau douillette entre l'index et le pouce de sa main gauche – n'était pas seulement due à l'inévitable répétition mentale de ce qu'elle pourrait dire pendant l'entretien, mais aussi au fait qu'elle n'avait jamais mis les pieds dans un établissement privé, et encore moins dans le plus cher – donc le plus sélcct – d'une ville sous-développée mais dont l'esprit était de plus en plus aristocratique. Sa mère, qui avait travaillé toute sa vie dans des écoles publiques, l'aurait traitée de « vendue » si elle l'avait vue là, s'apprêtant à boire dans une tasse en porcelaine dans le seul lycée de la ville doté d'un club d'échecs et d'une salle de gymnastique artistique. La mise en scène de la réception était, elle aussi, un facteur d'angoisse car elle l'obligeait à modifier une séquence qu'elle avait maintes fois répétée chez elle, seule devant son miroir, et ces nouveaux éléments de décor rendaient la situation bien plus complexe. Par exemple – se dit-elle en se caressant les coudes –, les parents de ces lycéennes payaient chaque mois des frais de scolarité deux fois plus élevés que son précédent salaire et cela se remarquait dans chaque détail du mobilier, dans l'infrastructure, dans leurs très beaux uniformes et dans les petites caméras de surveillance. En revanche, la qualité de l'écriture n'y était pas – depuis qu'elle attendait, elle avait déjà détecté huit coquilles sur les panneaux d'affichage et les dépliants posés sur la table centrale de la réception (son angoisse [comprit-elle à ce moment-là] était en grande partie de nature orthographique). Elena Valverde, l'implacable institutrice, aurait jeté l'éponge devant le tralala superficiel du Collège-Lycée bilingue Delta, *High-School-for-Girls* – qui, dans ses brochures, se targuait d'être un « centre d'avant-garde » dont l'objectif était de « former des femmes capables de répondre aux exigences politiques, économiques et sociales de leur environnement ». Mais elle n'était pas sa mère – même si elle aspirait à l'être – et il y avait quelque chose de séduisant dans le parfum floral des plantes d'intérieur, dans le bruit des talons hauts, dans les voix chuchotantes et dociles, dans la fraîcheur de la climatisation qui lui faisait oublier qu'elle était entourée de mangrove.

Ici, pensa-t-elle, *je ne vais pas transpirer*, et elle fronça le nez en voyant une mouche pénétrer dans la jungle capillaire d'une mère-de-famille qui bâillait la bouche fermée.

Clara avait décidé de ne pas parler de religion pendant l'entretien – et quand elle vit un autre portrait de Josemaría Escrivá de Balaguer pointer le bout de son nez à travers la porte entrebâillée du bureau de la directrice, cela la conforta dans son intention –, en revanche elle aborderait d'autres sujets tels que la crise des sciences humaines – qui (selon la mère qui habitait dans sa tête) était le thème préféré des directrices d'établissement. Voilà pourquoi, dans ses plans minutieusement répétés – et réinventés – devant la glace, tandis que la directrice du Collège-Lycée bilingue Delta, *High-School-for-Girls*, ferait choquer ses énormes bagues contre son bureau en bois vernis, Clara manifesterait son intérêt pour le développement des sciences humaines dans le secondaire – en particulier celles qui intéressaient le plus la directrice – afin d'éviter de parler, par exemple, de la traduction qu'elle faisait de certains poèmes sur les volcans – un exercice qui l'aiderait bien peu à obtenir le poste convoité de professeure de lettres, même si (d'après elle) cela en disait long sur sa personnalité et faisait ressortir sa veine créative (indispensable à une bonne enseignante, selon la sagesse populaire de la pédagogie moderne). « Ma colonne ressemble à la cheminée d'un volcan de glace », lui avait dit sa mère un soir, en regardant la radiographie de ses vertèbres comme un paysage pétrifié sur le mur. Selon Clara, les directrices d'établissement n'aimaient pas les volcans, pas plus que la littérature, d'ailleurs – puisqu'elles n'aimaient pas Rimbaud –, c'est pourquoi, suivant son plan minutieusement élaboré – répété et réinventé – devant la glace, elle parlerait pendant deux minutes – maximum trois – de résultats d'apprentissage et de méthodologies pédagogiques – même si la directrice ne le lui demandait pas parce que, de son point de vue (et de celui de la mère qui habitait dans sa tête), c'était cela qui la rendrait plus embauchable que n'importe quelle concurrente. Elle essayerait aussi de ne pas trop se laisser distraire par les titres, les médailles, les certificats, les diplômes et autres distinctions dont serait sans doute rempli le bureau de la directrice du lycée doté du corps enseignant le plus important du pays – « Ce sont les lettres de noblesse de l'enseignement : le système de castes de l'épistémè de l'Occident », aurait dit sa mère si elle était encore vivante. Parce que l'éducation, avait-elle compris très tôt, était une affaire de statut ; bien que personne n'ose le dire à voix haute, pas même elle – que rebutait l'attitude de résistance enseignante face à des choses immuables (comme le fait qu'ils appartenaient eux aussi [qu'ils le veuillent ou non] à une élite). Dans les établissements de l'Opus Dei, ce statut reposait sur l'autorité et sur l'ordre – auquel Clara souscrivait avec soulagement, non par affinité religieuse mais psychologique (une vie bien rangée, répondant à un système déterminé, était la seule chose qui calmait les cafards de sa pensée) –, et pourtant elle savait que pour obtenir le poste de professeure de lettres au Collège-Lycée bilingue Delta, *High-School-for-Girls*, elle allait devoir éviter de prononcer ces mots-là. Si elle arrivait à garder pour elle ses interprétations – ou surinterprétations – et à contrôler les symptômes parfois débordants de son trouble anxieux, il était très probable qu'elle réussirait à être embauchée ; après tout – commença-t-elle à se convaincre en voyant une mère-de-famille sortir du bureau de la directrice –, elle était jeune, elle avait le profil, l'expérience et une recommandation directe de la directrice de l'établissement où elle travaillait avant l'histoire avec les M&M's. Ses inquiétudes concernant son adaptation à un environnement nouveau – et inconnu – n'avaient pas lieu d'être, pensa Clara : elle qui était habituée aux petites salles et aux classes de quarante adolescents transpirants et survoltés allait désormais donner cours dans de vastes salles à des classes comptant tout au plus vingt élèves. En somme, elle aurait cette fois des conditions de travail confortables et propices – selon les dépliants du seul collège-lycée de la ville doté d'une chapelle privée – à une pédagogie « aspirant à éduquer des femmes compétentes et affectivement mûres à travers les enseignements doctrinaux de l'Église », objectif qui, à ses yeux, était sans intérêt car sa matière avait des aspirations moins grandiloquentes. Ainsi – pensa-t-elle en dénombrant douze plantes d'intérieur, huit paires de talons hauts et quinze types de biscuits animaux –, ni la mise en scène de la réception, ni celle du bureau de la directrice du lycée ayant remporté plus de cinq médailles nationales aux concours d'éloquence – ni le souvenir des yeux morts de sa mère sombrant comme deux méduses dans l'eau – ne pourraient lui faire oublier son texte tant de fois répété devant le miroir : « J'aimerais travailler dans cet établissement parce que c'est l'un des rares qui dispose de tout ce dont une enseignante a besoin pour réaliser un travail exceptionnel. » Et même si la lumière entrant par les fenêtres conférait à l'espace une atmosphère étrangement irréelle – entre le salon de thé et l'agence de voyages –, chose qui la perturbait et lui donnait une très forte envie de s'enfuir, elle ne s'enfuirait pas ; elle ne dirait rien sur les accents et les trémas absents, ni sur les virgules mal placées, ni sur la mauvaise utilisation des majuscules – ni sur l'horreur qu'avait sa mère des plantes d'intérieur parce qu'elles respiraient pendant la nuit (comme des voleurs ou des *serial-killers*). Elle contrôlerait sa langue : elle dominerait son muscle le plus barbare comme elle aurait dû le faire par le passé, lorsqu'elle avait essayé d'entrer – sans autorisation – dans la bouche de sa mère par un baiser que celle-ci avait rejeté en frappant son front de ses doigts noueux. Elle garderait ses jambes immobiles, ses genoux collés l'un contre l'autre, ses épaules relâchées et elle déclarerait – décida-t-elle lorsqu'une secrétaire-hôtesse raccrocha le téléphone et la regarda en esquissant un sourire sans dents – qu'une enseignante-ayant-la-vocation savait s'adapter à toutes sortes de situations, et elle le dirait sans penser à la saveur des cils qu'elle avait arrachés au cadavre de sa mère tel un bouquet de fleurs, ni au père-de-famille qui était en train de se lever en tirant sur son pantalon coincé entre ses fesses, ni au vert pâle des plantes d'intérieur qui tremblaient de manière presque imperceptible dans l'air conditionné, ni à l'insupportable tache de javel sur la jupe de la secrétaire-hôtesse qui s'avançait à présent dans sa direction.

« Soyons rigoureux avec les documents », lut-elle sur une affiche près d'une vitre embuée ; « DIEU EST DEONTOLOGIE », lut-elle sur une autre près de la fontaine à eau. « Écrire tout en majuscules n'empêche pas de mettre des accents », avait-elle expliqué des centaines de fois à ses élèves pauvres – ou « défavorisés », comme préféraient dire ceux qui, en plus d'être rigoureux avec les documents, l'étaient avec le langage. Si elle était embauchée, ses élèves fortunées auraient droit aux mêmes leçons parce que c'était la seule chose qu'elle se sentait capable d'enseigner : où et comment placer les accents, les points et les virgules, comment lire un poème, comment faire une fiche de lecture, comment rédiger différentes sortes de documents, le romantisme, les genres littéraires, Shakespeare, la science-fiction, Cervantès... Elle leur expliquerait – cannibalisant sa mère – que les normes existaient pour être respectées, du moins celles de la langue et celles de son cours – parce que l'éducation, avait-elle appris très tôt, était une affaire de forme.

La secrétaire-hôtesse se posta devant elle et lui montra ses dents.

Toutes les plantes d'intérieur étaient en plastique.

IV

A : Laisse-moi te raconter l'histoire du jour où j'ai tué mon ami imaginaire.

F : Ça, c'est mon histoire.

A : Il s'appelait Martín, pareil que mon frère mort.

F : Martín est mon frère mort.

A : On était allés à la plage, mais il ne faisait pas beau.

F : Il faisait beau. On était à la piscine de l'hôtel et il faisait très chaud.

A : Près des vagues, on s'est mis à construire une maison qui ressemblait à la nôtre.

F : Mon psychanalyste dit que c'est normal que mon ami imaginaire se soit appelé Martín.

A : On ne voyait pas le ciel et le visage de Martín est devenu tout gris.

F : Martín était un enfant laid.

A : Martín était un enfant très laid.

F : Mon psychanalyste dit que c'est normal que mon ami imaginaire se soit appelé Martín.

A : Je lui ai demandé ce qui lui arrivait, mais il n'a pas pu me répondre parce que les êtres imaginaires ne parlent pas.

F : Il m'a répondu qu'il était mort.

A : Il était si gris qu'on aurait dit un mort.

F : Mon psychanalyste dit que c'est normal que mon ami imaginaire se soit appelé Martín.

A : Alors j'ai compris que je voulais sa mort.

F : Alors j'ai compris que je voulais lui montrer ce que c'était que d'être mort.

A : Je l'ai pris par les cheveux et je l'ai traîné en direction des vagues.

F : Et je me suis dit : « Je vais m'offrir un mort. »

A : Et je lui ai dit : « Je vais t'offrir un mort », et j'ai enfoncé sa tête dans le courant.

F : Sa tête était petite comme une mangue et je l'ai écrasée contre le rebord de la piscine pour en répandre le nectar.

A : Comme il se débattait, j'ai serré son cou sous l'eau.

F : Mon psychanalyste dit que c'est normal.

A : J'ai planté les ongles de mes pouces dans sa gorge de coton. Sa gorge de brugnon.

F : Mon psychanalyste dit que c'est tout à fait normal.

V

Fernanda se réveilla, son cou de cygne raidi, sa salive alimentant une flaque salée sur la table. Était-ce déjà demain, aujourd'hui, le futur-présent ? Pourquoi était-elle toujours là ? Pourquoi personne ne l'avait encore sauvée ? Elle bougea lentement pour ne pas faire éclater ses muscles ni ses articulations ankylosées après des heures passées à jouer la Belle au bois dormant, mais son corps fut parcouru de tremblements et de douleurs bien pires que n'importe quelle maladie. Pires que la stomatite qu'elle avait eue quelques années auparavant et qui lui avait rempli la bouche d'ampoules. Pires que la fièvre de la stomatite et le sang qui suintait à la commissure de ses lèvres lorsqu'elle essayait d'avaler ce que lui préparait Charo. Ses parents avaient été très inquiets à l'époque – ses parents devaient être morts d'inquiétude à présent. Elle se dégoûtait elle-même parce que, dès qu'elle fermait les yeux, un filet de bave puant l'œuf et le thon – les dernières choses qu'elle avait avalées à la cafétéria du lycée avant d'être enlevée – semblait s'échapper de sa bouche. Combien d'heures s'étaient écoulées depuis la dernière fois qu'elle avait mangé ou bu ? *Beaucoup*, pensa-t-elle, morte de faim comme Coyote quand il poursuivait Bip Bip et que sa mère était en larmes dans la chambre d'à côté – sa mère devait être en larmes à présent. Elle se redressa douloureusement et appuya son dos contre le dossier de la chaise. Elle avait besoin d'uriner, de se brosser les dents, de se laver les cheveux. Dans une telle situation, accorder la même importance qu'avant à l'hygiène personnelle lui semblait parfaitement absurde. Frotter du dentifrice sur ses gencives, cracher sa mauvaise haleine dans un lavabo, laisser l'eau et les tuyauteries emporter la graisse de ses cheveux-à-la-Mia-Farrow-dans-*Rosemary's Baby*, elle aurait donné n'importe quoi pour se laver la prison de l'âme, comme disait Mister Alan, son professeur de théologie. N'importe quoi sauf son cerveau de lièvre. Sa liberté, oui, mais pas son cerveau. Avec son cerveau, elle pouvait obtenir d'autres libertés et même récupérer celles qu'elle avait perdues. Voilà pourquoi Mister Alan n'était qu'un idiot dont le seul attribut était son gros cul : parce qu'il parlait de l'âme et non de l'esprit et parce que, comme Descartes – mais sans sa finesse –, il croyait que l'être humain était fait de deux substances par intervention de Dieu. « Le corps est la prison de l'âme », disait-il. « L'âme est la prison du corps », avait-elle répondu un jour pour le voir se gonfler comme un poisson-globe. « Pourquoi Dieu a-t-il préféré l'offrande d'Abel si Caïn avait travaillé autant que son frère ? Quel est le sens de cette injustice ? », « Dieu regrette ses menaces ; il est instable. Jonas le sait et c'est pour cela qu'il ne veut pas aller à Ninive », « Si c'est grâce au Christ que Dieu a pu comprendre ce que c'est que d'être un homme, souffrir comme nous souffrons et nous pardonner, alors ce n'est pas vrai qu'il savait tout depuis le début. Dieu a été ignorant, à un moment donné ». L'esprit est corporel et le corps est spirituel, voilà pourquoi elle avait besoin de se laver jusqu'à l'âme, de se libérer de cette sensation de désastre, de se sentir limpide à nouveau. Elle aurait donné n'importe quoi, sauf sa conscience, pour retrouver ses copines et se moquer de Mister Alan, alias Cul-Cosmique ; de ses pantalons remontés jusqu'à la taille, de ses chemises de bûcheron et de ses chaussettes à damier. Elle avait même lu des passages d'un livre de Hume, *Histoire naturelle de la religion*, juste pour pouvoir le contredire en cours et le voir s'enflammer et rougir comme un incendie de forêt. « Hume dit que nous ne devons pas avoir recours à la religion pour établir la morale, mais à la société et à nous-mêmes, sans quoi la morale se fonderait sur le dogme et la superstition, et non sur la raison », « Dieu ne veut pas qu'Adam et Ève sachent la différence entre le bien et le mal ; il ne veut pas qu'ils sortent de leur ignorance », « Ne pensez-vous pas que Dieu est machiste ? ». Elle voulait laver son corps pour laver son esprit, mais elle était séquestrée et la connaissance de Dieu était plus obscure que ce revolver qui respirait à un mètre d'elle. *Je parie que Cul-Cosmique n'a jamais vu d'armes en vrai,* pensa-t-elle avec une étrange satisfaction. *S'il était à ma place, il se pisserait dessus.*

La lumière blanchissait l'intérieur de la cabane : deux meubles, une table, un revolver, deux chaises, une cuisinière et un plan de travail en pierre. Il y avait quelque chose de sinistre dans cette blancheur transparente qui lui permettait de voir, mieux qu'avant, la pièce à moitié vide, vaste et tout en profondeur comme devait l'être l'intérieur d'un cachalot. Miss Clara leur avait fait lire le chapitre « *The Whiteness of the Whale* » de *Moby Dick* et même si son contenu lui échappait en partie, elle avait bien compris le sens du texte : il y avait quelque chose d'innommable et d'inquiétant dans la blancheur – après tout, c'était ce qui avait inspiré Annelise pour créer son histoire de l'âge blanc et du Dieu Blanc. Fernanda, bien sûr, y adhérait : voilà pourquoi cette lumière matinale écumeuse qui décolorait les objets la tourmentait et la forçait à se blottir contre la chaise. Dehors se multipliaient les chants de becs et d'antennes tandis qu'à l'intérieur tout semblait immobile, comme recouvert d'une membrane de poisson. La pièce était une peinture de vanité qu'elle détesta sur-le-champ parce qu'elle lui fit penser à la mort. *Ils me retrouveront sûrement bientôt*, se dit-elle en tapant des talons en rythme, symptôme de sa vessie pleine. Au cinéma, personne ne mourait gratuitement : tout était mis en place pour servir, d'une manière ou d'une autre, le développement de l'intrigue. Voilà pourquoi elle n'avait jamais pensé à la mort sérieusement, en retenant son souffle dans sa petite poitrine à la Keira Knightley. « Nous avons tous rêvé un jour que nous tuions quelqu'un ou que nous mourions, lui avait dit son psychanalyste. — Pas moi », avait-elle répondu, mais elle mentait. La chambre de ses parents était le seul endroit de la maison où il y avait des photographies de Martín, son petit frère dont elle se souvenait à peine et qui n'avait vécu qu'un an. « Vivre un an, c'est ridicule, avait-elle dit à son psychanalyste. À ce moment-là, il aurait mieux valu ne pas naître du tout. » Ses lèvres étaient sèches et elle s'était mise à les mordiller avec délectation. « Comment tu te sens lorsque tu as ces idées-là ? — Normale, *why* ? Je devrais être dans un état particulier ? » Un goût métallique lui avait fait comprendre qu'elle s'était fait mal et elle avait pesté à voix basse. « Non, Fernanda. L'important c'est que tu saches que ce qui est arrivé à Martín n'était pas ta faute. » Elle l'écoutait, prise d'un étrange malaise devant ce mensonge, car c'était bel et bien sa faute, même si ses parents le lui avaient expliqué autrement, en lui tenant la main, en la regardant avec compassion, puis en prenant des rendez-vous hebdomadaires chez un spécialiste du comportement humain qui s'asseyait comme une fille et portait des bretelles pour faire tenir son pantalon. Elle avait cinq ans lorsque était arrivée l'histoire de Martín. Elle aurait dû pouvoir se la rappeler, et pourtant, ses souvenirs se limitaient à cela : une toile de fond blanche, une toile de fond laiteuse.

Pourquoi je pense à Martín maintenant ? se demanda-t-elle en regardant ses poignets violacés. *Je ne vais pas mourir, moi. Pas question.* C'était décidé. Elle respira profondément dans l'intention de se calmer mais ne fit qu'aspirer la morve produite par le froid. Elle soupira. Voilà ce que l'on ressentait lorsque l'on dormait menottée à une table : comme si les os et la chair étaient deux créatures luttant la gueule ouverte pour se meurtrir le palais. La grâce de son imagination s'était tarie la veille, lorsque Miss Clara, au lieu de discuter avec elle comme elle le lui avait promis, l'avait menottée à une table vissée au sol avant de gravir l'escalier en colimaçon et de disparaître. Serait-elle en train de dormir *tranquille*, en serrant un oreiller dans ses bras, *cette salope* ? À travers les fenêtres on voyait le feuillage et, au loin, le volcan – à présent elle était sûre que ce n'était pas une montagne et qu'elle n'était pas Twiggy, mais plutôt Mia Farrow dans un film d'horreur de série B. La cabane devait être au milieu d'une forêt parce que l'on n'entendait pas la route, rien que des bruits de créatures rampant ou voletant entre les arbres. Ce silence de la nature, lui aussi de couleur blanche, lui faisait froid dans le dos, surtout depuis la veille, lorsque après avoir crié dans le vide pendant des heures, elle avait réalisé que la cabane où elle était séquestrée était loin de tout lieu habité. Cette *sale pute* de Miss Clara n'avait même pas pris la peine de l'empêcher de pousser ses hurlements de bête sauvage à s'écorcher la gorge tout en s'élançant sur la table pour essayer d'attraper avec les dents un revolver qui semblait une luciole au milieu de la nuit. Seuls quelques animaux avaient répondu à sa voix déchirante, par des cris ou des rugissements, et même si cela n'avait pas de sens, elle avait eu la sensation qu'eux aussi étaient désespérés, dépourvus d'avenir dans leurs propres mondes de chaos et que, du moins en cela, elle n'était pas si seule.

Pouffiasse de merde, pensa-t-elle. *Espèce de folle à lier*. Pourquoi elle ? Pourquoi l'avait-elle amenée jusque-là ? Pour demander une rançon à sa famille ? Était-ce une vengeance ? Ne savait-elle donc pas que la police l'emprisonnerait ? Ou croyait-elle vraiment qu'on la laisserait filer après lui avoir fait ça à elle, Fernanda Montero Oliva, fille d'un ministre et d'une célèbre avocate et militante anti-IVG ? Leurs visages, le sien et celui de sa prof, devaient à cette heure envahir les réseaux sociaux, la télévision nationale et internationale, la presse en ligne et les journaux papier… *À quoi pensait cette folle quand elle a décidé de ruiner sa vie en kidnappant une de ses élèves ?* se dit-elle. Ses talons martelaient le sol à cause du froid et de sa puissante envie d'uriner. Elle essaya d'étirer les jambes, de se relever, mais ses genoux tremblaient comme si ses rotules étaient sur le point de se déboîter – la fragilité du corps : « La véritable humiliation n'existe que dans la chair », disait son psychanalyste. Elle se remit à lutter contre la table, mais il était impossible de la décoller du sol : ses pieds sombres étaient vissés au plancher. Dès qu'elle faisait le moindre mouvement, ses poignets venaient frotter contre le métal des menottes et sa peau éraflée menaçait de saigner. Le revolver, totalement hors de portée, pointait son canon vers elle tel le doigt de sa mère dans les cauchemars qu'elle décortiquait souvent avec le docteur Aguilar, alias Interprétant-de-Rêves, alias Décodeur-de-la-Pensée, alias Séminaire-Z-de-Lacan. Miss Clara avait laissé là ce revolver dans l'intention évidente de l'intimider. *Ou peut-être qu'elle veut juste jouer avec moi.* Rien ne pouvait être écarté, mais il fallait se calmer avant que les intentions de sa prof ne fassent l'objet de fabulations de plus en plus marécageuses.

Sale pute.

Sa vessie enflée commençait à la tirailler comme un éclair oscillant dans le bas-ventre. Elle avait besoin de se distraire, de penser à autre chose. Elle ferait mieux de penser à la BD d'*exploitation fiction* qu'elle avait commencée, sans la finir, avec Annelise. Il s'agissait d'un projet ayant pour titre *Sœur Juana : zombies, vampires et lesbiennes,* dont l'héroïne était la poétesse mexicaine et qui avait pour toile de fond un couvent de nonnes lesbiennes dominatrix dans lequel se propageait, grâce à un Chac Mool et un rituel ancestral, un virus nahuatl-zombie. Cette histoire était racontée depuis le futur par un chercheur arabe de l'Université nationale autonome du Mexique qui, en enquêtant sur la véritable histoire de la poétesse, Phénix d'Amérique, avait trouvé un aleph dans un urinoir mis hors service par un concierge aveugle passionné d'étymologie. Grâce à cet aleph, le chercheur avait réussi à faire correspondre ses visions et les données historiques éparses qu'il avait récoltées au fil du temps, et cette révélation lui avait permis à son tour de raconter la véritable histoire de sœur Juana Inés de la Cruz. C'était pendant un cours de lettres qu'elle et Annelise avaient imaginé la BD. Les vampiresses faisaient leur apparition dans le deuxième chapitre par le biais d'un personnage qui ressemblait physiquement à Miss Clara et qui s'inspirait de sœur Gertrudis de San Ildefonso, la nonne de Quito auteure de *La Perle mystique cachée dans la moule de l'humilité* – titre qui leur avait semblé sexuel quand Mister Alan l'avait écrit au tableau, plein d'enthousiasme, pendant un cours consacré aux religieuses écrivaines d'Équateur. Annelise et elle ambitionnaient de devenir célèbres grâce à ce projet. Après tout, la reconnaissance était la seule chose que l'argent de leurs parents ne pouvait acheter.

Elle le fait pour l'argent, pensa-t-elle. *Il ne va rien m'arriver.* Le bruit des menottes lui rappela le cliquetis des bracelets de sa mère. *Mes parents paieront ce qu'il faudra. Rien de grave ne peut m'arriver.*

Le souvenir des personnages de la bande dessinée et des taches de rousseur d'Annelise l'apaisa mais la porte s'ouvrit d'un coup et le vent lui mordit un instant les vertèbres. Miss Clara, qu'elle avait crue endormie à l'étage, se dirigea vers le plan de travail et jeta sur la pierre un grand lapin gris – peut-être un lièvre – aux yeux exorbités et injectés de sang. Fernanda évita de le regarder en tournant la tête du côté opposé : vers la fenêtre, vers le volcan. *Et si ce n'est pas de l'argent qu'elle veut ?* s'inquiéta-t-elle. Une odeur d'herbes et de sueur inonda la pièce, mais elle resta silencieuse, le menton pointé vers la lumière. Il y avait de la brume derrière les vitres ; une blancheur épaisse et grumeleuse comme du vomi de bébé. La clarté : le voile de la grâce. Une goutte incontrôlable de morve glissa jusqu'à ses lèvres et la désarçonna. Elle sentait que son corps dépouillé de toute propreté ressemblait, sans qu'elle puisse comprendre pourquoi, au lapin du plan de travail.

Une énigme naturelle.

Un paysage de griffes.

Elle voulait poser des questions à sa professeure, par exemple pourquoi elle et pas Annelise, Fiorella, Natalia,

Ximena, Analía, ou n'importe quelle autre, mais quelque chose d'étrange la retenait, quelque chose de l'ordre de la peur, mais aussi de la certitude qu'elle le saurait tôt ou tard et que cela n'avait pas de sens de brusquer les choses. En attendant elle écoutait, sans oser quitter des yeux l'extérieur, le bruit du lapin qui se faisait écorcher. Elle ne savait pas à quel moment son indignation avait été remplacée par ce tremblement intérieur qui lui tordait les entrailles. C'était peut-être le revolver, l'animal mort et le silence : des métaphores de l'incertitude, des décors énigmatiques à la Polanski.

Elle s'essuya la bouche sur l'épaule de son chemisier avant de dire :

— J'ai besoin d'aller aux toilettes.

Miss Clara s'arrêta net, et elle entendit quelques croassements près de la cabane, mais aucun mouvement, aucun effort pour réduire la distance et la libérer, ne serait-ce qu'un instant, lui donner un seau ou répondre d'une manière ou d'une autre à son besoin urgent. À présent, ses yeux étaient fixés sur l'escalier, mais elle pouvait imaginer sa prof l'observant comme en cours, lorsqu'elle leur parlait de littérature équatorienne, latino-américaine et universelle sans respecter l'ordre du programme ou qu'elle écrivait des choses indéchiffrables au tableau.

Soudain, le bruit d'un couteau que l'on aiguisait sur quelque chose et le choc de ce même couteau contre la chair lui fit savoir que, cette fois, elle n'obtiendrait pas un « Allez-y, mais dépêchez-vous ». Miss Clara avait délibérément ignoré sa requête et repris son activité pour lui faire passer un message : dorénavant, ce qu'elle dirait ou voudrait n'aurait plus la moindre importance, et ne l'aurait pas tant qu'elle, sa kidnappeuse, ne déciderait pas de s'asseoir, de la regarder et de lui parler. Alors, et seulement alors, lui serait rendu le don de la parole – ce hérisson si moelleux, si noir de piquants – et elle pourrait enfin se faire une idée de l'intention qui se cachait derrière ce visage de rocher nocturne.

Elle resserra les cuisses et contracta les muscles de son vagin. Dans *Sœur Juana : zombies, vampires et lesbiennes*, sœur Gertrudis séduisait les nonnes du couvent pour les transformer en vampiresses dominatrix en leur chuchotant des poèmes en nahuatl. Elle mourait dans le chapitre huit, quand une des nonnes lui enfonçait un pieu dans la poitrine comme Nina Dobrev dans *Vampire Diaries*. « Lacan avait raison d'affirmer que toute vérité a une structure de fiction », lui avait dit son psychanalyste lors d'une séance consacrée à la mémoire. Elle regarda avec précaution Miss Clara, les cheveux hirsutes et tout en sueur, coupant et dépeçant un animal qui n'en finissait pas de saigner. *Quelqu'un devrait dire à cette conne qu'elle a besoin d'un psy.*

VI

Elles firent traîner les chaises. Miss Ángela, alias Black Mamba, leur avait demandé de les soulever, mais elles firent traîner les chaises par-dessus sa voix dorée d'Angelus Novus ; sa voix d'ange-endormi-de-l'histoire dictant le passé bien qu'inéluctablement poussé par le présent – comme les chaises – vers un futur constitué de vingt-trois jupes, cinq sourires barbelés, trois montres Tory Burch, vingt et un iPhone, treize iPad et un chapelet. La meute en métal aboyant sur le carrelage réveilla Ivanna Romero, alias la Boursière, qui se leva d'un coup pour avancer sa chaise. Fernanda poussa la sienne contre celle d'Annelise Van Isschot, alias la Tachetée. Cela faisait longtemps qu'il n'y avait pas eu d'autos tamponneuses en ville. *J'adore foncer sur tout ce que j'aime,* pensa-t-elle en se rappelant l'enfance qui lui faisait frémir les canines. Fiorella et Natalia Barcos s'assirent au fond de la classe, derrière Ximena Sandoval et Analía Raad, leurs *best-friends-4ever*-reste-comme-ça-bébé, et ébouriffèrent leurs queues-de-cheval en souriant de toutes leurs incisives. Ximena et Analía se retournèrent et leur tirèrent la langue-clitoris jusqu'au menton. Les autres chaises traînaient encore lorsque Black Mamba redemanda de les soulever d'un ton plus énergique, mais en vain. Alors elle frappa le bureau de son poing de Mohamed Ali et le bruit de métal diminua pour être remplacé par celui de chaises tombant par terre. Une vague de rires minuscules et d'échanges de regards lui fit regretter d'avoir renoncé aux rangées traditionnelles pour leur préférer une disposition en amphithéâtre : un joli demi-cercle pédagogique censé mettre les élèves et la professeure sur un pied d'égalité. Équité. Démocratie. Parité. *Sales morveuses.* Comment ces souris affamées de désir auraient-elles pu lui ressembler ? Lucía Otero ouvrit les premiers boutons de son chemisier, María Aguayo ajusta sa jupe retouchée sur mesure pour mouler ses fesses-de-Nicki-Minaj que Renata Medina empoigna les mains ouvertes comme des parapluies. Les éclats de rire fusaient. Elles n'avaient pas de camarades garçons, mais les plus populaires d'entre elles se faisaient inviter aux soirées étudiantes. Fernanda et Annelise étaient de celles qu'on invitait. Parfois elles y allaient ; parfois elles y emmenaient les sœurs Barcos, Ximena et Analía. C'était le groupe le plus classe de la classe. Elles se le disaient : « On est le groupe le plus classe de la classe », et elles rassemblèrent leurs chaises au fond de la salle. Miss Black Mamba les regarda d'un œil sceptique, comme si elles étaient des grenouilles sur le point de sauter dans une flaque de boue et d'éclabousser les autres. Valeria Méndez tira de sa trousse une lime à ongles Hello Kitty. La Boursière se mit à tailler son crayon au-dessus du visage de Bolívar. Raquel Castro la dévisagea avec mépris puis se moqua de son nez avec Blanca Mackenzie. « Nez crochu. Nez de perroquet. » Plus qu'un demi-cercle, les chaises semblaient former un pentagone irrégulier. Miss Angelus Novus ouvrit le livre à la page cinquante-six : « Aujourd'hui nous allons parler de l'abolition de l'esclavage en Équateur », dit-elle. Fernanda caressa le coude d'Annelise, qui lui lança un bisou les yeux fermés. Analía et Ximena sourirent en ouvrant leurs cahiers, les sœurs Barcos bâillèrent. La Boursière prenait des notes même si tout ce que disait Miss Ange-Endormi-de-l'Histoire était déjà dans le livre. Tout le monde savait qu'elle écrivait pour ne pas voir Raquel Castro et Blanca Mackenzie se moquer de son nez. Fernanda fourra un chewing-gum dans sa bouche. Mâcher du chewing-gum était interdit pendant les cours. Il n'était pas non plus permis de se teindre les cheveux en bleu, ni d'avoir des tatouages. « Vos corps sont des temples pour rendre gloire à Dieu », disait Mister Alan. Elles avaient abordé de nombreux sujets en cours d'histoire, mais jamais celui de l'importance du passé. « Pourquoi c'est important, le passé ? » demanda-t-elle, le chewing-gum collé sur le palais. María Aguayo décroisa les jambes et l'on vit sa culotte tachée de sang. Les sœurs Barcos pincèrent les lèvres. « Parce qu'il est essentiel de tirer les leçons de nos échecs et de nos réussites, et parce qu'il nous permet de comprendre ce que nous sommes aujourd'hui », répondit Miss Black Mamba. Le rouge est une couleur qui sent fort. Fernanda ne comprenait pas en quoi la concernaient le passé, les ruines, les morts au combat qu'elle n'avait jamais connus ni aimés. L'enseignante parlait de ségrégation raciale tandis qu'Analía passait un papier à Ximena, et que Ximena le passait aux sœurs Barcos, et que les sœurs Barcos le passaient à Annelise, et qu'Annelise le passait à Fernanda. À part Miss Ange-Noir-de-l'Histoire et les filles qui nettoyaient les toilettes, il n'y avait pas d'Indiennes ni de Noires au lycée. Fernanda écrivit sur son cahier : « Pourquoi le passé est important ? » Soudain Miss Clara, alias Madame Bovary latina, entra dans la salle de classe et coupa court à l'histrionisme de Miss Black Mamba.

Les sœurs Barcos la regardèrent le sourcil crispé. Elle leur avait mis à toutes les deux un dix à leur dernier devoir. « Très mauvaise rédaction », avait écrit Bovary au feutre rouge. « On dirait qu'elle corrige avec le sang de ses règles », avait dit Ximena. Miss Bovary latina portait toujours des jupes sous le genou ou des pantalons en toile. « C'est l'Anti-Cul-Cosmique », fit Annelise lorsque Miss Clara se pencha pour parler à l'oreille de Miss Angelus Novus. « C'est comme ça qu'elles se refilent l'ennui : d'oreille à oreille », dit Fernanda, et elles collèrent leurs épaules l'une contre l'autre. « Qu'est-ce que l'ennui ? » Les mains de Miss Bovary tremblaient; les sourcils de Miss Angelot se froncèrent. « C'est la connaissance du monde et de tout ce qui existe. » Fernanda prit la main d'Annelise et cracha son chewing-gum dans le creux de sa paume très blanche. « Je veux être savante. Je ne supporterais pas d'être ignorante comme la plupart des gens », dit Ximena. Annelise mit le chewing-gum mâché et bleu, comme une cervelle de Schtroumpf, dans sa bouche. « Quand on est ignorant, on est obligé de faire des tafs où il n'y a pas besoin de réfléchir et on reste pauvre », dit Analía. Les sœurs Barcos furent parcourues de frissons. La pauvreté c'était moche, et elles, ce qu'elles aimaient, c'était la beauté. « L'histoire de l'esthétique, c'est l'histoire de la lutte des classes », avait dit une voix off dans un documentaire qu'elles avaient vu en histoire de l'art. Fernanda se disait, en observant les deux enseignantes se faire des messes basses, que la connaissance du monde et de tout ce qui existait ne pouvait s'acquérir à l'intérieur d'une salle de classe, mais plutôt là-bas, au grand air, dans le quotidien des jardins, ou dans l'expérience de l'intensité, s'embrasant aussi vite qu'une allumette ou que son cœur ardent de hyène lorsqu'un étudiant ressemblant à Johnny Depp jeune la touchait sous la culotte. Le sublime :

le vertige de l'inexploré, cette pulsion de sensations qui catapultait son désir vers l'obscurité. « Ça fait quoi de tuer quelqu'un ? » demanda Annelise d'un coup. Trop de questions à vivre : ça fait quoi de mourir ? Ça fait mal, la première fois ? Qu'est-ce qu'on fera quand nos parents mourront ? Ça fait quoi de pourrir la vie des autres ? Et la nôtre ? Est-ce qu'elle sera jouissive ou asphyxiante ? Est-ce que les montagnes se briseront avant notre esprit ? Est-ce qu'on aura peur des chevaux ? *Oui, nous aurons peur des chevaux,* pensa Fernanda. « J'irai qu'importe / cheval soit la / nuit », disaient les vers de Roy Sigüenza – « poète-pédé », d'après Mister Alan – qu'ils avaient lu avec Madame Bovary latina. « Ici, le cheval symbolise le désir : l'emballement, le dionysiaque », avait-elle dit en étranglant la sémantique de son imagination. Miss Lidia, alias Méduse-du-Caravage, leur avait montré en cours *Le Cauchemar* de Füssli, un tableau qui représentait une femme endormie ou évanouie sur un lit, avec un diable-gargouille au-dessus d'elle et la tête d'un cheval fantomatique émergeant d'un rideau rouge. Brûler de désir, était-ce comme être possédé par un cauchemar ? La Boursière fit tomber tous ses crayons et Raquel Castro et Blanca Mackenzie éclatèrent de rire en se touchant le nez. *Nez crochu. Nez de bite molle.* « Miss Clara a tout le temps les mains qui tremblent, vous avez remarqué ? » dit Fiorella. « Excusez-moi, les filles, je reviens », fit Miss Black Mamba en se dirigeant vers la sortie avec Bovary. Annelise bondit de sa chaise et alla se poster à la fenêtre, suivie de Fernanda, des sœurs Barcos, d'Analía, de Ximena, de la Boursière, gazelles aux jupes dansantes et aux jarrets tendus, dressées sur la pointe des pieds pour épier par-dessus la tête des autres ce qui se passait. Près de la cour de récréation, la directrice parlait d'un ton grave à une élève de terminale. Miss Black

Mamba, Miss Bovary et trois autres professeurs restaient là, sans rien dire. « Qu'est-ce qu'elle a fait ? » demanda Ximena. Elle a volé quelque chose ? Elle a fait du copier-coller pour son devoir ? Elle a frappé quelqu'un ? Elle a insulté les profs ? Elle a fait éclater une boule puante dans sa classe ? Les possibilités étaient infinies, mais hurlaient toutes la même chose : rébellion. « Elle a dû jeter ses livres à la poubelle, comme Diana Rodríguez », dit Analía. « À tous les coups, elle est enceinte, comme Sofía Bueno », dit Natalia. Sofía Bueno avait quitté le lycée, puis le pays. « Votre destin est d'être mères et de prendre soin de vos familles pour aller à la rencontre de Dieu », avait dit Cul-Cosmique la semaine précédente. « Être une mère, c'est te dévouer à ta fille, et être une fille, c'est te dévouer à ta mère », avait dit Miss Bovary quand elles le lui avaient raconté, mais elle avait semblé le regretter. *Personne ne devrait être forcé de prendre soin de personne,* avait pensé Fernanda, s'imaginant une femme-monstre dont le ventre était en expansion comme l'univers. Dehors, la fille pleurait : elle avait les mains jointes, à la hauteur du bassin. Tous les visages scrutant aux fenêtres voulaient savoir ce qu'elle avait fait. Fernanda voulait comprendre pourquoi elle ressentait à ce moment-là une rage profonde envers la directrice, alias Panache-de-Moctezuma, et envers les professeurs qui, agglutinés autour de la fille, avaient l'air d'un groupe de morses stupides assiégeant une jeune louve. *Elle pourrait les mordre*, pensa-t-elle, *pourquoi elle ne les mord pas ?* Ce qu'elle avait fait au juste importait peu, car tout ce qu'ils voulaient, c'était lui arracher les dents. « J'ai bien réfléchi, dit Annelise. L'ennui, c'est la connaissance du monde à travers ce qui est écrit au tableau. » Natalia lui poussa l'épaule : « Ou à travers un livre. » *Ou à travers les mots*, pensa Fernanda. « C'est avec le corps que l'on découvre le monde. »

Mister Alan apparut, dévalant les marches du bâtiment d'en face avec une jeune fille empourprée. « En voilà une autre, dirent-elles à droite. — Qu'est-ce qu'elles ont fait, ces deux-là ? firent-elles à gauche. — Elles se sont peut-être battues, dit Natalia. — Ou alors elles se sont fait choper en train de s'embrasser », dit Fiorella d'un ton sarcastique. Annelise cracha discrètement le chewing-gum sur les cheveux de Raquel Castro et lécha la joue de Fernanda. « On fait assez lesbiennes comme ça pour être punies ? » Les Barcos éclatèrent de rire. De l'autre côté, la Boursière regardait fixement le sac à main de Miss Black Mamba. Fernanda se lécha les dents. « Attention, ça mord, dit Annelise, excitée. — On dirait la gueule d'un crocodile, dit Analía en courant vers le sac. Et d'un moment à l'autre BAM ! Il t'arrache un bras. » Du maquillage, des stylos, des marqueurs, un carnet, un portefeuille, un portable. Bâillement. « Écrivons quelque chose sur son carnet ! » suggéra Ximena. Fernanda l'ouvrit, mais Annelise le lui arracha des mains et bondit vers l'autre bout de la salle. « T'as du chewing-gum collé dans les cheveux ! » s'exclama Valeria Méndez. Toutes se retournèrent vers la tête de Raquel Castro, qui se mit à hurler. Annelise, appuyée contre la table de Blanca Mackenzie, griffonna quelque chose sur la dernière page du carnet de Miss Black Mamba. Fernanda l'observa de loin et se dit qu'elle avait de magnifiques cheveux de panthère. « C'est toi, pas vrai ? dit Raquel Castro à la Boursière. Tu vas te souvenir de moi pendant toute ta chienne de vie. » Fernanda se dit aussi qu'elle aurait tellement aimé être Annelise. « Un jour tu te mettras à genoux pour me demander du travail. » Pas comme Annelise, mais Annelise. « Parce que c'est ce que tu feras : travailler pour des gens comme nous. » Se lever tous les matins et regarder ses taches de rousseur sur les pommettes, face au miroir éclaboussé de dentifrice, parler d'une voix sauvage, avoir un petit frère à aimer. « Elle arrive ! » cria Ximena en se précipitant vers sa chaise. Elles reprirent toutes leur place en vitesse et Annelise remit le carnet dans le sac d'Angelus Novus. Avoir la nuque qui sent le jouet neuf, danser les yeux fermés sur le matelas des autres, croire en un Dieu drag-queen et le dessiner sur un coin de la Bible. « Tu lui as écrit quoi ? » demanda Analía quand Miss Black Mamba revint s'asseoir dans la classe comme si de rien n'était. « Qu'est-ce que tu lui as écrit ? » demanda Fiorella. Avoir les ongles de pied les plus beaux du monde. « C'est un secret », dit Annelise en faisant un clin d'œil à Fernanda.

Et le cours reprit.

VII

Clara commença à travailler au Collège-Lycée bilingue Delta, *High-School-for-Girls*, un mois avant la rentrée des classes. On lui attribua un box dans la salle des profs, elle reçut une clé pour le tiroir de son bureau, un mot de passe pour ouvrir une session sur un Mac, le code wifi, une carte pour emprunter des livres à la bibliothèque, des cahiers et des stylos au nom de l'établissement – en plus d'un mug avec le logo du lycée – ainsi qu'un badge d'accès au parking privé. Le premier jour, elle fit le tour des installations en compagnie de la surveillante générale, une sexagénaire aux cheveux blond verdâtre dont la mine était crispée comme si elle venait de goûter quelque chose d'amer. « Je m'appelle Patricia, mais tout le monde m'appelle Patty », lui dit-elle sans entrain, et Clara sut que c'était une de ces personnes habituées à parler par obligation. Elle apprécia son air policier ainsi que l'ordre impeccable et minimaliste qu'elle remarqua dans le bureau des surveillants lorsqu'elles allèrent y chercher son emploi du temps et la liste de ses futures élèves. Elle trouva cependant que l'organisation extrêmement minutieuse du lieu ne cadrait pas avec l'espèce de pyjama extralarge que portait

Patricia ce jour-là, ni avec le peu de soin qu'elle accordait à ses pieds – sa mère aurait dit, si elle avait été vivante et avait pu les voir, qu'offrir aux regards des orteils dont les ongles étaient longs et sales, c'était digne d'un animal, digne de gens qui n'avaient pas honte de leur propre laideur (vieillir, se dit Clara, c'était peut-être perdre toute pudeur à l'égard de ce qu'il y avait de déplaisant en soi). Quelques semaines plus tard, quand les élèves commencèrent à arriver, Patricia Flores – qu'elle ne parvint jamais à appeler Patty – troqua le pyjama contre l'uniforme de surveillante, mais n'abandonna pas ses sandales orthopédiques qui laissaient tellement dépasser ses orteils que ceux-ci en frôlaient le sol et cela – même si elle eut du mal à se l'avouer (elle ne voulait pas être superficielle) – l'embêta profondément au point de l'incommoder dès qu'elle s'approchait car elle devait s'efforcer de ne pas regarder ses pieds, et malgré cela elle finissait toujours par les reluquer et ressentir un mélange de dégoût et de rage envers cette femme au visage aigre qui ne savait pas bien se nettoyer les ongles, ni les talons, d'ailleurs.

Son aversion envers Patricia-la-surveillante-générale allait devenir un des premiers désagréments qu'elle connaîtrait au lycée – il lui paraissait invraisemblable que la même personne qui classait les marqueurs par couleurs se teigne les cheveux à la Beetlejuice. Le premier jour, Clara fit abstraction de son pyjama et de ses sandales pour se concentrer sur la fine chaîne qui pendait à son cou, à laquelle était accroché un sifflet rouge qui se balançait entre ses deux larges mamelles tombantes. Ce sifflet et la taille disproportionnée de sa poitrine lui donnèrent l'impression que Patricia – malgré son hygiène personnelle négligée – serait une bonne surveillante ; qu'elle garderait un œil responsable sur les élèves et qu'elle lui prêterait main-forte pour les maîtriser avec poigne, au besoin, dès qu'elle le lui demanderait. Voilà pourquoi elle était reconnaissante, et presque soulagée, d'avoir effectué sa première visite du lycée avec Patricia-la-surveillante-générale, et que ce soit elle qui lui ait montré les salles de classe, la bibliothèque, la cantine, la cafétéria, la piscine olympique, la salle de théâtre, la médiathèque, la chapelle, la salle de gymnastique artistique, le gymnase, l'auditorium, les terrains de football, de basket et de volley-ball, l'infirmerie, le laboratoire, les salles d'informatique, la cuisine, le potager et la patinoire, parce que c'était une vieille femme qui ne parlait que lorsqu'elle y était obligée et qui ne s'embêtait pas à vous entretenir de la pluie et du beau temps – sa mère aussi avait été avare en paroles (même si elle savait peser ses mots), et Clara (dont le trouble anxieux, de plus en plus prononcé, tendait à s'aggraver en situation de sociabilité imposée) préférait suivre son exemple.

Ce jour-là, tandis qu'elles marchaient en silence, Clara était contente, ou peut-être trop excitée à l'idée de reprendre sa vie d'avant l'affaire des M&M's. Cette joie fébrile – « Tiens-toi tranquille, Génisse ! » lui disait sa mère lorsque à six ans elle l'enlaçait, surexcitée, avec une insistance étouffante – lui déclencha de légers tremblements et couvrit son corps d'une fine couche de sueur qu'elle attribua plus à sa bonne humeur qu'à l'état de ses nerfs au moment de la prise des mensurations pour l'uniforme – les enseignants du Collège-Lycée bilingue Delta, *High-School-for-Girls*, étaient obligés, selon le règlement, de porter la chemise, le pantalon et la veste de l'établissement lors des activités ouvertes au public. Elle coopéra de bon gré avec la couturière, qui eut la délicatesse de la toucher le moins possible, et s'étonna elle-même d'accepter le fait que deux ou trois jours par mois elle ne pourrait pas s'habiller comme sa mère. Le reste du temps, en revanche, elle pourrait porter ses jupes longues tendance maman-de-l'année-quatre-vingt-neuf et ses chemisiers à boutons en forme de perles.

Deux ou trois jours par mois, ce n'est rien, se dit-elle pour se consoler, et même si l'uniforme la dépersonnalisait et l'éloignait dangereusement de sa défunte mère, elle se sentait capable de le supporter.

Lorsque au cours de la visite elle essaya d'imaginer le lycée – à ce moment-là pour ainsi dire vide – se remplissant de filles acnéiques en jupe, avec leurs chouchous et leurs dents redressées, elle fut prise d'un malaise frôlant la tachycardie – une anxiété anticipatoire qui la stoppa net, comme toutes les fois où la peur d'avoir peur provoquait ses pires crises (« T'as des cafards dans la tête, gamine tarée », lui disait sa mère assise sur le fauteuil imprimé tigre dès que Clara lui demandait de l'aide pour respirer). Patricia s'enquit d'un air froid si elle désirait s'asseoir, mais Clara refusa, chercha la fontaine à eau la plus proche et recouvra son calme en s'humectant le front.

La surveillante générale ne lui posa pas d'autres questions.

S'il était vrai que son trouble anxieux s'était aggravé depuis l'affaire des M&M's – même les cachets n'arrivaient plus à calmer tous les symptômes qui l'affligeaient –, Clara ne craignait plus tellement d'avoir mal à la peau douillette entre les doigts de sa main gauche, elle n'avait plus peur de son talon frappant le sol tel un marteau pendant des heures, ni de ses ongles rongés, ni de sa transpiration excessive, ni de l'ordre des fruits et des légumes dans la cuisine, ni de l'interminable nettoyage des toilettes, ni de l'irritation de ses cuisses quand elle se grattait jusqu'au sang pendant la nuit, en revanche elle redoutait la récurrence de ses crises d'angoisse ; celles-là mêmes qui étaient revenues en force ces derniers mois et qui lui paralysaient les muscles et accéléraient son cœur sans qu'elle puisse l'apaiser. Avant son premier entretien avec la directrice du Collège-Lycée bilingue Delta, *High-School-for-Girls*, Clara s'était convaincue que ses crises d'angoisse s'espaçaient – elle n'en avait pas eu depuis plusieurs semaines – et que le traumatisme laissé par l'histoire avec Malena Goya et Michelle Gomezcoello irait en s'estompant à mesure que sa vie reprendrait son cours. Retrouver les salles de classe était sa seule échappatoire : la meilleure façon de récupérer ce qui lui restait de dignité.

Comme elle n'avait jamais supporté l'indiscipline ni le chaos des établissements publics, elle fut ravie de constater qu'à Delta tout était réglé comme une horloge. Le calendrier annuel avait été décidé plusieurs mois avant la rentrée, et quand elle était arrivée les professeurs étaient déjà en réunions par discipline et par niveau pour peaufiner les programmes et les activités trimestrielles. La répartition des tâches était juste et équitable : tous les professeurs avaient les mêmes obligations de surveillance pendant les récréations et aux heures de sortie. Ils disposaient aussi d'assez de temps pour la préparation des cours et l'élaboration des rapports et des projets, parce que personne ne pouvait donner plus de dix heures de cours par semaine. Il y avait des manuels et des brochures d'information sur tous les sujets, de comment créer une ambiance propice à la collaboration entre « collègues défenseurs de l'enseignement » jusqu'à comment faire correspondre les matières avec la mission institutionnelle et les doctrines de l'Opus Dei – des panneaux détaillant la mission, la vision et les objectifs éducatifs de l'établissement étaient placardés dans toutes les pièces, des salles de classe jusqu'aux bureaux.

La religion était d'une importance cruciale au Collège-Lycée bilingue Delta, *High-School-for-Girls,* qui proposait tout un programme d'activités spirituelles auxquelles élèves et professeurs étaient tenus d'assister. L'organisateur de ces événements – qui gérait aussi les horaires d'ouverture de la chapelle – était Alan Cabrera, le professeur de théologie, un homme à la mine souffreteuse qui remontait son pantalon presque jusqu'à la taille et qui avait le postérieur d'une femme aux hanches larges. Clara parla avec lui dès son deuxième jour de travail et il lui sembla notamment qu'il était de ceux qui en faisaient trop pour plaire aux autres – il souriait quand il n'y avait pas lieu de sourire et il écarquillait les yeux comme un fou pour amuser la galerie. Elle remarqua que chaque fois qu'Alan Cabrera faisait une plaisanterie, les professeurs se sentaient obligés de rire, et cela lui suffisait. Tout comme Patricia, Alan n'avait plus aucun proche en vie, et sa famille, disait-il, c'était ses élèves et ses collègues, idée qui (selon sa mère morte qui vivait dans sa tête) était propre aux gens qui forçaient la pitié. La seule enseignante qui ne riait pas à ses blagues – souvent racistes, même s'il semblait ne pas s'en rendre compte – était Ángela Caicedo, la prof d'histoire, une grande quadragénaire à la voix grave, presque masculine, et qui parlait encore moins que Clara – on l'entendait à peine saluer le matin et le soir en partant (et parfois, quand elle demandait du papier A4 pour l'imprimante). Sans le savoir, Ángela permit à Clara de se sentir moins obligée de sympathiser avec ses collègues. Ainsi renonça-t-elle vite à sa résolution de formuler trois commentaires au hasard par jour (chiffre idéal pour être considérée comme raisonnablement sociable), car si les autres acceptaient le mutisme de la prof d'histoire, il n'y avait pas de raison pour que le sien leur semble inconvenant.

Son impression générale au cours des premiers jours de

travail fut que régnait dans la salle des profs une ambiance de cordialité que tous s'appliquaient à garder intacte. Ils se parlaient, se souriaient, se faisaient des remarques et même des blagues, mais les discussions ne duraient jamais plus de deux minutes et, à la fin, chacun se replongeait dans son travail sans porter de véritable intérêt à la vie des autres. Voilà pourquoi, pendant quelques jours, Clara pensa qu'on ne lui ressortirait pas l'affaire des M&M's, qu'on ne la questionnerait pas sur son état après sa séquestration dans sa propre maison et son agression par deux élèves, alors qu'en réalité, ce que tous voulaient, c'était les détails sordides de l'histoire : à quel point et de quelle façon elle avait été torturée, si elle avait eu, ou non, très mal, si elle avait eu, ou non, peur de mourir...

Et pourtant, ce fut Amparo Gutiérrez, la prof d'éducation physique, qui aborda le sujet, dès la deuxième semaine, en sortant d'une réunion sur la discipline et le règlement.

— Ma pauvre, cela a dû être plutôt désagréable (et comme Clara ne réagissait pas, elle continua) mais ne t'inquiète pas, ici ce n'est pas pareil. Nos gamines sont un peu difficiles dans certaines classes, mais elles sont toutes de bonne famille. Ce ne sont pas des pouliches débridées ni des criminelles, non. Il est important d'inculquer l'ordre et la discipline à de si jeunes filles, et c'est ce qu'on fait ici : on leur apprend à bien se tenir, ou du moins on essaye. (Elle réfléchit quelques instants et cligna des yeux très rapidement.) Mais, ça va quand même ?

Par chance, Ángela Caicedo vint à la rescousse. Elle les interrompit d'une façon telle que son entrée en scène ne sembla ni abrupte ni grossière – certaines personnes, disait sa mère, avaient un don, quoi qu'elles fassent, les autres ne le prenaient jamais mal – et questionna Clara au sujet des romans historiques et de leurs adaptations cinématographiques. Au bout de quelques minutes, Amparo Gutiérrez renonça et partit bavarder avec Carmen Mendoza, la prof de sciences naturelles.

— Tu veux un café ? Moi je vais en prendre un bien serré, dit-elle en se levant, et Clara s'aperçut que si Ángela était grande, c'était parce qu'elle mettait des talons presque aussi hauts que des échasses. Ce jour-là, elle était habillée en bleu clair, avec une jupe qui lui arrivait aux genoux et une blouse en coton qui se fermait dans le dos. Quelque chose dans le ton de sa voix, une sorte d'authentique je-m'en-foutisme, lui fit comprendre qu'elle ne lui poserait pas de questions personnelles.

C'était la première fois qu'elle prenait un café avec une de ses collègues. Ce fut aussi la dernière.

La plupart du personnel à Delta avait plus de cinq ans d'ancienneté. Ángela en avait sept ; Alan, vingt ; Carmen, onze ; Amparo, neuf ; Patricia, vingt-cinq. Clara savait que la personne qui occupait auparavant son poste venait de partir à la retraite et que c'était grâce à cela qu'elle avait pu intégrer l'équipe enseignante. Tous se répandaient en éloges sur Marta Álvarez – l'ancienne professeure de lettres –, mais Clara ne les croyait pas sincères parce qu'ils n'utilisaient que des lieux communs pour décrire son travail, des clichés qui auraient pu s'appliquer à n'importe quel autre professionnel ayant consacré sa vie à n'importe quel autre métier. Du reste, l'impression que lui firent ses nouveaux collègues ressemblait à celle que lui avaient faite les enseignants de son ancien lycée : le lieu de travail et les visages avaient changé, mais les personnalités de ceux qui avaient opté pour le professorat étaient les mêmes. Amparo Gutiérrez, par exemple, était une femme musculeuse qui avait des pattes-d'oie marquées au coin des yeux et qui considérait que le nombre d'heures d'éducation physique obligatoires par semaine devait être augmenté et, dès que l'occasion se présentait, elle ressortait son prêchi-prêcha de « *Mens sana in corpore sano* » dans la salle des profs. C'était le genre de personne qui – selon sa mère morte qui vivait dans sa tête – s'écoutait parler, même si ça n'intéressait personne. Contrairement à Alan Cabrera qui se pliait en quatre pour plaire aux autres – plusieurs fois par semaine il apportait des chocolats et autres friandises en salle des profs, faisait ses blagues racistes et disait quelques mots de l'Œuvre, et il proposait constamment son aide (même pour des choses qui dépassaient ses compétences) –, Amparo disait ce qui lui passait par la tête sans se soucier des réactions de son auditoire. Les enseignants la laissaient parler sans la contredire, non pas parce qu'ils étaient d'accord, mais parce qu'ils cherchaient à fuir sa pétulance. Seule Carmen Mendoza – la prof de sciences naturelles qui faisait toujours le signe de croix en allumant son ordinateur – osait se lancer dans des débats avec elle.

Clara comprit par la suite qu'elle le faisait parce qu'elles étaient amies.

Au bout de la troisième semaine, et devant l'absence de nouvelles crises d'angoisse, Clara conclut qu'elle avait pris la meilleure décision en présentant sa candidature pour le poste de professeur de lettres. Le Collège-Lycée bilingue Delta, *High-School-for-Girls*, semblait avoir le contrôle sur tout, et elle aussi. Son anxiété n'avait pas disparu, mais elle était redevenue supportable au cours de ces semaines-là. Et même si ses cauchemars et ses visions des M&M's forçant sa porte n'avaient pas disparu, au moins, pendant qu'elle travaillait, elle arrivait à les oublier et à ignorer la peur qui flottait comme un ballon sous ses côtes. Elle se rendit compte alors que la seule collègue dont elle tolérait la compagnie était Ángela Caicedo. Clara sentait qu'elle pouvait compter sur elle pour se tirer de situations dans lesquelles son anxiété trahissait son caractère nerveux et obsessionnel. Elles avaient instauré entre elles un pacte tacite selon lequel elles ne s'adressaient la parole que lorsqu'elles avaient besoin d'une information ou d'une aide particulière – peut-être parce qu'elles savaient qu'aucune des deux n'essayerait d'entamer la conversation ni de demander quelque chose en échange. Elle avait été agréablement surprise de remarquer que les autres professeurs ne trouvaient ni étrange ni agressive l'attitude distante de leur collègue et l'acceptaient parce qu'elle restait aimable dans son éloignement, dans sa manière d'éviter le contact avec les autres – Patricia-la-surveillante-générale aussi était taciturne et distante, mais d'une façon bourrue qui n'avait pas une once de l'élégance d'Ángela. Clara se mit donc à imiter sa méthode d'intégration : elle saluait poliment tout le monde en arrivant en salle des profs, elle répondait aux questions qu'on lui posait, elle aidait les autres quand ils le lui demandaient et prenait toujours congé avec le sourire. Ce fut ce comportement qui lui permit de se détacher de sa propre technique. Pour être cordiale, elle n'avait plus à faire de commentaires ou à lancer des conversations triviales trois fois par jour, sachant que ça n'intéressait personne. Elle comprit vite que, contrairement à ceux de son ancien lycée, les professeurs de Delta ne cherchaient pas à la connaître mais à travailler avec elle.

Malgré cette ambiance presque parfaite, on entendait parfois certaines allusions à d'anciens conflits, à des situations provoquées – selon la plupart des professeurs – par les élèves. Elle apprit par exemple qu'une élève qui était tombée enceinte et avait été sur le point de quitter le lycée – ses parents voulaient l'obliger à garder l'enfant et l'emmener vivre à l'étranger – s'était jetée du premier étage du bâtiment des terminales. La jeune fille et le fœtus avaient tous deux survécu, mais une enseignante qui ne travaillait plus là avait rapporté à la direction qu'Alan Cabrera s'était évertué à convaincre l'élève et ses camarades de la nature peccamineuse de l'avortement. L'adolescente enceinte était ressortie du cours de théologie tellement consternée que peu de temps après elle s'était défenestrée. L'enseignante qui avait signalé cela avait aussi dénoncé sur les réseaux sociaux les politiques institutionnelles de Delta, les accusant de perpétuer la violence contre les femmes. Évidemment, l'enseignante avait été renvoyée, même si plusieurs de ses collègues s'étaient offusquées de la violence belliqueuse du discours d'Alan Cabrera, mais jamais elles n'avaient osé en parler en dehors des couloirs du lycée. Dans ce genre de situations, pensa Clara, il n'y avait rien à faire : les parents des adolescentes étaient en faveur de ce type d'éducation et, année après année, ils payaient donc des fortunes pour la célébration de cérémonies et d'activités de l'Opus Dei. « Ici, c'est l'endroit idéal pour travailler, lui avait dit Ángela le jour où elles avaient bu un café ensemble. Il faut juste savoir faire la sourde, l'aveugle et la muette de temps en temps. »

Clara apprit aussi qu'un jour Carmen Mendoza s'était disputée avec Lidia Fuentes, la professeure d'histoire de l'art, parce qu'une élève lui avait rapporté que celle-ci avait nié la crédibilité de la théorie de l'évolution darwinienne pendant son cours. Comme cela concernait la religion, Alan Cabrera était intervenu et avait réussi à apaiser les esprits, même si Clara avait l'impression que Carmen Mendoza évitait autant Lidia Fuentes qu'Alan Cabrera dans la salle des profs.

« Les disputes entre profs ne durent jamais longtemps, ici, lui avait dit un jour Ángela pendant qu'elles faisaient la queue à la cantine. Et les élèves en sont toujours à moitié responsables, voilà pourquoi ça ne dure pas longtemps. Ce ne sont que des bêtises. »

Mais alors que la rentrée des classes approchait, Clara se remit contre toute attente à trembler. Elle recommença à s'agiter, à se pincer la peau douillette entre les doigts de la main gauche, à se gratter les cuisses pendant la nuit et, surtout, à les revoir, elles : Malena Goya et Michelle Gomezcoello, deux ombres fugaces qui venaient déambuler chez elle à l'aube pour griffer les murs et mordre les pieds des tables. L'insomnie – la seule chose qu'elle aurait voulu ne pas hériter de sa mère – l'obligeait à s'enfermer dans sa chambre pour échapper aux bruits de pas et aux rires qu'elle entendait tout en sachant qu'ils étaient dans sa tête. Les nuits de la mère terrorisaient Clara. Quand elle était vivante, Elena Valverde errait dans la maison plongée dans l'obscurité, verrouillant portes et fenêtres pour s'assurer que personne n'entre. Sa mère n'avait jamais voulu que Clara invite à dormir la seule amie qu'elle avait eue au cours de son enfance. « Ça te semble sans danger de laisser rentrer une intruse à la maison et qu'en plus elle dorme avec nous ? » lui demandait-elle, offusquée, et comme Clara voulait lui ressembler en tout point, elle se mit à détester l'idée de recevoir des invités. Lorsque quelqu'un sonnait à la porte, Elena ouvrait toujours mais ne laissait jamais rentrer personne. « Je n'aime pas que les gens voient mes affaires, Génisse », « Attention, si tu invites une de tes amies, je t'explose ». Pendant les nuits d'insomnie, sa mère traînait des pieds dans toutes les pièces et Clara essayait de ne pas s'endormir, mais en vain, et c'était terrible parce que le week-end, elle se réveillait alors que sa mère s'endormait à peine, et quand on sonnait à la porte, il n'y avait personne pour ouvrir.

— T'as une sale mine, lui dit Amparo deux jours avant la rentrée, au cours d'une réunion convoquée par la directrice où il fut rappelé aux enseignants qu'il fallait de s'en tenir à la liste des livres recommandés par l'établissement, et que, s'ils souhaitaient malgré tout travailler avec un autre livre, ils devaient en faire part à leur coordinateur pour le soumettre à l'évaluation de la direction. On y parla aussi de l'importance d'inciter les élèves « brillantes » à s'inscrire à des cours susceptibles de développer leurs talents à un niveau compétitif – le Collège-Lycée bilingue Delta, *High-School-for-Girls*, souhaitait gagner un maximum de concours et de championnats car (selon les termes employés par la directrice) ses élèves devaient être sur le devant de la scène. Il fut également demandé à l'équipe enseignante de travailler sur la discipline en classe mais en évitant de renvoyer des élèves. « Cela doit rester un de nos derniers recours. L'idéal est d'arriver à modifier le comportement de nos adolescentes par des méthodes qui n'impliquent pas l'exclusion. En les renvoyant, nous leur montrons qu'il nous est impossible de les gérer et c'est là un signe de faiblesse ».

À voix basse, Ángela raconta à Clara que l'année précédente, certains parents d'élèves s'étaient plaints du renvoi à répétition de leurs filles, et que la directrice, accommodante avec ses clients, n'était pas prête à les contrarier.

— Excusez-moi, dit Rodrigo Zúñiga, le professeur de mathématiques, mais je crois qu'aucun de nous n'exclut ses élèves de façon irresponsable. Ces gamines… enfin, certains groupes, sont incontrôlables. Elles nous traitent comme leurs employés et nous manquent de respect. Dans certains cas, l'humiliation a atteint des niveaux intolérables qui auraient mérité des sanctions spéciales ou une exclusion définitive. Nous savons tous ce qui est arrivé à Miss Marta. De telles situations sont inadmissibles !

Clara apprit ainsi que Marta Álvarez, qu'elle était venue remplacer, avait fait un malaise cardiaque au cours d'une plaisanterie perpétrée par un groupe qu'Ángela qualifiait de « particulièrement compliqué ». Les jeunes filles s'étaient mises d'accord pour faire leur propre mise en scène de l'assassinat de la famille Clutter dans le roman de Truman Capote *De sang-froid*, lecture obligatoire du semestre, le jour même où elles devaient être interrogées sur le livre. Lorsque Marta Álvarez, soixante ans, entra ce jour-là dans sa salle de classe, elle découvrit les corps inertes de ses élèves affalés sur leur chaise, des oreillers ensanglantés sous leur tête. Deux lycéennes, dont l'une était armée d'un revolver, étaient restées debout au milieu de la salle, et c'est là que tout avait basculé.

— Elle n'a même pas pu crier, la pauvre, elle s'est effondrée d'un coup sur le pas de la porte, lui raconta Ángela. Elle n'a rien eu de grave, mais tout le monde sait qu'elle a pris sa retraite à cause de ça.

Une des deux élèves qui avait fait semblant d'avoir assassiné ses camarades avait soustrait le revolver à la collection de son père pour que la blague soit plus réaliste. Elles avaient même acheté du faux sang dans un magasin de farce et attrapes.

— Mais… elles n'ont pas été sanctionnées ? demanda Clara en se pinçant la peau douillette entre les doigts de la main gauche.

— Si, bien sûr, elles ont été renvoyées une semaine.

— Une semaine ?

En voyant Clara stupéfaite par la clémence de la punition, Ángela agita la main en l'air pour en minimiser l'importance.

— Tu dois comprendre que Delta, c'est aussi une entreprise. Il y a des filles qui viennent de très bonnes familles.

Le revolver n'était pas chargé, dit-elle.

C'était une plaisanterie de très mauvais goût aux mains de deux gamines qui ne savaient pas mesurer la portée de leurs actes, ajouta-t-elle.

En sortant de la réunion, Clara se risqua à lui poser une toute dernière question.

— Est-ce que ces deux lycéennes seront mes élèves ?

Ángela acquiesça.

VIII

A : Miss Clara, pourquoi pensez-vous que les filles vont toujours aux toilettes à deux ?

C : Je ne sais pas.

A : Réfléchissez un peu. Pourquoi les filles font des trucs intimes ensemble, non pas à trois, à quatre ou à cinq, mais à deux, avec une seule autre, leur égale ?

C : Ce n'est pas la même question.

A : Si, Miss Clara. C'est la même.

C : Cela n'a rien à voir avec le cours d'aujourd'hui, Annelise.

A : Mais répondez-moi, s'il vous plaît. Pourquoi les filles se mettent toujours au lit deux par deux pendant les soirées pyjama ?

C : Je veux que tu ouvres ton livre à la page cent quarante-huit.

A : Pourquoi les filles se douchent avec leurs meilleures amies ?

C : Annelise !

A : Pourquoi est-ce qu'elles sont jalouses d'elles ?

C : Mademoiselle Van Isschot !

A : Pourquoi elles les aiment tellement qu'elles préféreraient les voir mortes ?

IX

Dr Aguilar :

Fernanda : Je n'ai pas tué mon frère mort Martín. Je n'ai pas tué mon frère mort Martín. Je n'ai pas tué mon frère mort Martín. Je n'ai pas tué mon frère mort Martín. Ça y est. Vous voyez ? Je l'ai écrit plein de fois. J'y crois, maintenant. Je sais parfaitement que c'était un accident même si je ne m'en souviens pas parce que j'étais très, très petite, *you know* ? En plus, ça revient au même que ce soit moi ou pas, car si c'est moi mais que je ne m'en souviens pas, c'est comme si ce n'était pas moi. J'étais *touuute* petite, donc si c'est moi qui l'ai laissé se noyer, ce n'était pas par méchanceté mais par ignorance et par bêtise. Parce que, à quel âge les enfants apprennent que tuer, ce n'est pas bien ? Vous le savez, ça, ou… ?

Dr Aguilar :

Fernanda : Non, je ne suis pas en colère, c'est juste que… *Pfff*. J'en ai marre de parler de Martín. J'ai *teeellement* d'autres problèmes plus intéressants, *you know*, je suis à l'âge où il m'arrive des trucs. On pourrait parler de *taaant* de choses ! J'ai des inquiétudes, des traumatismes et bien d'autres soucis qui vous étonneraient. Mais au fait, pourquoi on dit que les adolescents sont des ânes ? Pourquoi on ne les compare pas plutôt à des aras bleus ou à des tapirs ?

Dr Aguilar :

Fernanda : *Wrooong*. Ce que j'ai dit ce jour-là, c'est que je me sentais coupable de ne pas être aimée par ma mère, pas de la mort de Martín.

Dr Aguilar :

Fernanda : *Of course*. La culpabilité c'est chiant, c'est pour ça que je l'évite, mais… je sais que ma mère ne m'aime pas. En fait, je sais qu'elle a peur de moi.

Dr Aguilar :

Fernanda : C'est difficile à raconter, *I guess*. Je pense beaucoup à ma mère. Je ne la vois jamais parce qu'elle est très, très occupée, mais je pense vachement à elle. Par exemple, il n'y a pas longtemps, je me suis rendu compte qu'elle ne m'aimait pas. Elle ne m'a jamais aimée. Et ne croyez pas que je lui en veux, pas du tout. La vérité c'est que je m'en fiche parce que je suis grande, ou assez grande, *you know* ? *Anyway*, je crois que c'est à cause de Martín. Parce qu'elle sait que je l'ai peut-être vu se noyer, sans rien faire pour le sauver, ou que je l'ai peut-être poussé, j'en sais rien. C'est une possibilité et ne dites pas le contraire parce que je suis intelligente et j'ai pensé à toutes les possibilités, et ça c'est une possibilité. Il a pu arriver tout et n'importe quoi. C'est pour ça qu'à l'église, dès qu'on parle de Caïn et d'Abel, elle se met à pleurer. Je m'en rends compte, *you know* ? Nous n'avons jamais eu une relation normale. *I mean*, comme les autres mères avec leurs filles. Avec mon père non plus d'ailleurs, mais avec ma mère c'est censé… je ne sais pas, être différent, parce qu'il n'y a rien d'aussi grand que l'amour d'une mère et blablabla, n'est-ce pas ?

Chaque fois que je viens ici, je me dis : qu'est-ce que je vais bien pouvoir raconter au psy aujourd'hui ? Mais ce coup-ci, je n'ai pas trop réfléchi. *Anyway*, je crois qu'elle a essayé de m'aimer, et c'est bien ça le problème. Ce n'est pas censé être quelque chose de forcé, *you know*, d'aimer sa propre fille. Et c'est bizarre parce qu'elle parle toujours avec ses amies de l'importance d'être une bonne mère ; qu'on est venues au monde pour ça, nous, les femmes, *I mean*, et qu'il n'y a rien de plus beau que d'élever un enfant et blablabla. Mais elle le fait parce que c'est la présidente de l'Association nationale de défense de la famille et, comme vous le savez, elle organise *pleeeiiin* de rassemblements contre l'avortement et le mariage gay et d'autres trucs du même genre. *Anyway*, depuis que je suis *tooouuute* petite, je vois traîner chez moi toutes sortes de pancartes et de prospectus. D'ailleurs, parfois, ma mère invite à dîner ses amis de l'association et moi je n'aime pas ça parce qu'ils arrivent à la maison avec leurs tee-shirts où on voit des fœtus et ils mangent et ils sourient et ils font des blagues et moi je suis obligée de regarder les fœtus ensanglantés sur leurs tee-shirts et, *of course*, ça me retourne l'estomac. Vous pensez que ceux qui défendent l'avortement sont pro-mort ?

Dr Aguilar :

Fernanda : *OK*. Un jour, j'ai demandé la même chose à ma mère et elle s'est moquée de moi, mais je sais qu'elle le pense, oui, qu'ils sont pro-mort. Voilà pourquoi elle dit d'elle-même qu'elle est pro-vie, *you know* ? Je sais bien plus de choses sur ma mère que ses amies de l'association. Des choses qu'elles ne s'imaginent même pas.

Dr Aguilar :

Fernanda : Je ne sais pas, du genre qu'elle est, disons, un peu hypocrite. *Just a little bit. I mean*, c'est quand même bizarre qu'elle défende autant les bébés alors qu'elle ne veut pas être une mère, du moins pas la mienne. Pendant *looong-temps* j'ai fait semblant de ne pas m'en rendre compte, j'ai fait l'innocente, parce qu'affronter ce genre de choses, c'est difficile, *you know* ? Mais je crois que je l'ai toujours su : pour elle je suis, disons, un devoir. Une obligation. *Something like that.* Quand on est rejeté, ou quand on est en trop, on le sent, et j'ai l'impression qu'avec ma mère, c'est comme ça *tooouuuut* le temps, *tooouuut* le temps.

Dr Aguilar :

Fernanda : Parce qu'elle ne veut jamais être toute seule avec moi et, quand elle ne peut pas faire autrement, elle me regarde *teeellement* méchamment, comme si j'étais un rat ou un truc flippant. Elle essaye de le cacher, *of course*, et si quelqu'un nous observait, il dirait que je fabule, qu'elle ne me regarde pas comme ça ou que j'exagère, mais personne ne la connaît aussi bien que moi. Devant ses copines, elle est *trèèès* affectueuse avec moi, mais à la maison, ça n'a rien à voir. Ce n'est pas qu'elle me maltraite, mais dans toute ma vie, j'ai passé plus de temps avec Charo, ma nounou, qu'avec elle. Et ça, ce n'est pas normal, hein ?

Dr Aguilar :

Fernanda : Avant, quand on sortait tous les trois, *I mean*, papa, maman et moi, elle était *touuut* le temps ailleurs. *Like, I mean*, je ne sais pas. Je sentais qu'elle s'ennuyait avec nous. Qu'elle ne voulait pas être là. *Of course*, à d'autres moments elle était gentille, surtout quand j'étais petite, mais elle reprenait toujours cette attitude… bizarre. Comme si elle ne voulait pas que je m'approche trop d'elle. Par exemple, si j'insiste pour qu'on fasse quelque chose ensemble, elle fuit. Littéralement : ma mère me fuit. Elle s'enferme dans sa chambre ou elle quitte la maison dès que j'essaye de m'approcher ou de parler avec elle. Parfois je me dis que c'est horrible d'être repoussé par sa propre mère. *I mean*, si dès le début même ta propre mère ne t'aime pas, qui voudra bien de toi plus tard ?

Dr Aguilar :

Fernanda : *I know, I know*. Je sais qu'il y a des gens qui m'aiment, je ne suis pas si *drama queen*. Anne m'aime, par exemple. Beaucoup. Mes amies aussi. Papa aussi, même s'il n'a presque pas le temps d'être avec moi parce qu'il travaille comme un dingue. Mais maman… Parfois je pense qu'elle n'aime pas que je sois avec papa. *I mean*, il y a des jours où papa prend sa journée et veut m'emmener avec lui à la pêche et ma mère lui dit qu'il ne vaut mieux pas. Elle trouve toujours une excuse, comme quoi je dois faire mes devoirs, ou réviser mes cours, ou aller à l'église ou je ne sais quoi encore. À l'entendre, il y a toujours une bonne raison pour qu'on ne soit pas ensemble tous les trois.

Dr Aguilar :

Fernanda : Je ne suis pas en train de dire qu'elle me déteste, mais qu'elle a peur de moi.

Dr Aguilar :

Fernanda : Parce qu'elle croit que je suis méchante. Que j'ai tué Martín. Ou que j'aurais pu le tuer, *you know* ? Que cela a pu arriver. Et moi je me sens coupable parce que peut-être que je ne suis pas gentille et que je ne m'en rends pas compte. *Maybe*, je suis méchante. J'en sais rien. Ou du moins, *not good enough*. Regardez-moi, est-ce que vous trouvez que j'ai l'air d'être méchante ?

Dr Aguilar :

Fernanda : Eh bien les apparences sont trompeuses, Doc.

Dr Aguilar :

Fernanda : Parce qu'en plus de me voir comme une

potentielle meurtrière, elle me voit aussi comme une dépravée… Tout ça parce que, vous savez, je me touchais là où je pense, quand j'étais petite… *I mean*, cette histoire de masturbation, vous savez. On n'a jamais parlé de ça, toutes les deux. Ce n'est pas le genre de choses dont elle oserait parler avec quelqu'un. C'est quelque chose d'immonde pour elle. C'est vrai qu'elle est venue vous le dire à vous, mais à moi, elle n'en a jamais parlé, à moi. C'est un sujet tabou à la maison. Elle voit ça comme un péché, comme quelque chose de très très sale. *Maybe* elle pense que je suis mauvaise depuis que je suis née. Comme la mère d'Anne, qui la critique toujours. Au moins la mienne ne me critique pas. Elle ne dit rien de moi, *true*, mais elle ne me critique pas. C'est pour ça qu'Anne dit qu'elle préférerait que sa mère ait peur d'elle et non l'inverse. Elle fait vraiment flipper, sa mère.

Dr Aguilar :

Fernanda : Ma mère et la sienne fréquentaient le même club de badminton, à une époque. Elles n'étaient pas très copines ni rien. Elles jouaient juste ensemble. Et il y a quelques années, elles sont allées toutes les deux au bahut pour se plaindre de la fille qui était tombée enceinte. Elles ont demandé qu'on la renvoie parce que ça donnait une mauvaise image de l'établissement, *you know*. Un truc dans le genre.

Dr Aguilar :

Fernanda : Non, *I mean*, j'aime bien ma mère, moi. Je l'aime *énooormément*. Et je suppose qu'elle m'aime aussi parfois, même si c'est vraiment rare. Mais si ma mère était celle d'Annelise, par exemple, je ne l'aimerais pas. *I mean*, cette femme passe ses journées chez elle, mais elle ignore complètement sa fille. Et les seules fois où elle n'ignore pas Anne, c'est pour lui reprocher des choses qui n'ont pas de sens. Elle lui dit qu'elle est bête, mais Anne n'est pas bête : elle est *trèèèèèès* intelligente. Et parfois même, elle la frappe. Ma mère ne me frappe pas. Si je les compare, ma mère est mieux, *I guess.*

Dr Aguilar :

Fernanda : Non, et je ne le lui dirai jamais, parce que je n'arrive pas à parler avec ma mère de ce que je pense. Ça bloque. *I mean*, c'est un peu triste à dire, mais elle ne me connaît pas. Et parfois je me rends compte d'autre chose : que moi non plus, je ne sais rien d'elle. Et je ne sais pas pourquoi, mais, comment dire, ça me fait peur. Ce n'est pas que j'ai peur d'elle, *of course*, mais ça m'effraie de voir à quel point les personnes les plus proches peuvent être pour nous de parfaits inconnus. *Like*, je ne saurais même pas dire les choses qu'elle aime, ou si elle a une couleur préférée. Ou si elle a un rêve dans sa vie, à part d'empêcher les gens d'avorter ou les gays de se marier. Vous pensez qu'elle me ferait quoi si j'étais lesbienne ?

Dr Aguilar :

Fernanda : *Maybe*, mais un jour Anne m'a dit quelque chose qui doit être vrai et qui du coup me fait très peur : qu'un jour, on sera comme nos mères. Et moi je ne veux pas être comme ma mère. Je veux être comme je suis maintenant, et pour toujours.

Dr Aguilar :

Fernanda : Si j'étais lesbienne, à votre avis, il se passerait quoi ?

X

— Un crocodile ! Y a un crocodile au bord de la mangrove ! cria Fiorella plusieurs fois, courant tout en sueur vers l'intérieur du bâtiment où sa voix résonna comme une alerte à l'épouvante.

Analía, Ximena et Natalia furent les premières à arriver, mais Fernanda et Annelise les poussèrent pour se frayer un chemin entre leurs corps sentant l'oignon et les légumes bouillis.

— Je ne vois rien.

— Aïe !

— Pousse-toi !

Les chaussures en caoutchouc de Fiorella rebondirent contre les marches comme les baffes que Ximena et Analía se donnaient quand le défi consistait à se frapper la paume ouverte sans crier.

— Là ! s'exclamèrent-elles à l'unisson mais elles ne virent qu'une queue saurienne sombrant dans l'eau comme si c'était l'extrémité la plus ancienne de la terre.

— Il était énorme et rampait sur son gros ventre, expliqua Fiore, essoufflée, exhalant toute la moiteur de l'après-midi.

Il avait des dents de scie et des écailles très pâles. On aurait dit un cheval écrasé. On aurait dit un tas de mousse incendié.

Annelise se mordillait les lèvres roses en l'écoutant, comme lorsque le défi consistait à se faire une entaille sur le ventre pour que Fernanda la lèche.

— Il avait les yeux d'un chat à l'affût. Sa langue était si longue qu'elle pendait et qu'elle écrasait les fleurs.

Avec le début des pluies et la marée montante, le bâtiment était devenu le lieu de passage des grands serpents aux couleurs vives, des chauves-souris, des grillons et surtout des grenouilles et des lézards. « Il faut faire attention aux serpents », dit Ximena, mais Annelise aimait les reptiles. « J'aime les reptiles », avait-elle dit quand Fernanda, pour relever un défi, avait dû s'allonger par terre alors qu'à côté ondulait un serpent à rayures jaunes. Parfois, la pluie formait de petites cascades sur les marches que dévalait Natalia lorsque le défi consistait à tomber théâtralement du deuxième au premier étage, mais elles savaient braver l'eau sauvage et faire entendre leur voix par-dessus le bourdonnement des insectes. « Vampires ! » criait Analía en fuyant les nuages de moustiques qui couvraient leurs jambes de reliefs rouges et brûlants. « Ne vous grattez pas ! Enfoncez-vous l'ongle comme ça, conseillait Ximena en dessinant une croix avec l'ongle du pouce sur ses boutons humectés de salive. — J'ai la bave qui pue la truie. — La mienne sent la réglisse. » Une ambiance d'éclairs et de musaraignes les alimentait au cours de ces après-midi passés à raconter des histoires d'horreur de plus en plus ahurissantes. Cependant, l'entrée en scène du crocodile fut un événement car il déclencha chez Annelise l'obsession de battre un record en relevant un défi sans précédent : s'approcher du crocodile et le regarder dans le blanc des yeux. « Tu savais que la morsure du crocodile était plus puissante que celle du lion ? demanda-t-elle à Fernanda-princesse-des-exercices-funambules alors qu'elles se glissaient toutes deux dans l'eau de sa piscine. Tu savais que les crocodiles sont les plus grands reptiles sur terre ? » Fiorella avait peur qu'il revienne et qu'il pénètre dans le bâtiment comme les serpents, les chauves-souris ou les geckos. « Surmonter la peur : voici le but de tout cela », annonça Anne tandis qu'elle marchait sur le rebord du troisième étage et que le défi consistait tout simplement à ne pas mourir. « À mon avis, Anne pousse le bouchon un peu loin, là, osa Ximena. — Si tu comptes faire ta trouillarde, *get out of here* ! » lança Fernanda les yeux mi-clos et la voix pleine de dards. Parfois les défis faisaient mal, comme lorsqu'elles devaient supporter un coup de poing dans le creux de l'estomac sans tomber à terre, mais la plupart du temps ils n'étaient qu'humiliants, comme la fois où Analía avait dû être la chienne d'Annelise pendant quatre heures d'affilée, lui lécher les doigts, faire *ouaf ouaf* et uriner sur les racines des arbres ; ou celle où Fiorella avait dû faire semblant d'accoucher d'un œuf de crocodile qu'elle devait ensuite lancer contre le mur ; ou celle où Ximena avait été l'esclave de Fernanda et avait dû s'agenouiller devant elle puis baiser le bout de ses chaussures avant de la laisser marcher sur ses cheveux. « On ne devrait pas faire des choses aussi dangereuses », dit Natalia en voyant Fernanda assise sur le rebord de la fenêtre, les pieds dans le vide, et fredonnant « *me-gustan-los-aviones-me-gustas-tú* », avec sa jupe s'ouvrant comme un pétale sur le point de se flétrir. « Ne faites pas semblant, vous aimez ça. Avouez-le, dit Annelise le jour où Fernanda s'était évanouie pendant le jeu de la strangulation, ce qui avait terrorisé Analía. Ça n'a de sens que si c'est dangereux. Sans le danger, ce n'est pas marrant. » Devoir regarder Fernanda et Annelise jouer à s'étrangler mettait mal à l'aise Fiorella, qui ne sourcillait pourtant pas en voyant sa sœur rouler dans l'escalier comme la cascadeuse qui remplaçait Scarlett Johansson dans une scène de haute voltige, ou Analía encaisser les baffes que lui donnait Ximena. Chez elles, toutes se tenaient très bien et allaient à l'église et dînaient tous les soirs avec quatre couverts et deux sortes de verres à pied en utilisant des serviettes en tissu, et elles ne disaient jamais de gros mots et souriaient toujours avec retenue et restaient toujours propres et sèches et priaient avant de dormir et avant de manger, mais en secret, elles pensaient à des histoires d'horreur qui leur feraient très peur parce que rien n'était plus excitant que d'avoir peur, mais jusqu'à un certain point, jamais jusqu'au point d'Annelise, qui voulait faire un face-à-face avec le crocodile de la mangrove alors même que Fiorella l'avait prévenue que sa langue était comme un cadavre de rapace gisant sur la rocaille. « Ça sent quoi, l'haleine d'un crocodile ? demanda Annelise à Fernanda pendant le cours de mathématiques. — Ça doit puer le crabe, le singe et la tortue. Le héron, l'anémone et l'escargot. » Au lycée, les six se comportaient comme avant la découverte du bâtiment, même quand elles étaient seules et que personne ne les voyait ni ne les entendait, parce qu'à l'extérieur, la vie suivait son cours bien qu'entre elles tout ait changé. Le crôa-crôa des grenouilles et des crapauds était devenu une symphonie qui les habitait chaque fois qu'elles jouaient à ces jeux qu'elles ne parvenaient pas à comprendre, mais qu'elles ressentaient et aimaient mieux que toute autre chose. « Anne, ne fais pas ça ! criait Ximena dès qu'elle la voyait marcher au bord du vide. — Il ne peut rien m'arriver. Aujourd'hui je suis possédée par Dieu ! » répondait Annelise les bras en croix, mimant un petit avion prêt à décoller du troisième étage. Jamais elles ne discutaient de la façon dont les exercices funambules les avaient transformées en un groupe encore plus soudé, parfait, impénétrable. « Alors, tu crois que si tu affrontes le crocodile, ton Dieu drag-queen va te protéger ? lui demanda Fiorella en fronçant le sourcil. — Peut-être, peut-être pas. Le Dieu Blanc s'en fiche. » Ximena, la plus étourdie du groupe, avait cru pendant des semaines que le Dieu drag-queen et le Dieu Blanc ne faisaient qu'un, mais Fernanda l'avait corrigée : « Le Dieu Blanc est nouveau. » « Le Dieu Blanc, c'est ce que nous sommes lorsque nous sommes ici », expliqua Annelise au groupe un soir qu'elle était plongée dans la contemplation du rivage. « Tu savais que les crocodiles ne peuvent pas mâcher ? Tu savais que les crocodiles ont plus de soixante-dix dents ? » Les autres n'aimaient pas que Fernanda et Annelise s'étranglent, ou marchent au bord du vide, parce que cela leur semblait plus sérieux et plus grave que de se frapper, se taillader le corps ou dévaler les escaliers. Elles n'aimaient pas non plus les serpents colorés qui pénétraient dans le bâtiment, et qu'elles faisaient parfois semblant de chasser ou de domestiquer dans les étages où ils rampaient. « C'est bien trop risqué de s'approcher d'un crocodile », commenta Fiorella tandis qu'Annelise attendait de voir émerger la queue saurienne. « Tu vas te fatiguer les yeux, lui dit-elle ensuite, en voyant un rayon de soleil tomber sur son front comme un éclair. Tu vas te brûler les lèvres. Tu vas te cramer les paupières. » Dans le bâtiment se faufilaient aussi des bébés et des mamans iguanes qui faisaient claquer leur queue quand Ximena, qui n'aimait pas les reptiles, s'approchait pour les écraser. « Je n'aime pas les reptiles », avait-elle déclaré la semaine où elle avait raconté une histoire de sorcellerie et de caméléons. Les histoires du mercredi se perfectionnèrent avec la soudaine apparition du Dieu Blanc comme une inquiétude commune – l'atmosphère ineffable dans l'esprit d'Annelise provoquant en elles des vertiges lunaires. « Que se passe-t-il lorsque nous voyons quelque chose de blanc ? » demanda Annelise à Fernanda sans attendre de réponse. « Nous devinons que cela sera souillé », dit-elle d'un sourire blanchâtre. Quand elles dormaient ensemble, nez contre nez, jambes entrelacées, Annelise lui demandait tendrement de l'étrangler là, dans le noir. « Tu savais qu'un crocodile peut avoir jusqu'à trois mille dents ? Tu savais qu'un crocodile a mal à la bouche quand il mord ? » Alors Fernanda prenait son cou entre ses mains douces-comme-de-la-soie, douces-comme-du-coton, et serrait un peu, puis un peu plus, avant de relâcher et de masser avec ses pouces lisses, ses pouces satinés, le cartilage saillant sous ses doigts telle une pomme d'Ève, tandis qu'Anne entrouvrait ses lèvres. Satisfaire les désirs de sa *best-friend-4ever*-reste-comme-ça-bébé ne déplaisait pas à Fernanda, même si elle ne ressentait pas ce qui nichait dans le visage d'Annelise quand elle se déhanchait dans le lit en lui demandant de serrer encore plus fort. « Ton cou ressemble à une méduse », lui disait-elle en caressant la géographie liquide de veines et d'artères palpitant sous sa peau de Blanche-Neige, sa peau de Bette Davis. Parfois cela laissait de petits hématomes qu'elles prenaient en photo et qu'elles postaient sur leurs comptes Instagram privés. « Celui-ci est vert. Celui-ci est violet. Celui-là est bleu ». 288 *likes*, 375 *likes*, 431 *likes*. Elles les camouflaient ensuite avec le maquillage-de-maman grâce aux infaillibles pas-à-pas des tutoriels sur YouTube qui leur montraient aussi comment se faire un trait d'eye-liner sur la paupière à la façon de Lana del Rey. « Tu savais que les crocodiles s'accouplent sous l'eau ? Tu savais que les crocodiles gardent leur bébé à l'intérieur de leur mâchoire ? » Ximena, Analía, Fiorella et Natalia jalousaient l'amitié de Fernanda et d'Annelise, mais elles savaient aussi que toutes leurs camarades étaient jalouses d'elles parce qu'elles faisaient partie du groupe le plus classe de la classe, et elles faisaient donc semblant de ne pas être contrariées lorsqu'elles chuchotaient entre elles ou riaient en se regardant les lèvres ou se caressaient mutuellement le lobe de l'oreille pendant la récréation. « Je voudrais que tu me gardes dans ta mâchoire », susurra Annelise à Fernanda un samedi à l'aube dans le lit, et elle lui confessa de but en blanc ce qu'elle voulait vraiment qu'elle lui fasse. « Ce sera comme tout le reste, mais différent, dit-elle, les yeux scintillant comme des lumières de Noël. L'idée m'est venue en rêve. L'idée m'est venue en un clin d'œil. » Une fois, Fernanda avait rêvé qu'Annelise s'allongeait au premier étage et regardait de face, appuyée sur ses coudes, un crocodile géant qui avançait vers elle. Alors Annelise écartait les jambes et penchait sa tête en arrière tandis que le crocodile, tel un fils retournant à sa mare originelle, pénétrait en elle jusqu'à disparaître. « Pourquoi le Dieu Blanc est-il blanc ? demanda Natalia juste avant de raconter sa propre histoire d'horreur. — Parce que le blanc, c'est le silence absolu, répondit Annelise d'un ton solennel. Et Dieu est l'horrible silence de tout. » Cet après-midi-là, Fernanda pensa à sa prochaine histoire : une mère en dépression post-partum et un bébé lui faisant saigner les mamelons. Du lait caillé. Du sang dans le lait. « L'amour commence par un mordre et se laisser mordre », disait Annelise. À la fin, le bébé mangerait sa mère, parce que c'était cela, l'amour. *Mon bébé caïman*, dirait-elle à son enfant. *Mon petit requin amoureux*. « J'ai lu que certaines mères se sentent excitées en allaitant leurs enfants », dit Analía, dégoûtée, en reluquant ses mamelons couleur écureuil, couleur kiwi, pointant sous son uniforme froissé. Fernanda et Annelise racontaient des histoires sur la maternité et le cannibalisme qui faisaient très peur à Analía et à Ximena et les empêchaient pour ainsi dire de boire du lait au petit déjeuner. « Vous saviez que Miss Clara s'habille exactement comme sa mère morte ? fit Annelise, qui avait déjà des colles avec la prof de lettres les vendredis après-midi. Je crois que Miss Clara a peur de nous. Je crois que Miss Clara serait bien contente de ne plus nous voir. » Le crocodile ne revint pas sur le rivage, mais Annelise le dessinait dans ses cahiers et sur les murs du bâtiment. *Je voudrais que tu me gardes dans ta mâchoire,* se répétait Fernanda avant de céder à la proposition de sa *best-friend-4ever*-reste-comme-ça-bebé. « Mais si je te fais ça, les autres ne doivent pas le savoir », dit-elle à Annelise, qui lui avait déjà dit que si elle acceptait, les autres ne devraient pas le savoir. D'après Fernanda, Miss Clara était une personne à qui il était facile de faire peur parce qu'elle ne clignait presque pas des yeux et se tenait les bras pendant la récréation. « Nous avons tous mordu nos mères. » D'après Annelise, ce serait marrant de lui faire peur. « Nous avons tous un peu mangé nos mères. »

XI

Clara ne ferma pas l'œil de la nuit. Elle resta figée dans le vieux lit de camp, déterminée à ne pas le faire grincer, même du moindre battement de cils. Elle voulait entendre la forêt au point du jour : le chant des êtres lunaires rampant sous le regard de l'œil blanc. Elle pensait qu'elle serait apaisée par les bruits de l'invisible. Elle pensait que Fernanda cesserait de crier si elle-même cessait de se mouvoir. Ces cris faisaient taire la forêt, mais Clara ne remuait pas d'un cil. Le lit de camp ne grinçait pas. Dehors les animaux chassaient. *Les animaux ne cessent jamais de chasser*, pensa-t-elle quand les cris s'arrêtèrent. Le bruissement des créatures nocturnes devint vaste et distant comme les pas de la mort. Ce n'était pas la première fois qu'elle se lançait le défi de cesser d'exister pour que tout le reste existe. Sa tête fonctionnait mieux dans ces conditions-là : lorsque aucun de ses muscles ne bougeait. Durant son adolescence les médecins lui avaient dit que ses exercices sur la matière étaient, en réalité, un état catatonique résultant de facteurs psychologiques. Personne ne comprenait qu'il s'agissait là d'une condition volontaire; une décision qui exigeait d'elle une discipline extrême. Le corps vivant demandait de l'action et le paralyser revenait à lutter contre cette vie, mais pour réfléchir à certaines choses il fallait parfois se figer comme un cadavre ou un volcan qui dort.

« Trouble anxieux. » Ils émirent leur diagnostic quand elle eut seize ans. « Trouble panique », ajoutèrent-ils à la sentence.

« Excusez-moi, docteur, mais c'est censé être quoi, ça ? » demanda sa mère qui, en dépit des explications, ne réussit pas à comprendre. Clara avait beaucoup changé depuis. Aujourd'hui, par exemple, elle pouvait penser sans les mots. Son corps incarnait un logos immolé : un langage où le verbe n'arrivait pas à se dresser. Il avait été dur d'admettre, après tant de temps passé à essayer de communiquer, que rien de ce qu'elle disait ne correspondait à ce qu'il y avait dans sa tête. La symptomatologie de la peur était muette, mais oppressante. « Ôte-toi ces cafards de la tête, Génisse. Allez, dis-moi, qu'est-ce qui te fait autant paniquer ? », lui avait demandé sa mère avant de savoir que ses vertèbres se retourneraient contre elle. « La panique, c'est la panique », aurait-elle voulu lui dire : les mots étaient une fiction mesquine et maniérée, un piège qui noyait le chaos organique sous une fausse dramaturgie de l'ordre. C'était peut-être pour ça qu'elle aimait corriger les textes de ses élèves et obtenir d'eux une écriture soignée et standardisée : parce qu'elle préférait enfoncer ses pieds dans le ciment de la logique verbale que se noyer nue dans l'océan de sa pensée.

Mais la peur – aurait-elle voulu dire à sa mère avant qu'elle meure – était biologique et son langage ignorait les hommes.

Clara savait à présent que la pensée n'avait pas besoin de mots.

Clara savait à présent que certaines choses ne pouvaient se penser que sans mots.

Elle se glissa hors du lit de camp avant l'aube et descendit les marches. Fernanda dormait sur la table et ses yeux mi-clos derrière ses cils ressemblaient à deux œufs de caille. Clara eut envie de les lécher mais ce désir la terrifia. Quand elle sortit en silence de la cabane, la mâchoire taraudée par son pouls lancinant, l'obscurité absolue se glissa dans ses oreilles comme une berceuse. Penser avec le corps était une sensation déconcertante : accepter les traces, les plis, l'histoire des os faisant vibrer des fauves dans sa gorge. « Chaque femme comme chaque homme porte en soi un nouveau round de la lutte mythique entre la logique de l'esprit et la logique des sens », avait-elle dit à ses élèves un jour, mais à cette époque elle ne comprenait pas encore la véritable portée de l'expérience matérielle. Pour la comprendre, elle avait dû se voir réduite à sa chair, comme les torturés ; ces êtres à vif, faits d'artères, d'os, de salive et de sang... Si débordants d'eux-mêmes et pourtant si tronqués aux yeux des autres. Elle avait connu la torture, mais elle sentait que sa conscience, qui n'avait été ni mutilée ni démembrée, comblait chacun de ses organes. Elle marchait parmi les arbres comme une aveugle, dévorée par une pensée physique qui ne pouvait, ni ne devait, s'articuler et qui était liée à la terreur qui la prenait à la gorge lorsqu'elle fermait les yeux et qu'elle ne voyait que tresses et grains de beauté. Des images et non des mots. Des sensations et non des signifiés. « La poésie tente de créer l'expérience de ce qui ne peut être dit », avait-elle souvent répété à ses élèves. L'affirmation de l'humain dans la brume tandis que, de l'autre côté, chassent les animaux.

« Quel est le seul animal qui naît de sa fille et accouche de sa mère ? » demanda sa mère-sphinx-de-la-mangrove en fixant le vide et en frappant le sol de sa canne pour contrer le lourd silence de Clara.

Une forêt est plus grande de l'intérieur que de l'extérieur, pensa-t-elle pour éviter de se fixer sur l'énigme maternelle.

Elle marchait en griffant les troncs et en trébuchant sur les racines épaisses qui blessaient ses pieds nus. Pendant un instant, elle eut l'impression de fuir ce qu'elle avait fait et, répugnée par l'idée d'une telle faiblesse, elle se laissa tomber sur un rocher qui avait la forme d'un homme recroquevillé. Il faisait si froid que ses dents lui faisaient mal comme des petits cœurs palpitant sur ses gencives. Sa respiration s'entrecoupait et un fourmillement familier se répandit de sa paume ouverte jusqu'à son cou. Elle savait qu'elle était capable de contrôler la peur de la mort qui se balançait comme un pendule sur sa langue quand les symptômes de son anxiété s'intensifiaient. Elle était entraînée à penser avec ses muscles, surtout que cette fois, c'était différent : cette fois, elle n'aurait pas à s'inquiéter d'une chose aussi simple que mourir. Ce qui en réalité l'empêchait de dormir, ce qui l'asphyxiait et lui donnait tous les jours le vertige, ce n'était pas la mort, mais la possibilité d'avoir encore une fois peur de mourir ; cette sensation d'angoisse extrême, cette impression que chacune de ses cellules volait en éclats – comme lorsque les M&M's lui avaient fourré une chaussette dans la bouche pour l'empêcher de crier –, lui était devenue insupportable. Elle n'avait jamais été capable d'expliquer ce qu'elle ressentait lorsque lui venaient les palpitations, les sueurs, les fourmillements dans les bras, les tremblements. Elle n'avait jamais pu dire à sa mère, agonisante sur un lit d'hôpital avec sa colonne transformée en boa, qu'avoir peur de mourir c'était bien pire que mourir tout court.

« Une crise de panique, c'est comme se noyer à l'air libre », avait-elle essayé de lui expliquer un jour, et justement parce que cela semblait incompréhensible, c'était peut-être la meilleure description qu'elle avait réussi à faire de son mal jusqu'alors.

Une crise de panique, c'est comme se brûler dans l'eau, c'est comme tomber vers le haut, c'est comme geler dans le feu, comme marcher à l'encontre de toi-même avec la chair solide et les os liquides, pensa-t-elle. Pas un mot pourtant ne pouvait décrire la tachycardie qui à cet instant même transformait sa poitrine en une pierre poreuse. Sa boîte crânienne était pesante, pleine de dards et de cartables, mais au-delà de sa tête surgissait le volcan. *Les volcans aussi sont plus grands à l'intérieur qu'à l'extérieur*, se dit-elle en observant le spectacle de l'aube pourpre tandis qu'à ses lèvres revenaient comme une eau fraîche les vers de l'un de ses poètes favoris. « Le beau n'est que le premier degré du terrible. » C'était peut-être parce que la beauté anticipait l'horreur qu'elle avait abandonné son livre sur les volcans : pour finir là, de l'autre côté du brouillard qui parfois lui cachait la vision d'une cime enneigée ; en chasse avec les chasseurs.

« Nous vivons dans un énorme chaudron : il y a dans ce pays presque une centaine de volcans dont plus de vingt sont en activité », lui avait dit un jour sa mère, qui avait toujours eu un penchant pour les paysages qui laissaient deviner leur propre destruction. « Il n'y a rien de plus sublime qu'une montagne en flammes, lui disait-elle quand elle regardait sa collection de photographies des volcans Cotopaxi, Antisana, Tungurahua, Chimborazo, Pichincha, Sangay et Reventador. On a du mal à croire, Génisse, que derrière ces glaciers il y ait l'enfer. » Parfois la beauté et le potentiel destructeur des cratères glacés donnaient à Clara une immense envie de pleurer, mais ils la faisaient aussi se sentir moins seule, comme si sa maladie faisait partie du magma bouillonnant sous le ciel glacé de la cordillère.

La peur – aurait-elle voulu dire à sa mère – était tellurique : voilà pourquoi, tandis que la forêt dévorait les premiers rayons de soleil, les frissons de Clara s'amplifiaient comme un tremblement de chair.

La cabane et la forêt, situées à quelques kilomètres à peine du volcan, étaient le décor parfait pour être courageuse, enfin. Après tout, on avait besoin du même cran pour marcher vers la vie que pour marcher vers la mort : du même courage, des mêmes ongles cassés. Elle devait pouvoir se purifier de cette confusion de froideur et de chaleur courant dans le torrent vertical de son torse. Elle devait comprendre qu'une horreur perpétuelle, qui éloignait encore et encore la victime de l'ordre de son propre monde, pouvait faire perdre à n'importe qui la volonté de parler. Qu'une horreur comme celle qui à présent exsudait des arbres d'eau le long de son échine était inénarrable et se déployait dans son corps comme une explosion millénaire dans la gorge de Dieu. Elle voulait transformer son livre sur les volcans en un poème à elle pour parler de ce sentiment qu'elle connaissait si bien ; écrire, avec les vers des autres, quelques vers sur son intérieur rempli de cheveux et de voix pubères ; mais elle ne savait pas, au fond d'elle-même, pourquoi elle avait entrepris une tâche aussi inutile. En revanche, elle savait très bien pourquoi elle avait emmené Fernanda si haut, jusqu'à cette forêt suspendue dans le ciel face à un volcan endormi, et ce qu'elle voulait d'elle avant que tout ne soit fini. Parce que même si elle faisait durer l'affaire, elle savait que le temps ne s'était pas arrêté et qu'à tout moment elles pourraient être retrouvées, ce qui ne correspondait pas à son plan. Son plan était que la police ne les retrouve pas trop vite.

Elle avait franchi, à dessein, une frontière mystérieuse où elle s'attendait à faire face à ses propres limites. Mais, au-delà de la tempête, il n'y avait que la tempête et une morsure fraîche qui l'attendait encore.

Assise au milieu de l'aube, ses poumons se repliant comme de timides chauves-souris blotties au fond de son thorax, elle se rappela l'énigme : « Quel est le seul animal qui naît de sa fille et accouche de sa mère ? » *La poésie, l'univers, la mort, Dieu.* « M'aurais-tu aimée si je l'avais résolue ? » demanda-t-elle à Elena mourante. Ses tantes et ses oncles lui avaient dit, lorsqu'elle avait dix ans, qu'elle ne pouvait pas s'habiller comme sa mère ni la désirer d'une façon aussi absolue. « La poésie met au monde la poésie qui l'engendre », avait-elle essayé de deviner à ses vingt-quatre ans, mais ce n'était ni la réponse, ni la vérité. « La mort allaite la mort qui la fait naître. » Peu de temps auparavant, ses grands-parents lui avaient expliqué qu'un amour de cordon ombilical était pathologique. « Maman, m'aurais-tu moins haïe si je t'avais dit que cet animal unique, c'était nous ? » chuchota-t-elle au corps inerte de sa mère recouvert d'un drap dans son imagination. Les paroles des autres étaient de tendres mâchoires qui la peignaient à l'aube durant ses insomnies, mais pendant un temps elle avait cherché en elles un lieu calme où venir paître ; une construction narrative qui donnerait du sens à son monde inondé de noms.

« Quel est le seul animal qui naît de sa fille et accouche de sa mère ? avait-elle demandé un mois plus tôt à Annelise.
— Dieu, avait-elle répondu immédiatement. Parce que mon Dieu est une hystérique à l'utérus déambulant. »

Clara croyait en l'idée du Dieu d'Annelise : une présence qui était comme un rêve dans lequel le soleil sortait du cratère d'un volcan, comme à cet instant même. Un brouillard blanc s'installa et, tout près d'elle, elle vit un lapin gris rôdant au niveau des épaisses racines d'un arbre. Elle n'avait pas emporté de provisions et elle commençait à avoir faim. La voiture était restée vide à un kilomètre de la cabane : une épave qui avait appartenu à sa mère et qui, contre toute attente, avait réussi à les amener jusque-là, jusqu'à l'ancien refuge de sa défunte grand-mère. Que dirait Elena si elle la voyait à cet instant même ? *Rien*, pensa-t-elle : elle frapperait le sol avec sa canne improvisée de Tirésias de Martha Graham et fondrait en larmes comme une pleureuse ou comme Œdipe avant de s'arracher les yeux. « Je savais que tu me forcerais à regretter de t'avoir fait naître ! lui dirait-elle. Tu n'es qu'une gamine tarée. » Elle se souvenait encore avec acrimonie de la première pensée qui lui était venue en la voyant mourir. Elle avait alors vingt-cinq ans et, tout en observant la peau écailleuse du visage de sa mère en train de se décomposer, en train de mourir déjà, elle pensa à la voiture. *Maintenant, ce sera la mienne*, pensa-t-elle. *Je la remettrai à neuf, je lui ferai passer une révision, je la repeindrai d'une couleur à mon goût, en rose bonbon, je ferai modifier la carte grise, je paierai une assurance… Maintenant que j'aurai une voiture à moi*, conclut-elle, *j'aurai enfin une vie à moi. Je voyagerai, je déménagerai, je changerai.* Mais après les obsèques vinrent les dettes, les études, le travail. La voiture ne fut jamais remise à neuf ni repeinte en rose bonbon. En revanche, elle lui fit passer une révision, modifia sa carte grise et paya une assurance. Clara avait toujours fait ce qu'il fallait faire, mais aujourd'hui, elle faisait enfin ce qu'elle voulait. Et ce qu'elle voulait à présent, c'était enseigner une chose importante à Fernanda, lui donner une vraie leçon. Être une bonne professeure qui lui donnait non pas la parole, mais la blessure : la connaissance ultime qui ne pouvait se donner que par la chair.

Un silence végétal des sens.
Un nouvel état de la conscience.

Clara savait qu'elle avait ligoté le cou de sa mère avec son amour ombilical.

À présent, elle ligotait Fernanda parce qu'une bonne professeure, c'était une mère, et qu'une élève, c'était une fille.

« Parfois j'aime imaginer que l'univers est le cadavre de Dieu en décomposition, lui avait dit Annelise pendant une colle. Imaginez, Miss Clara, que nous ne soyons que cela : l'énorme et flottante charogne de Dieu. »

Elle avait cru que tout serait fini avant de commencer à avoir faim, mais elle se trompait. Elle avait encore besoin de temps pour être une bonne enseignante. Même si elle avait froid et que ses frissons ne cessaient pas, elle restait immobile, les yeux fixés sur le lapin qui s'approchait sans crainte, fouinant dans les feuilles sèches et la terre, comme si Clara n'était pas une potentielle prédatrice mais qu'elle faisait partie du paysage. *Le paysage est toujours un prédateur potentiel*, pensa-t-elle en écoutant le bruit de sa respiration de plus en plus semblable à celui d'une machine à laver. Dans sa vie, le problème avait été cette lutte absurde et exténuante menée pendant des années contre ce qu'elle était et qu'elle était censée ne pas être. *Les femmes ne se façonnent pas elles-mêmes*, pensa-t-elle. *Les femmes sont façonnées par leurs filles et par leurs mères.* Se battre contre son squelette était une guerre perdue d'avance. La nature pouvait être transformée jusqu'à un certain point mais son centre demeurait indomptable. À ce moment-là, Clara acceptait ce qu'il y avait d'indomptable en elle car, lorsqu'elle n'essayait pas de contrôler les symptômes de sa peur – comme à cet instant où la tachycardie commençait à se calmer et que son cœur nageait en se dilatant –, les crises de panique étaient moins fortes. Les pensées de son corps étaient de petites fleurs en train d'éclore sur le cactus de son esprit : ce qu'il y avait de plus délicat, de plus doux et de plus vivace sur terre, comme ce lapin effleurant ses orteils et sentant l'odeur de son sang.

« Fernanda et moi, on n'est plus copines, lui dit Annelise après avoir tiré les cheveux de Fernanda et que celle-ci lui avait éclaté la lèvre supérieure d'un coup de poing. Je la déteste et je crois que je vais vomir. »

Elle avait séquestré une de ses élèves pour lui enseigner la seule chose qui était importante, mais elle ne savait pas comment s'y prendre. Une partie du travail était en cours, mais sans ligne directrice et sans attente. Et tandis que les symptômes diminuaient à un rythme désespérant, elle s'adonnait au vertige pelvien et à l'horreur des cellules disloquant ses membres.

« Vous voulez que je vous raconte ce que m'a fait ma meilleure amie ? » lui demanda Annelise.

Le corps était la seule réalité pour un esprit habitué à se nourrir du vide, mais le sien ne pouvait rien lui offrir d'autre que ce monde de sensations insupportables et la vengeance cachée dans son ultime désir.

« Si je vous le raconte, vous me promettez de ne pas vous fâcher ? »

XII

A : Quel est le seul animal qui naît de sa fille et accouche de sa mère ?

F : Quoi ?

A : C'est une énigme.

F : Et tu la sors d'où ?

A : De Miss Claire-voyante.

F : Miss Claire-comme-de-l'eau-de-roche, Miss Claire-comme-du-cristal ?

A : Elle me l'a posée et j'ai répondu Dieu. Mais ce n'est pas la bonne réponse.

F : *It's so creepy.*

A : Miss Clara dit que la bonne réponse existe.

F : *It's so fucking creepy.*

XIII

« *Chuuut!* fit Annelise en posant son doigt sur ses lèvres maquillées quand Ximena trébucha sur le tapis en peau d'ours du père de Fernanda. Elle va nous entendre. On va se faire prendre. » Toutes les lumières étaient éteintes et elles avançaient sur la pointe de leurs pieds déchaussés, leurs talons hauts à la main, à travers un salon semé d'embûches en forme de meubles, de vases et de sculptures d'une grande valeur. « Aïe, je me pisse dessus ! lança Analía. — *Chuuut* ! » firent Fiorella et Natalia à l'unisson. Il était une heure du matin et Charo dormait. Le chauffeur était en vacances. Les parents de Fernanda étaient partis en voyage. *Tic, tac*, faisait la vieille pendule près du piano dont personne ne savait jouer. « On peut faire la soirée pyjama chez moi, avait suggéré Fernanda le week-end précédent. Personne ne sera là pour nous surveiller. Personne ne s'en rendra compte. » L'étudiant aux yeux verts et au poignet tatoué les attendait dans son cabriolet-noir-Batman près du parc central du complexe résidentiel. Elles avaient dix minutes de retard parce que Fiorella et Natalia avaient appelé leur mère pour lui dire bonne nuit. « Amusez-vous bien avec vos copines, mes chéries, et ne vous couchez pas trop tard. — C'est vendredi, maman. On teste des vernis à ongles. On va jouer à la PlayStation. On va se coiffer comme des Lady Gaga. On va se maquiller à la Amy Winehouse. On va défiler comme des Kate Moss. On va chanter comme Lorde. » Aucun de leurs parents ne savait que, depuis plusieurs années, elles utilisaient l'excuse des soirées pyjama pour boire le vin de la mère de Ximena, tripoter la collection de revolvers du père d'Annelise, fumer les cigarettes de Charo et mater du hentai sur XXVideos et PornTube. « Pourquoi il lui envoie le sperme à la gueule ? — C'est dégueulasse ! — Il n'est pas comme ça, mon vagin. — Toutes ces veines ! — C'est un téton, ça ? » Les soirées pyjama étaient aussi l'excuse parfaite pour partir ni vu ni connu en soirée avec des étudiants beaux comme des stars d'Hollywood qui avaient le permis de conduire, mais qui ne sauraient jamais rien du bâtiment ni de ce qu'elles y faisaient. « Vous croyez que nos exercices funambules sont comme les mortifications dont parle Mister Alan ? demanda Analía quand son défi consista à se laisser écraser les mains par Fiorella. — T'es folle ? répondit Annelise. Sauf si ce sont des mortifications pour le Dieu Blanc, dans ce cas, oui. Alors on fait ça pour atteindre l'extase. » Ce soir-là elles s'étaient habillées comme s'habillaient, selon elles, les filles plus âgées qui allaient en soirée pour boire, danser et y faire tout ce qui était, selon Mister Alan, propre aux femmes qui ensuite se faisaient violer et tuer dans la rue. « Comment on met ça ? » Elles s'étaient maquillé les hématomes. « Ah, comme ça. » Parfumé les clavicules. Ximena déborda en se maquillant les yeux et se tacha le visage d'eye-liner noir. C'était la moins jolie du groupe ; la moins amusante, la moins intelligente, celle qui fourrait du papier toilette dans son soutien-gorge et imitait les coiffures d'Annelise et de Fernanda même si ça ne lui allait pas. « Ça me va bien ? leur demanda-t-elle, encore dans la chambre. — Ouais. T'es canon, répondirent les jumelles. — On dirait que t'as dix-neuf ans. — Moi j'dis, tu fais vingt », et Analía, Fiorella et Natalia s'éloignèrent d'elle en pouffant à cause du nœud en strass sur la frange de Ximena. Il y avait des choses ridicules qui ne cessaient de l'être que sur certains crânes, pensaient-elles. Fernanda, par exemple, avait orné le sien d'un ruban à paillettes et le résultat était élégant, même sur sa coupe garçonne à la Kristen Stewart ou Emma Watson : il allait bien avec son minois de diamant et son cou de flamant rose. « Mets du rouge sur tes lèvres, lui avait demandé Annelise une heure avant. — Ça te plaît ? — J'adore. » Fernanda adorait les lèvres d'Annelise, les taches de rousseur d'Annelise, les cheveux noirs d'Annelise. « Waouh, elle te va trop bien, cette robe. » Elles savaient toutes qu'une fille comme Anne n'avait besoin que d'un peu de rouge sur les lèvres pour être bluffante. « *Chuuut* ! Putain, taisez-vous. » Dans le bâtiment, Annelise était toujours la première à relever les défis les plus dangereux. « Fer, comment on ouvre la porte ? » La première à tuer un serpent. « Voilà. » La première à marcher sur les rebords du troisième étage. « On a réussi ! » La première à nager dans la mangrove en sachant qu'il y avait un crocodile. « Dépêchez-vous sinon on n'arrivera jamais au parc. » Fernanda aussi était la première, mais pas toujours. « Comment il s'appelait, lui, déjà ? demanda Natalia, la jumelle aguicheuse. — Hugo », répondit Fiorella, la jumelle timide. Ximena, qui ne savait pas marcher avec des talons, suivait le groupe cahin-caha le long de la rue silencieuse du complexe résidentiel avec piscine, club de sport, centre commercial, église et service de sécurité armé vingt-quatre heures sur vingt-quatre. « C'est des chaussures, pas des échasses », s'esclaffa Analía en la filmant avec son portable. Analía était la plus drôle du groupe et se moquait souvent de Ximena en s'imaginant qu'elle s'épargnerait ainsi les blagues des autres sur son léger surpoids. « Prends ma blouse, elle est plus jolie, lui avait dit Fernanda une demi-heure plus tôt sans réaliser qu'Analía mettait du M et non du XS. — Non merci, j'aime bien celle-là », avait-elle répondu en sortant la sienne de sa valise Sailor Moon. Au lycée, Analía se faisait traiter d'otaku, mais ses copines savaient qu'elle était juste fan de quatre animes et qu'elle n'avait jamais lu de mangas. « Arrête de me filmer ! cria Ximena. — *Chuuut* ! — Mais on est dehors, là ! — Et alors ? Tu crois que les gens ne dorment pas ici, ou quoi ? — Mais on est vendredi ! » L'étudiant Hugo les attendait en fumant à côté de son cabriolet-noir-Batman. « Mon Dieu, qu'il est beau, lâcha Ximena en se mordant la lèvre inférieure. — Arrête de rêver », lui dit Natalia, en jetant ses cheveux en arrière. Les sœurs Barcos étaient identiques, seul un grain de beauté sur l'épaule de Fiorella les distinguait. Elles faisaient de la danse classique depuis l'âge de six ans, mais dès qu'elles entraient dans le bâtiment, elles se mettaient à raconter des histoires d'épouvante sur des objets étranges et des corps en souffrance cachés dans les recoins des maisons à louer. « Salut, les filles. Ça va ? fit-il en écrasant sur le trottoir ce qui restait de sa cigarette. — *Sorry* pour le retard, mais mes copines sont débiles, dit Annelise en regardant Fiorella et Natalia qui lui faisaient une grimace. *Nice !* » Elles montèrent dans la voiture en s'extasiant sur la couleur du cuir des sièges. « Merci, merci. » Fernanda n'apprécia pas de devoir monter à l'arrière, loin d'Annelise. « Vous voulez de la musique ? » C'était la première fois qu'elles allaient à une soirée avec l'étudiant aux yeux verts et au poignet tatoué prénommé Hugo. « *Obviously!* » Elles avaient l'habitude de sortir avec des étudiants en droit de l'université du Saint-Esprit, mais Hugo était en médecine à l'Université catholique et c'était un des plus récents followers d'Annelise sur Instagram. « T'es sûre que ce n'est pas un psychopathe, au moins ? lui avait demandé Fernanda deux jours plus tôt. — T'inquiète. C'est le cousin d'un des meilleurs amis de mon frère. Je le connais. Je sais qu'il n'est pas dingue. » Lorsque au premier feu rouge, une fois qu'ils furent sortis de la résidence, un homme s'approcha de la voiture en exhibant son moignon pour quémander quelques pièces, Hugo s'empressa d'appuyer sur le bouton pour déplier la capote en toile. « C'est mieux : comme ça on ne se décoiffe pas », dit Fiorella en caressant ses cheveux blonds. Sa sœur avait les yeux fixés sur le rétroviseur, et quand elle croisait le regard de l'étudiant aux yeux verts, tatouage au poignet et fossette au menton, elle lui souriait. « Quelqu'un a ramené un peigne ? » Ni Fiorella ni Natalia n'avaient jamais eu de petit-ami. « Personne ? » Elles n'avaient pas non plus embrassé de garçon, même si elles avaient été à deux doigts de le faire lors de la dernière soirée. « Si tu ne lui avais pas dit ça, il m'aurait embrassée, c'est sûr ! avait crié Natalia à sa sœur après la fête. — Tu ne lui plaisais pas toi, on lui plaisait toutes les deux ! avait corrigé Fiorella. Il voulait nous embrasser parce qu'on était jumelles ! Il voulait nous embrasser parce qu'on était identiques ! » Aucun professeur n'arrivait à les distinguer, mais Fiorella se sentait plus laide que Natalia bien que leur seule différence fût un grain de beauté. « Personne ? » Voilà pourquoi les soirées étudiantes fragilisaient sa confiance en elle, contrairement aux après-midi dans le bâtiment où elle dansait pieds nus au milieu des serpents colorés. « Aïe ! » fit Natalia quand Fiorella lui donna un coup de coude dans les côtes pour qu'elle arrête de faire des yeux doux au rétroviseur. « Vous aimez le reggaeton ? Vous aimez le hip-hop ? » Fernanda ne trouvait vraiment pas ça drôle qu'Annelise aille toute seule devant, ni qu'Hugo – l'étudiant aux yeux verts, tatouage au poignet, fossette au menton et cheveux ondulés – fixe autant ses lèvres. La dernière fois qu'elles étaient allées à une soirée, un roux à dreadlocks avait embrassé Annelise. « Alors, c'était bien ? C'était comment ? lui avait-elle demandé une fois rentrées. — Dégueu. Il avait une haleine de chacal. » Dans le bâtiment, quand elles marchaient les bras en croix sur les rebords du troisième étage, elles ne regardaient jamais vers le bas. « Ça fait une impression de dingue, non ? disait Annelise. De sentir qu'on peut mourir mais ne pas mourir. » C'étaient les seules à faire cette acrobatie, les autres avaient peur de tomber. « Bande de lâches », leur disait Fernanda, puis elle levait les yeux vers le ciel et avançait avec précaution, un pied devant l'autre. « Il y aura du monde ? demanda-t-elle à l'étudiant au blazer noir prénommé Hugo. — Beaucoup, oui. » Les parfums se mélangeaient. « Il ressemble au mec dans *Twilight* », chuchota Ximena à l'oreille d'Analía, et les jumelles l'entendirent. « Il paraît que tu ressembles à Robert Pattinson. Tu trouves, toi, que tu ressembles à Robert Pattinson ? » Le rouge à lèvres faisait ressortir les taches de rousseur d'Annelise, surveillée de près par Fernanda à travers le rétroviseur latéral droit. « On me le dit souvent. » Ximena et Analía étaient fans de la saga, même si elles n'avaient vu que les films parce que se taper les livres, c'était hyper ennuyeux. « *Harry Potter*, c'est mille fois mieux », estimait Fernanda. « *Avada Kedavra* », disait Annelise en agitant son crayon comme si c'était une baguette en direction de Mister Alan. « Quel sale boulot », marmonna Annelise quand deux agents de sécurité avec des fusils relevèrent leurs noms et la plaque d'immatriculation du cabriolet-noir-Batman avant de les laisser entrer dans une autre résidence privée avec piscine, club de sport, centre commercial, église et service de sécurité armé vingt-quatre heures sur vingt-quatre. « Il y aura de la bière ? » demanda Ximena qui n'aimait pourtant pas ça. L'étudiant aux yeux verts, tatouage au poignet, fossette au menton, cheveux ondulés, blazer noir et Converse bleues éclata de rire. « Bien sûr », dit-il en ouvrant la portière à Annelise. « Qu'elle est bête », murmura Natalia, ayant honte pour elle. Fernanda ignora la main que lui tendait Hugo et descendit sans son aide, arrangeant sa jupe qui était remontée de plusieurs centimètres le long de ses cuisses. « Tu ressembles à la fille dans *Stranger Things*, dit-il en désignant ses cheveux courts et son ruban à paillettes. — Ah, c'est qui, déjà ? demanda Ximena. — Millie Bobby Brown », expliqua Analía d'un ton las. Cherche sur Google. » La bouche d'Annelise décocha un large sourire rouge. « C'est vrai que tu lui ressembles. » Dans le bâtiment, elles s'étaient toutes fait une entaille sous la fesse gauche à mesure qu'elles acceptaient le Dieu Blanc des histoires d'Annelise. « Ceci est ton initiation, Fiorella Barcos Gilbert, avait-elle déclaré à voix haute avant de lui scarifier la peau. Parce qu'à l'âge blanc tu es et que blanches sont tes pensées. Parce que tu as vu l'animal blanc émergeant de l'eau, parce que tu t'ouvres au Dieu-mère-à-l'utérus-déambulant. » Même Fernanda ne comprenait pas vraiment à quoi elles s'initiaient avec ces cicatrices, mais ce jeu lui semblait intéressant parce qu'il était énigmatique et qu'il leur donnait la sensation de faire partie de quelque chose de spécial. « L'histoire que je vais vous raconter aujourd'hui ne ressemble à aucune autre : il s'agit de la première et de la plus abominable apparition du Dieu Blanc à une jeune fille en âge blanc », commença Annelise un mercredi après-midi. Le reste du groupe l'écoutait, déjà transi de peur, assis en un cercle parfait. « Personne n'a jamais su ce qu'elle était devenue, et son nom est demeuré imprononçable jusqu'à ce que deux terribles meurtres bouleversent de petits villages d'Europe de l'Est. » Après avoir écouté les récits d'Annelise sur le Dieu Blanc, elles rentraient toutes chez elles la peur au ventre, avec la sensation que quelque chose ou quelqu'un les guettait ; qu'un pouvoir divin et monstrueux pouvait se révéler à elles au cours de la nuit ou à l'aube, et qu'elles seraient incapables de fermer les yeux pour s'en protéger. « Ce ne sont pas des histoires vraies, hein ? avait demandé Ximena un jour. — Bien sûr que si, elles sont vraies, avait répondu Annelise, debout près d'une fenêtre du bâtiment. Serais-tu en train de douter du Dieu Blanc au sein même de son temple ? » Ximena s'était dit qu'il n'était pas très prudent de douter d'un dieu au cœur de son domaine. « Entrons », leur dit Hugo en tirant une nouvelle cigarette de son blazer. « Tous les tremblements de terre, c'est Lui », assurait Annelise quand la terre tremblait et que le bâtiment tanguait comme la mer. Des séismes de 4,2. Des séismes de 6,5. « Je suis décoiffée ? » demanda Fiorella à sa sœur, qui l'ignora. La fête était organisée dans une grande maison d'où s'échappaient des lumières de discothèque, du reggaeton et des cris. « Cool », dit Ximena en se déhanchant avant l'heure. Le son était si fort que Fernanda le sentit vibrer dans ses organes d'une façon désagréable. « Dans les films d'horreur, c'est toujours pendant une fête que les choses se mettent à mal tourner, glissa-t-elle à l'oreille d'Annelise, qui lui pressa tendrement la main. — On verra bien. » Dans le jardin, les gens dansaient, mais à l'intérieur, ça fumait, ça braillait et ça buvait des cannettes de bière. « On n'y voit que dalle, dit

Analía en brassant l'air épais d'un revers de main. — Il faut juste s'habituer, lança Fiorella. — Je parie que nos cheveux vont sentir le joint. — Je parie qu'ils vont vouloir nous bourrer la gueule. » Ximena fronça le nez : « Moi je ne vais rien prendre de tout ça parce que c'est pas bien », mais dans le bâtiment elle avait été la première à lécher le sang des règles d'Annelise. « Ça a quel goût ? lui avait alors demandé Analía. — Ça a un goût d'escargot rouillé. Ça a un goût d'algues et de foie. » Hugo les guida jusqu'à une table ronde où l'attendaient trois de ses amis, tous étudiants en médecine. « Je vous présente Gabriel, José et Gustavo. » Ils se tournèrent tous vers Annelise en premier, ce qui embêta Natalia qui bomba la poitrine pour faire ressortir son décolleté. « Vous avez quel âge ? demanda celui qui s'appelait José et avait un nez minuscule. — Et toi, quel âge t'as ? lui rétorqua Anne. — Je suis plus vieux que vous, répondit-il en hennissant. — Eh ben nous, on est plus jeunes », fit-elle en se disant que José faisait plus cheval que certains chevaux. Fernanda s'assit à gauche d'Annelise. « Vous êtes à Delta ? » Hugo, à sa droite. « Bon bahut. Ma cousine y était. » Ils leurs offrirent de la bière. Ils leurs offrirent des cacahuètes. « Aucune de vous n'est maquée, j'espère. » Analía se demandait comment ils faisaient pour discuter avec un tel boucan, puis elle se rappela Mister Alan leur disant que les gens n'allaient pas en soirée pour discuter. « Les filles comme vous doivent se méfier des fêtes comme de la peste, leur avait-il dit. Les filles comme vous doivent apprendre la modération. » Dans le bâtiment, elles exploraient leur corps sans rien dire en écoutant le vent mugir telle une femme en pleurs. « Quelle horreur ! disait Fiorella. On dirait la Llorona. » La Llorona était une des légendes préférées d'Annelise. « Il y a de cela bien des siècles, une femme est devenue folle et a noyé son bébé dans une mangrove infestée de crocodiles mais, rongée par les remords, elle a réussi à sortir de l'eau verdâtre le cadavre presque intact de son enfant, auquel il ne manquait qu'une seule chose : le petit doigt, racontait-elle dans la chambre blanche, là où les hurlements du vent s'entendaient le mieux. Depuis, la Llorona cherche parmi les doigts des autres le petit doigt perdu de son enfant. Elle les arrache avec les dents pour les essayer sur son minuscule cadavre. Sur son bébé cadavre. » Fiorella et Natalia se prenaient dans les bras. « Mais en voyant qu'ils ne lui vont pas, elle les offre en pâture aux vautours. » Fiorella avait du mal à croire qu'une mère puisse faire aussi peur. « Attention à vos petits doigts si vous entendez les longs sanglots de la Llorona ! prévenait Annelise en prenant une voix grave d'outre-tombe. Fermez vos portes et vos fenêtres ! Fermez les yeux et méfiez-vous de ses mâchoires ! » José se passa la langue sur les dents. « Ça vous dit de danser ? » D'après les gens de la campagne, la Llorona volait les enfants et les noyait pour que les crocodiles lui rendent le petit doigt de son bébé. « Une mère qui noie son enfant est un homme ! » disait Ximena en se bouchant les oreilles. Mais une mère pouvait ôter la vie avec la même rage qu'elle la donnait, pensait Annelise. « C'est pas la Llorona qu'enlève les p'tiots, mam'zelle Nandette, avait dit Charo à Fernanda un soir. C'est les vivants. Les gens vivants sont plus pires que les gens morts. » Fiorella se tourna vers le jardin d'un air blasé : « On ne veut pas danser tout de suite », dit-elle, et Natalia lui tira la langue. Charo était une paysanne mais ne croyait pas à la Llorona, ni à la Dame Blanche, ni à Tín, le lutin maléfique. « Parfois ce sont les mamans elles-mêmes qui tuent leurs p'tiots et les balancent au fleuve », disait-elle. « Pourquoi tu réponds à notre place ? » Annelise était sûre que le crocodile qu'elles avaient vu était blanc et qu'il avait le petit doigt dans son ventre. « Une mère ne tuerait jamais ses enfants, avait dit Natalia après avoir écouté une des histoires de Fernanda au sujet de mères et de filles qui devenaient folles. — *For real* ? Mais dans quel monde tu vis, toi ? Les mères tuent leurs enfants *touuut* le temps ! » Fernanda et Annelise lisaient des *creepypastas* pour nourrir leurs propres récits d'épouvante. « Et les enfants aussi tuent leurs mères. » Leurs préférées, outre les classiques *Jeff the Killer*, *1999*, *Ben Drowned*, *Sonic.exe* et *Slenderman*, étaient celles où des mères et des filles se retrouvaient dans des situations étranges. « Celle de Mr Dupin est géniale ! » avait dit Annelise avant de leur envoyer le lien de creepypasta.org sur le groupe WhatsApp qu'elles avaient créé. « Si je le lis, ça ne me fait pas peur », écrivit Analía. Clic. *Send*. *Xime is writing* : « Feignasse de merde. » Gustavo, l'étudiant aux bras musclés, plongea ses yeux dans le décolleté de Natalia et Fiorella fit semblant de ne rien voir. « Vous voulez jouer à Je n'ai jamais... ? » L'histoire de Mr Dupin s'appelait *Mother's Love*, et parlait d'une fille qui se réveillait en entendant son chat boire de l'eau dans le couloir. « Évidemment, quand elle se rend compte que son chat est endormi à côté d'elle sur son lit, elle se lève, se dirige vers le couloir, allume la lumière et... devine ce qu'elle voit ? avait raconté Annelise à Analía, la seule qui n'avait pas lu l'histoire. — Sa mère ? avait-elle répondu d'une voix chevrotante. — Oui, sa mère ! avait crié Anne en la faisant trembler. À quatre pattes, en train de boire comme une bête dans la gamelle du chat. » Ximena soupira en appuyant ses coudes sur la table, déçue de voir que les étudiants n'avaient même pas remarqué son maquillage ni son jean taille haute qui lui allait si bien. « D'accord, on joue. » Analía était déçue pour les mêmes raisons, mais elle ne voulait pas que cela se voie, et ça l'énervait que Ximena soit aussi transparente. « Et qu'est-ce qui se passe après ? avait-elle demandé, intriguée par la creepypasta de Mr Dupin. — La fille regarde la mère, et la mère regarde la fille, avait continué Annelise. La mère montre ses crocs et sa langue interminable avant de se précipiter vers elle comme un animal, mais la fille est plus rapide et claque en vitesse la porte de sa chambre, et la mère se met à gratter et à cogner en rugissant. » Dans les soirées étudiantes Annelise ne racontait jamais d'histoires d'horreur. « Et après ? avait insisté Analía. Qu'est-ce qui se passe après ? » Le garçon aux cheveux bleus prénommé Gabriel sortit une bouteille de tequila de sous la table. « Si, après ça, tu entends ta mère, celle qui te protège, celle qui t'aime plus que tout, te demander d'une voix angoissée si tu vas bien et si tu peux lui ouvrir la porte, tu fais quoi ? » Ximena, Analía et Fiorella se tournèrent vers Annelise comme si elles lui demandaient sa permission pour faire un jeu d'alcool avec une boisson qui dépassait les trente degrés. « Vous vous dégonflez ? » Fernanda esquissa un sourire, agacée par la question. « Nous ? » Elle prit son verre et le fit glisser vers Gabriel. « Eh ben voilà ! » Dans le bâtiment elles étaient très courageuses : des filles qui sautaient par-dessus leurs peurs. « Tu es très belle, fit Hugo en promenant son doigt sur l'épaule d'Annelise, qui se crispa. — Sale pervers ! » lui crièrent depuis le jardin des étudiantes en sueur et court-vêtues. « Et je fais quoi si je préfère la chair fraîche ? » dit Gustavo en souriant à Natalia et à Fiorella. Fernanda raffolait des creepypastas avec des jumelles : sa préférée était celle du rituel avec l'armoire, la bougie et le miroir. « Nous avons tous un double, avait-elle dit un jour à ses amies pendant la récréation. Pour le trouver, il suffit de s'enfermer dans une armoire avec un miroir et une bougie. » Depuis qu'elles avaient découvert à quel point la chambre blanche était spéciale, elles n'allaient jamais raconter leurs histoires d'horreur ailleurs. « Une fois à l'intérieur, il faut toucher le miroir deux fois, se regarder sans respirer et c'est là qu'il apparaît. » L'étudiant au nez minuscule et au grain de beauté sur le front prénommé José versa un peu de tequila dans son verre. « Je n'ai jamais baisé sous la douche. » Seul Hugo but une gorgée. « Enculé ! Je le savais ! — T'es taré, toi ! » *Y a pas de quoi en faire un fromage*, pensa Ximena, qui avait encore les cicatrices du défi consistant à laisser Annelise, Fernanda, Analía, Fiorella et Natalia graver leur nom sur son dos avec la mine pointue d'un crayon. « C'est à mon tour », dit l'étudiant aux cheveux bleus et aux lèvres fines prénommé Gabriel. « Le rituel fonctionne, et c'est pour ça qu'il faut faire très attention, car notre double est vraiment le reflet de notre âme, donc si au fond de toi tu es méchante, tu verras un être maléfique. » Ximena avala sa salive : « Et si je suis méchante mais que je ne le sais pas ? » Annelise prit sa voix de catacombes : « Alors mieux vaut ne pas tenter. » Gabriel leva son verre : « Je n'ai jamais embrassé de mec. » *Quel jeu à la con,* pensa Natalia en voyant qu'Annelise et Fernanda avalaient une gorgée en grimaçant. « On dirait de l'acétone. — On dirait du menthol. — Tope là, mec, je te l'avais dit », fit Hugo. Puis en les regardant : « Combien de fois ? — Avec des mecs de votre âge ou du nôtre ? » Analía plissa les yeux. Elle supportait bien les creepypastas, mais les histoires d'Annelise lui faisaient faire des cauchemars. « Vous n'avez jamais embrassé personne, vous ? demanda aux jumelles l'étudiant musclé prénommé Gustavo. Je peux vous apprendre, si vous voulez. » La musique fit vibrer les vitres et, dans le jardin, quelqu'un se mit à asperger les gens avec un tuyau d'arrosage. « Cool ! On va voir du nichon ce soir, les gars ! » Une des creepypastas préférées d'Annelise était celle d'une mère qui faisait cuire pour son fils des petits bouts tendres de ses seins. « Selon la légende, tout commence par la lecture d'un poème inédit d'un auteur inconnu qui circule sur Internet. Il paraît que toutes les mères qui le lisent finissent par faire la même chose : elles s'amputent les seins et les donnent à manger à leurs fils. » Analía prit un boomerang de la fête et le posta en story sur Instagram. « Moi aussi ! » dit Ximena en faisant un selfie. José se caressa le menton. « Si ça vous dit, on monte et on vous prend en photo. » Devant son écran, elle fit une duckface. « Si ça vous dit, on se prend en photo tous ensemble. » Il y avait du monde dans les escaliers et la queue devant les toilettes. « Ouais, trop marrant », dit Fiorella, et sa sœur se toucha le nez avec la langue. Les forums de creepypastas étaient truffés de photos retouchées sur Photoshop, mais Annelise n'aimait que celles qui faisaient vrai. « Je ne me suis jamais pris en photo à poil », dit Gustavo en reprenant le jeu. Fernanda ne supportait pas que les garçons plus vieux se croient plus intelligents qu'elles. « Ça commence à devenir chaud ici », lâcha Gabriel, émoustillé à l'idée d'une possible confession. *Ne le fais pas*, implora Fernanda dans sa tête. *Ne le fais pas. Ne le fais pas.* Mais Annelise but une grosse gorgée et les garçons écarquillèrent les yeux comme des hiboux en chasse. « *Woooh !* » Le sol était couvert d'alcool, de gobelets en plastique et de papiers de bonbons. « C'est vraiment une putain de teuf, ça, les mecs. » Fernanda voulut frapper Hugo, l'étudiant aux yeux verts, tatouage au poignet, fossette au menton, cheveux ondulés, blazer noir et Converse bleues, quand il mata les jambes de sa meilleure amie. « Sérieux, t'as des *nudes* ? » demanda Fiorella horrifiée, elle qui avait enlevé sa petite culotte et l'avait lancée dans la mangrove pour gagner un pari. « Tu l'as fait pour un de tes crush ? Ou tu l'as fait *just for fun* ? » Anne ne cilla même pas. « Je l'ai fait pour moi, parce que j'aime me regarder. » Lorsque Hugo entrouvrit la bouche, Fernanda comprit que lui et ses copains étaient en train de s'imaginer Annelise nue. « Ça me soûle, fit-elle soudain en lâchant la main d'Anne. — Tu vas où ? » Mais Fernanda ne répondit pas. Une sensation étrange et chaude lui serrait la gorge, et ses pieds l'entraînèrent vers le jardin où presque tout le monde dansait, trempé, et où on voyait, sous les tee-shirts mouillés, les tétons des filles. *Elle va venir,* pensa-t-elle, confiante. *Elle va venir me chercher.* Depuis quelque temps déjà, les soirées étudiantes ne l'amusaient plus. *Bouffons. Connards. Assholes.* Depuis quelque temps déjà, elle devinait les intentions des garçons qui n'avaient jamais joué à s'étrangler ni à se coucher sur un sol plein de serpents. « T'as senti quoi ? » lui avait demandé Annelise après la dernière soirée, où un étudiant qui ressemblait à Johnny Depp dans *Les Griffes de la nuit* l'avait touchée sous la culotte. « *Weird.* Ça m'a fait mal et ça m'a plu. » Les beaux mecs lui coupaient le souffle et si en plus ils embrassaient bien, elle mouillait. « Des pelles ! criait Natalia dans la chambre des désirs. Des pelles ! Je veux rouler des pelles ! » Analía lui avait donné la solution : « T'as qu'à m'en rouler une », mais Natalia l'avait regardée d'un air dégoûté. « Mais je suis pas lesbienne ! C'est un péché en plus ! J'aime les hommes, moi ! » Fernanda se réjouit en voyant Annelise sortir dans le jardin, esquiver les gens qui dansaient, et se diriger vers elle. « T'es bête, c'était une blague. Moi aussi j'aime les hommes. » Dans le bâtiment, Fernanda avait repeint en blanc la seule pièce dépourvue de fenêtres, sans savoir qu'elle deviendrait leur centre cérémoniel. « Pourquoi tu es partie ? » Sans savoir qu'un après-midi elle entendrait un hurlement et monterait les marches, effarée, pour voir Annelise émerger à demi-nue de cette pièce, tremblante, trempée de sueur et le visage décomposé. « Je les déteste, expliqua Fernanda. Ils me soûlent. Ils me font chier. » Ce jour-là, elle avait dit avoir vu quelque chose dans la blancheur du mur, une chose qui bougeait et qu'elle avait ensuite sentie courir sur sa peau comme une souris vivante, à la suite de quoi elle avait dû enlever son uniforme. « Je te comprends, dit Annelise, les lèvres un peu démaquillées et les taches de rousseur comme du chocolat en poudre. Tu veux qu'on leur donne une bonne leçon ? » Et ensuite, le Dieu Blanc. Et la peur qui émanait de la chambre à toute heure. « Tu veux qu'on leur rabatte le caquet ? » Fernanda adorait la façon dont Annelise lui remontait toujours le moral. « Oui, c'est ce que je veux », et elles se redonnèrent la main en revenant sur leurs pas. Quand elles avaient onze ans, elles avaient regardé *L'Exorciste* sur un iPad, serrées ensemble dans le noir sous un drap à petits poneys rouges, surveillées par des dizaines de peluches et de poupées de collection, et elles avaient eu si peur qu'elles avaient passé la nuit l'une contre l'autre, enlacées. « Devoir s'occuper de sa fille possédée par le démon, mais quelle horreur ! » Deux ans plus tard, Annelise avait rédigé une analyse du film pour l'atelier d'écriture. « Moi, je l'enfermerais. » Et la prof avait dit qu'Annelise avait un « talent remarquable » pour raconter des histoires. « Moi, je la tuerais. » Fernanda avait de bonnes notes en lettres mais seule Annelise avait été sommée de participer aux concours inter-établissements de poésie et de nouvelles, sans pour autant remporter le moindre prix. « Je fais exprès d'écrire mal, disait-elle fièrement. Je perds pour qu'on me laisse tranquille. » Au lycée, les professeurs pensaient que Fernanda n'avait pas d'aptitudes particulières, mais dans le bâtiment c'était la seule qui avait osé tirer un coup de feu avec le revolver du père d'Annelise en visant les pierres. « Sérieux, si tu recommences, je me casse, lui avait dit Fiorella. Ça fait un putain de bruit. Le bruit de la mort. » L'étudiant aux yeux verts, tatouage au poignet, fossette au menton, cheveux ondulés, blazer noir et Converse bleues prénommé Hugo applaudit en les revoyant : « Vous m'avez manqué, les meufs. » Ses cheveux ondulés étaient exactement comme ceux de Jeff the Killer dans les fan arts de creepypasta.org. « C'est pas trop tôt », dit Ximena, qui faisait la tête depuis que Gustavo, Gabriel et José s'étaient assis à côté des jumelles. Dans les histoires d'Annelise, le Dieu Blanc n'apparaissait qu'à des filles de leur âge, et cette vision était tellement bouleversante qu'elle les transformait à jamais. « On continue à jouer ? demanda Analía en arrêtant de prendre des selfies. — OK, mais à un autre jeu. » Fernanda s'appuya contre la table. « Vous voulez faire un truc vraiment fun ? » Hugo et les autres lui jetèrent un regard curieux et lascif. « Il y a une terrasse sur le toit de cette maison, non ? » L'escalier pour y accéder était près du garage. Il était en métal et il y avait du vomi sur la première marche. « Berk, berk, berk, berk, berk ! » s'exclama Analía en enjambant la flaque jaunâtre pleine de petits bouts de carotte. Fiorella savait que Natalia n'était pas attirée par Gustavo, mais qu'elle cherchait à lui plaire parce qu'elle adorait être le centre d'attention. *Tac*, *tac*, *tac*, *tac*, leurs talons claquaient sur l'escalier tremblant. « Xime, souris un peu », lui demanda Analía, même si au fond elle trouvait qu'afficher sa tristesse de la sorte méritait plutôt des claques. Snif, consolez-moi ! Snif, personne ne m'aime ! « Tu crois qu'un jour on plaira à un mec ? lui demanda Ximena à voix basse. T'aimerais pas être comme les jumelles, Fernanda ou Annelise ? » Analía ne supportait pas que Ximena se compare à elle. *Moi je ne suis pas comme toi*, pensa-t-elle sans rien dire. *Moi j'ai juste besoin de perdre un peu de poids.* Sur la terrasse il y avait un couple qui s'embrassait et se pelotait sous les vêtements que Fernanda s'empressa de chasser en hurlant : « Mais allez donc à l'hôtel ! » Rires caricaturaux. Analía filma leur fuite et posta la vidéo en story. 54 vues, 123 vues. 234 vues. « OK, on y est, fit Hugo qui, à la lumière de la lune, ressemblait de plus en plus à Robert Pattinson. Maintenant on fait quoi ? » Fernanda et Annelise échangèrent un regard. Elles s'étaient tellement entraînées dans le bâtiment que le faire là était un jeu d'enfant. « On va faire un vrai jeu, maintenant. » Elles respirèrent à pleins poumons. « J'y vais. » Fernanda courut vers le bord de la terrasse et sauta d'un bond sur le muret qui la protégeait d'une chute. « Attention ! » Les étudiants retinrent leur souffle. « T'es folle ? Descends ! lança Hugo. — Putain, mais elle va se *tueeer* ! cria Gabriel, tout pâle. Il faut l'attraper ! » Avant qu'ils ne puissent l'arrêter, Annelise sauta à son tour, sur le muret opposé, tangua un instant mais retrouva l'équilibre en écartant ses bras comme des ailes d'avion miniature. Gustavo ferma les yeux : « Samèrelapute ! » Fiorella, Natalia, Analía et Ximena applaudirent, tout excitées, aux exploits de leurs amies. Ce n'était pas tous les jours qu'elles pouvaient se vanter des talents de leur clique, de ce groupe si classe et si cool dont elles faisaient partie. « On va jouer à qui tombe perd, dit Fernanda en marchant comme un chat le long du mur. — Si vous ne tombez pas, vous aurez le droit de demander ce que vous voulez à n'importe laquelle d'entre nous », dit Annelise, avançant plus vite que Fernanda. « Quoi ? Mais descendez, putain ! » En arrivant à l'angle, les deux chancelèrent et Hugo se prit la tête entre les mains. « Elles n'ont même pas enlevé leurs talons ! » Elles surmontèrent la difficulté. « On fait ça *touuut* le temps, nous », dit Fernanda d'un ton pédant. « On va voir qui a le plus de courage. » Annelise sauta au sol devant les garçons estomaqués. « Merde ! » Fernanda l'imita mais poussa un gémissement en atterrissant mal à cause de ses talons. « C'est super dangereux, ça, dit l'étudiant aux cheveux bleus, lèvres fines et sourcils fournis prénommé Gabriel. — C'est pour ça qu'on adore, dit Fernanda. Personne ne veut essayer ? » Ils croisèrent les bras. Ils mirent leurs mains dans leurs poches. « C'est pas si difficile, dit Annelise. Allez, même deux filles en talons peuvent le faire. » Hugo regarda ses amis en riant. Aucun garçon n'aimait qu'une fille sous-entende qu'elle pouvait faire une chose mieux que lui. « D'accord. » Il avait le rire sale. « Mais si on joue à votre jeu, on peut vous demander vraiment n'importe quoi ? » Fernanda acquiesça. Dans le bâtiment, les défis n'avaient pas de limites. « Ce que vous voulez. » Et il cligna des yeux plusieurs fois. « Du moment que vous ne tombez pas. » Les étudiants en médecine de l'Université catholique formèrent un cercle et discutèrent un moment. « Je croyais qu'ils n'auraient pas les couilles », fit Natalia en imitant la façon de parler de Gustavo. Fiorella lui lança un regard effaré : « Ne parle pas comme ça. » Les creepypastas qui les effrayaient le plus étaient celles où quelque chose de macabre se déchaînait suite à la prononciation d'une phrase, d'une incantation, ou d'un sortilège devant un miroir. L'étudiant au petit nez et au grain de beauté sur le front prénommé José s'assit sur le muret avant d'y grimper lentement. « Arrête de te trémousser, espèce de tafiole ! » hurla Gabriel aux cheveux bleus. « On pourra vous demander de vous mettre à poil ? » José avançait à pas hésitants, recroquevillé comme un gnome. « Oui, dit Annelise en souriant. Vous pourrez demander à l'une d'entre nous d'enlever son haut, par exemple. » Analía n'aimait pas l'idée d'avoir à enlever sa blouse, parce qu'elle faisait du M et pas du XS. « Et après, ce sera notre tour. » Ni Fiorella, ni Natalia, ni Ximena, ni Analía ne marchaient sur les rebords du troisième étage du bâtiment. « On va devoir y monter, nous aussi ? demanda Ximena à Annelise tout bas. — *Chuuut* ! Bien sûr que non. » Dans le groupe, seules Annelise et Fernanda couraient des risques, c'est pour cela qu'elles étaient les meilleures et prenaient les décisions importantes. « On pourra vous demander de nous embrasser ? » José était en nage, on aurait dit qu'il allait se pisser dessus sur le muret. « Oui, tant que vous ne tombez pas. » Dans le bâtiment, Natalia s'inquiétait de voir ses amies glisser un jour et se fracasser le crâne contre le sol. « Alors je sais ce que je vais demander. » Mais voir l'étudiant au petit nez et au grain de beauté sur le front avancer mort de trouille sur le muret la grisait. « J'ai réussi, les *gaaars* ! J'ai réussi ! » s'écria José une fois au sol, en se frappant le torse comme un gorille. *On dirait un gosse, pas un homme*, pensa Natalia qui voulait voir grimper Gustavo pour savoir s'il était plutôt gosse ou plutôt homme. « Vous m'avez vu ? » Elle préférait les courts-métrages tirés de creepypastas qui étaient diffusés sur YouTube, comme *The Smiling Man*, l'histoire d'un garçon qui avait le malheur de se retrouver face à un homme souriant au milieu d'une rue déserte. « J'ai eu plus peur en le lisant », avait dit Annelise, mais Natalia avait été choquée de voir cet homme incarné par un acteur au sourire démentiel qui marchait exactement comme José venait de le faire sur le muret. « Toi, la jolie, embrasse-moi », dit-il à Fernanda en la désignant de l'index. « *Uuune* pelle ! *Uuune* pelle ! *Uuune* pelle ! » scandaient les autres alors qu'Annelise se rembrunissait. En réalité, ni Natalia, ni Fiorella, ni Analía, ni Ximena ne préféraient les films d'horreur aux comédies romantiques, aux dramas japonais ou aux fanfictions sur Selena Gomez et Justin Bieber. « *Okay* », dit Fernanda en se dirigeant vers José d'un pas pesant, sans chercher à cacher que ça l'ennuyait. Mais tout ça, c'étaient des hobbies qui n'avaient rien à voir avec le bâtiment ni avec ce qu'y faisaient Fernanda et Annelise. « Allez, vas-y, mon gars, vas-y ! » cria Gabriel. « *Woooh !* » Ximena était sûre que l'étudiant au petit nez et au grain de beauté sur le front prénommé José embrassait mal parce qu'il remuait la langue comme un épileptique. « Pauvre Fer, lança-t-elle à haute voix, et les jumelles éclatèrent de rire. Elle se fait embrasser par un cheval ! » Pendant ce temps, Annelise grimpa de nouveau sur le muret et se mit à marcher à reculons, en faisant bien attention. « Regarde-la, putain ! Elle est folle, cette meuf ! » Elles savaient toutes qu'Anne adorait être prise pour une folle, c'est pour cela qu'il y avait toujours des asiles et des hôpitaux dans ses histoires. « T'es *fooolle* ! firent-elles en chœur pour encourager leur amie. T'es *fooolle* ! T'es *fooolle* ! » Lorsque José relâcha Fernanda, elle s'essuya la bouche d'un revers de main. « *We all go a little mad sometimes* », fit Annelise du haut de son perchoir. Et Fernanda le répéta : « *We all go a little mad sometimes.* » Hugo applaudit à leur trouvaille parce qu'il ne comprit pas qu'elles citaient Norman Bates. « Un film en noir et blanc ? Trop chiant ! avait dit Natalia le jour où Fernanda lui avait parlé de *Psychose*. Si je regarde ce film, je te jure, je bâille. Si tu m'obliges à le voir, je te jure, je m'endors. » Ximena, Analía, Fiorella et Natalia furent éblouies par la beauté d'Annelise lorsqu'elle descendit, indemne, du muret. « Qu'est-ce qu'on leur demande ? voulurent-elles savoir, excitées. — D'enlever leur tee-shirt. — Non, leur pantalon. — Non, de nous embrasser. — Non, plutôt qu'ils se laissent cracher dessus. — Et si on leur pissait dessus, comme on fait, nous, dans le bâtiment ? — Ils vont être vénères si on leur demande ça ! » Annelise fit un clin d'œil à Fernanda comme lorsqu'elle avait une idée derrière la tête et qu'elle n'avait pas l'intention de la dévoiler. « Je sais », et elle se retourna vers les étudiants en médecine, qui étaient aussi membres de la Fédération étudiante de l'Université catholique : « L'un d'entre vous va devoir lécher mes talons. » Analía resta bouche bée. Les jumelles agitèrent les mains. Annelise portait des Jimmy Choo à talons mi-hauts qui laissaient voir ses magnifiques orteils. « Ou alors le jeu s'arrête ici et c'est nous qui gagnons. » Les garçons furent tellement surpris de la proposition qu'ils en restèrent muets un moment. « Arrête de déconner ! — Elle est sérieuse. » José se gratta la tête. « Genre, on peut vraiment demander ce genre de choses ? » Gustavo souffla comme un taureau. « Y a pas moyen, putain. J'vais pas lécher les chaussures d'une gamine, moi. » Analía le pointa du doigt d'un air moqueur. « Regardez-moi ces couilles molles ! » Lèvres crispées, sourcils froncés. Fiorella n'aimait pas que ses amies emploient le jargon des étudiants qu'elles fréquentaient en soirées, ça ne faisait pas classe. « L'autre jeu, c'était alcool et confessions, super ! dit Fernanda. Le nôtre, c'est un jeu, un vrai, fait pour les durs à cuire. » Les sourires commençaient à s'effacer et l'ambiance à se crisper, ce qui plaisait à Annelise quand elle cherchait à intimider les autres. « Pourquoi tu aimes tant faire peur aux gens ? lui avait demandé Fernanda avant qu'elles entrent dans le secondaire. — Parce qu'en faisant ça, je me sens grande comme ma mère. Parce que ça me fait imaginer des choses. » Hugo chassa une mouche de sa joue et Fiorella remarqua qu'il avait les pommettes d'Ezra Miller. Les pommettes d'Ed Westwick. « A priori, on est tous là pour s'amuser. » Fernanda aimait les réponses d'Annelise, même les plus malsaines. « Moi, je m'amuse bien, dit-elle en laissant le vent lui soulever un peu la jupe. Et je ne me suis pas dégonflée quand j'ai dû embrasser ton pote. » De la terrasse on voyait trois étoiles, compta Ximena la tête en arrière, jusqu'à ce que l'une d'elles soudain s'éteigne. « OK, OK, dit Gabriel en marchant vers Annelise, à la surprise du groupe. On va pas se défiler, mais vous non plus, princesses, et vous allez voir ce que vous allez voir quand ce sera notre tour. » Selon Fiorella, Fernanda et Annelise n'avaient pas vraiment mesuré les conséquences de ce qui pouvait leur arriver si les choses ne se passaient pas comme prévu. « Rira bien qui... » Et si les garçons renchérissaient en leur demandant des choses bien pires : des choses qui leur attireraient des ennuis ? « Vas-y, lève ton pied. » Au lycée, on leur avait souvent dit de faire attention aux garçons. « T'es *malaaade* ! Sérieux, tu vas le faire ? » De se comporter comme des jeunes filles respectables pour être respectées. « T'inquiète, mon pote, ça va être rapide. » Et Fiorella pensait qu'à ce moment-là, elles n'étaient pas en train de se faire respecter. « On va se venger après. » Fernanda eut un sourire en coin quand elle vit l'étudiant aux cheveux bleus et aux lèvres fines prénommé Gabriel faire glisser sa langue rose le long du talon droit d'Annelise en se retenant de vomir. « J'espère qu'elle n'a pas marché sur le dégueulis de l'escalier », chuchota Ximena à Analía. Puis la langue rose enduisit le talon gauche d'une bave liquide qui le laissa reluisant. « À moi, dit Hugo en grimpant sur le muret tandis que Gabriel crachait en grommelant des mots que Fiorella n'oserait jamais prononcer. — Tu dois le faire comme Anne, lui rappela Fernanda qui souriait de toutes ses dents pour la première fois de la soirée. Tu dois marcher en arrière, *trèèès* lentement. » Gustavo se caressa la nuque sans se rendre compte que son genou tremblait et que Natalia le regardait avec pitié, comme un chien castré. « Il vaudrait mieux que tu redescendes, mec. » Hugo se mit à marcher avec assurance, mais il avait du mal à garder l'équilibre. « Allez, mon gars, tu peux le faire ! » Il semblait sur le point de tomber à chaque nouveau pas et, en le regardant, Fernanda se rappela les jours où elle avait marché sur les rebords du troisième étage en murmurant pour elle-même : « Si je meurs, ce sera rapide. Si je meurs, je ne m'en rendrai même pas compte. » Fiorella se colla contre sa sœur. « Maintenant ils vont nous demander des trucs horribles. — Calme-toi, lui dit Natalia. Ils vont les demander à Anne, pas à nous. » Au milieu du bruit et des acrobaties d'Hugo, Fernanda se disait qu'il était incroyable de vivre des moments où la mort ne signifiait rien pour elle. « Comment tu le sais ? » Des moments où elle sentait que vivre et mourir étaient une seule et même chose qui survenait en même temps, à chaque seconde. « C'est Anne qui nous a fourrées dans cette affaire ! » Ou lorsque son bonheur le plus extrême coïncidait avec des instants où tout pouvait basculer violemment. « Donc c'est elle qui va nous en tirer ! » Et alors qu'elle pensait à ça, elle remarqua soudain qu'Annelise devenait nerveuse parce que Hugo ne tombait pas. « Tu vas bien ? lui demanda-t-elle. On peut toujours s'enfuir en courant *if this gets ugly*. » Annelise esquissa un sourire forcé. « *If this gets weird* on peut toujours appeler un taxi. » Ses mains se mirent à transpirer lorsque Hugo surmonta le défi sans panache, flageolant jusqu'au tout dernier pas, mais le visage au comble de l'émotion, irradiant l'adrénaline. « *Fuck*. » Ses amis l'applaudirent et hurlèrent son nom lorsqu'il retrouva la sécurité de la terre ferme et des feuilles mortes. « *Huuugo* ! *Huuugo* ! » L'émotion d'avoir pu frôler le sexe de la mort les faisait bondir de joie. « *Huuugo* ! » Les étudiants en médecine qui appartenaient à la Fédération étudiante de l'Université catholique se rassemblèrent autour de lui. « *Huuugo* ! » On lui tapa dans le dos. « *Huuugo* ! » On lui tapa sur l'épaule. « *Huuugo* ! » Ni Fernanda ni Annelise n'apprécièrent qu'ils frôlent ce qui leur appartenait. « On est foutues », dit Ximena en levant les sourcils. Le sexe de la mort. « C'était marrant tant que ça durait », ajouta Analía. Un peu plus loin, les étudiants rapprochaient leurs têtes en un conciliabule improvisé. « Mais vous croyiez quoi ? Tout ça, c'était débile depuis le début, dit Fiorella. Et s'il était tombé ? » Fernanda ôta ses chaussures et grimpa de nouveau sur le muret. « On aurait fait quoi ? » *Le problème c'est qu'il n'est pas tombé*, pensa Fernanda sans remords. *Il aurait mieux fait de tomber*. Les garçons virent qu'elle augmentait la difficulté du défi en courant d'un bout à l'autre du rebord avant de descendre d'un bond, tout près d'Annelise, son double. Sa jumelle d'idées. « Le prochain doit faire la même chose ! dit-elle d'un ton autoritaire. — *Eeeh* ! Avant ça, Anne doit faire ce que je lui demande », dit Hugo, flanqué de Gabriel. Quelques mois plus tôt elle avait lu une creepypasta sur une fille qui avait tué son ami avec son doigt-revolver. « Et comme je suis un mec classe, je ne te ferai pas lécher les chaussures de mon pote ni rien de tout ça », lança-t-il à Annelise. À cet instant, Fernanda aurait donné n'importe quoi pour que son doigt ait ce pouvoir-là. « Je vais être très gentil. Un vrai gentleman. » *Jerks*, pensa Fernanda : ils étaient en train de jouir de leur minute de gloire. « D'ailleurs je vais te demander une broutille. » Ils s'en délectaient avec la pointe de leur langue. « Trois fois rien comparé à ce que tu as fait à Gabo. » Ils la savouraient doucement, comme un bonbon. « Tu dois juste nous montrer une de ces photos que tu dis avoir prises de toi. » Fernanda frotta le sol de ses orteils. « Une photo de toi nue. » *Bang!* pensa Natalia. *C'était donc ça qu'ils voulaient.* Elle s'était imaginé une punition bien plus forte et cruelle. « Bon, ça aurait pu être pire, non ? » Toutes se rendirent compte qu'Annelise était soulagée, même si elle essayait de le dissimuler pour que les garçons ne changent pas d'avis. « Il la kiffe, maugréa Fernanda. C'est pour ça qu'il a été si *nice.* » Que des étudiants en médecine, membres de la Fédération étudiante de l'Université catholique, veuillent voir une mineure nue incommodait Ximena. « Quel manque d'imagination, remarqua Analía. — Ils veulent juste se taper une branlette, ajouta Natalia qui reçut un autre coup de coude de sa sœur. Aïe ! Arrête de me taper ! » La lune dévoilait sa rondeur parfaite comme dans les films de loups-garous. « C'est débile ! » avait dit Natalia quand Anne lui avait raconté qu'il y avait des groupes Facebook où des garçons et des filles se présentaient comme des lycanthropes et s'échangeaient des histoires sur leurs transformations, des photos, des vidéos, etc. Elle les avait traités de *freaks* alors qu'elle-même se mettait à genoux dans la chambre blanche tous les mercredis après-midi et dédiait au Dieu Blanc toutes ses histoires d'horreur. « Tu vas le faire ? demanda Ximena à Anne. Tu vas leur montrer ? » Fernanda regarda Annelise et vit naître un sourire à la commissure de ses lèvres : une légère contraction des muscles. Un indice. « Tu ne dois pas nous l'envoyer ni rien, juste nous la montrer sur ton téléphone », dit Hugo, l'étudiant aux yeux verts, tatouage au poignet, fossette au menton, cheveux ondulés, blazer noir et Converse bleues, qui ressemblait à Robert Pattinson. « Tout ce qu'on voit ici reste ici. » Fernanda eut pitié d'eux : aucun des quatre ne savait à quel point Annelise aimait faire peur aux autres. « OK, d'accord.

Je vais vous montrer mon *nude.* » Aucun ne savait à quel point elle voulait faire peur à Miss Clara comme elle l'avait fait à Miss Marta, l'ancienne prof de lettres. « Mais d'abord, fermez les yeux. » Seule Fernanda la connaissait et voyait dans son sourire caché le désir de leur montrer la pire des photos. « Ouvrez-les. » Celle qu'elle avait prise d'elle sous la douche. « C'est quoi, ça ? » Celle qui lui permettrait de mettre en pratique son talent pour la terreur. « Mais putain c'est quoi, ça ? » Son talent pour l'horreur. « Mais merde, c'est quoi ce truc de psychopathe ? » Annelise essayait de rester tranquille tandis que les visages des garçons se décomposaient. « C'est moi, nue. » Gabriel s'éloigna de l'écran et s'appuya sur ses genoux. « Enculé ! Enculé ! » Ximena, Analía, Fiorella et Natalia ne comprirent pas la réaction des étudiants en médecine de l'Université catholique parce que, de là où elles étaient, elles ne voyaient pas la photo. « Mais c'est sérieux, ça ? demanda Hugo, tout pâle, en désignant le téléphone. Mais qui t'a fait ça ? Ximena se mit à sautiller. « Je veux voir ! » Analía la prit par le bras. « Reste tranquille, bon Dieu ! » Annelise enlaça Fernanda par-derrière et ses pupilles se dilatèrent. « Ma meilleure amie. » Des pas en arrière. Des gestes de profond rejet. « Je veux voir ! » répéta Ximena. Natalia commença à se mordiller la peau du pouce. « C'est une photo d'Annelise nue ou pas ? » Fernanda se sentit étouffée par l'étreinte d'Annelise ; par les étudiants en médecine membres de la Fédération étudiante de l'Université catholique qui regardaient la photo qu'elle avait prise d'elle. « Je veux voir ! » Depuis qu'elles étaient petites, Anne dévoilait sa vie privée quand cela lui convenait. « Maintenant c'est notre tour, non ? » dit Analía. Mais à présent, Fernanda trouvait qu'elle allait trop loin. « L'un d'entre vous doit courir le long du muret comme Fer. » Bien trop loin et exactement là où elle ne pouvait plus la suivre. Gabriel refusa. « Moi j'arrête là, mon pote, dit-il à Hugo. Ce n'est pas normal, ce truc. » Derrière, Gustavo grimpa sur le muret en tremblotant comme de la gélatine. « Descends, t'es ouf ! » s'écria José. Analía, Ximena, Fiorella et Natalia regardaient l'étudiant au petit nez et au grain de beauté sur le front observer l'escalier comme s'il voulait s'enfuir. « C'est photoshopé, ça, pas vrai ? demanda Hugo à Annelise qui avait déjà rangé son portable. Je veux dire... ça ne peut pas être vrai. » Fernanda pensa que c'était peut-être la situation que recherchait Annelise depuis le début. « Ça doit être un *fake*. » C'était peut-être pour cela qu'elle avait voulu sortir ce soir. « Pas vrai ? » Pour montrer le côté intime de leur amitié sur une photo. « Merde ! » Pour savourer les réactions des autres. « *Nooon* ! » cria Natalia, et quand les autres se retournèrent ils virent le muret sans Gustavo. « Il s'est tué ! lança Gabriel en portant ses mains à son visage tandis que les autres couraient vers le bord de la terrasse. Il s'est tué, ce con ! » La vie et la mort survenaient en même temps, comme la voix de J. Balvin et les hurlements de Gustavo. « Putain ! Putain ! Putain ! » Comme l'amour et la honte : la tendresse et l'horreur. « *Oh my God!* » En bas, l'étudiant musclé poussait des cris de douleur, un os sortait de sa jambe et Fernanda regarda la peau déchiquetée, le sang et la dent sur le sol comme elle aurait regardé n'importe quel paysage. « Il est vivant, les gars ! » Parce que la seule chose qui occupait son esprit, c'était la photo. « Il est vivant ! » Et la répugnance qu'elle avait provoquée chez les autres. « Il n'est pas mort ! » Et ce dégoût qu'elle ressentait elle-même pour la première fois. « Il est vivant ! »

XIV

Dr Aguilar :

Fernanda : Je me sens mal, mais je ne pouvais pas réagir autrement, *you know* ? Je me sentais déjà mal avant de me sentir encore plus mal. Je pense faire partie de ces gens qui cherchent à échapper aux sales sensations. Comme vous me l'avez déjà fait remarquer, je n'affronte pas les choses et je fuis, *I guess*. Il y en a qui auraient supporté ça, au nom de l'amitié. Il y en a qui savent endurer, et qui trouvent des solutions. Mais moi, je préfère trancher le mal à sa racine. *Tchak !* Et ce n'est pas que je m'en fiche. Au contraire, ça me concerne *too much*, et ça me blesse. Alors quand ça arrive, je fais un pas de côté et je dis : « *OK, byeee.* »

Dr Aguilar :

Fernanda : Je savais que ce n'était pas bien ce que je faisais, *of course*, mais je ne savais pas que c'était *siii* mal. C'est en le faisant que je m'en suis rendu compte. Quand j'ai senti que c'était mal, j'ai fait : « Merde. *This is sooo fucked up.* » Non, je dis n'importe quoi : c'est quand elle a montré la photo à ces abrutis pendant la fête.

Dr Aguilar :

Fernanda : C'est comme quand on commence un jeu et que soudain ça tourne comme on ne l'aurait jamais imaginé. Comme l'histoire de ma dent. Vous vous souvenez ? Je vous l'ai raconté il y a *suuuper* longtemps. Non ? Eh bien, lorsque ma première dent de lait est tombée, je l'ai mise sous mon oreiller pour que mes parents me donnent de l'argent. Parce que je n'ai jamais cru à l'histoire de la petite souris, *obviously*, et à vrai dire je ne sais pas comment j'ai pu croire à des choses encore plus débiles que ça. Je ne me souviens même pas pourquoi je voulais l'argent mais *whatever*. J'étais *suuuper* excitée. Ma mère était tellement embêtée que je ne croie pas à la petite souris qu'elle s'inventait d'autres jolies histoires, elle disait par exemple que mes dents étaient des anges fossilisés qui tombaient de mes gencives pour retourner dans les bras de Dieu. Ça, c'était à l'époque où elle m'aimait encore. Vous êtes sûr que je ne vous l'ai pas déjà raconté ? Eh bien, j'ai mis ma dent sous l'oreiller et j'ai mis hyper longtemps à m'endormir, mais je me suis endormie. Quand je me suis réveillée, ma dent n'était plus là, il n'y avait pas d'argent à l'horizon, et j'avais mal à l'oreille comme si j'étais restée très longtemps sous l'eau dans la piscine. Exactement, vous avez deviné : la dent était rentrée dans mon oreille pendant mon sommeil ! Papa a essayé de l'enlever, mais il n'a fait que l'enfoncer encore plus et moi je me suis mise à crier, et je sentais que ma voix s'éloignait de plus en plus de moi, comme si je rétrécissais dans mon propre corps. *Weird*, non ? Il a fallu m'emmener à l'hôpital, bien sûr, et les médecins voulaient me prendre en photo et me filmer comme si je faisais partie d'un *freak show*, mais mes parents les en ont empêchés, *obviously*. *Anyway* : ce qui m'est arrivé avec Anne, c'est un peu la même chose. C'est comme si d'un coup je m'étais rendu compte que j'avais une dent dans l'oreille et que je l'avais juste enlevée pour bien entendre. Ce n'est pas que je ne voulais plus être son amie, simplement j'avais besoin d'éloigner la dent de mon tympan. *That's it.* Je ne voulais plus que mon oreille soit une bouche. Mais elle, elle ne l'a pas compris comme ça. Ou alors elle l'a bien compris mais elle a quand même décidé d'agir ainsi et de se venger parce que c'est une immature et une égoïste et une putain de salope. Oups, *sorry* !

Dr Aguilar :

Fernanda : Oui, c'est vrai. Maintenant que vous le dites, je crois que je me sentais déjà mal à l'aise avant. Mais ça n'avait rien à voir avec après, quand on a décidé de faire ce-que-vous-savez. Anne était ma BF. Enfin, elle l'est encore. *I guess.* C'est impossible d'arrêter d'aimer les gens juste en claquant des doigts, *you know* ? Enfin je n'en sais rien. *I mean*, je ne sais plus ce que je ressens pour elle. Je lui racontais des choses que je ne vous raconte qu'à vous, c'est-à-dire tout. C'est pour ça que je pleure autant parfois, et que je me sens, je ne sais pas… seule. Elle me manque, *I guess*, mais je crois que ce n'est pas bien de ressentir cela. Avec elle je parlais de tout, même de Martín, et elle, elle aimait m'écouter. Elle aimait penser que c'était moi qui l'avais tué.

Dr Aguilar :

Fernanda : Je comprends que ça vous semble *creepy*, mais on s'inventait des histoires d'horreur *suuuper* captivantes parce que c'est le genre de choses qu'on aime, vous savez. On se disait que Martín était albinos : blanc comme le yaourt ou le vomi de bébé. Et même si on savait qu'il n'était pas albinos parce que sur les photos de maman il a l'air blanc, c'est sûr, mais pas *siiii* blanc, nous, on disait qu'il l'était. On disait aussi qu'il avait les pieds retournés comme Tín, le lutin maléfique, et qu'il marchait en reculant. C'est pour ça que dans nos histoires, c'est moi qui le tuais : parce que je me défendais. Parce que Martín était un monstre et que je devais me défendre.

Dr Aguilar :

Fernanda : *Wrooong*. Je ne suis pas en train de m'accuser encore une fois de la mort de Martín. Vous ne savez pas quel genre de relation j'avais avec Anne. C'était une amitié *suuuper* amusante. On s'amusait comme des *fooolles*. On ne s'accusait de rien et on se sentait coupables de rien parce que la culpabilité, c'est ennuyeux, c'est *boring, you know* ? Mais pour en revenir à l'histoire de mon frère : personne ne sait si j'ai tué Martín ou pas. Vous dites que non. Mes parents disent que non. Mais il se peut que cela soit arrivé : il se peut que j'aie lancé Martín dans la piscine et que je l'aie vu mourir sans rien dire et sans rien faire. Je ne m'en souviens pas, *true*, mais c'est quelque chose qui a pu arriver.

Dr Aguilar :

Fernanda : *Wrooong*. Je ne me sens pas non plus coupable d'avoir inventé des histoires amusantes avec Anne au sujet de Martín. Martín était un petit garçon *suuuper* moche, on aurait dit un gnome. Et les histoires ne sont rien d'autre que des histoires. Il ne faut pas exagérer. Et à vrai dire, je n'ai jamais *senti* que c'était mon frère. Je veux dire, *of course* c'est mon frère, même maintenant qu'il est mort, mais je ne l'ai jamais connu. Ou je ne me souviens pas de l'avoir connu. Ma seule sœur a toujours été Anne. C'est la sœur que j'ai choisie.

Dr Aguilar :

Fernanda : Je vous l'ai déjà dit : parce que c'était amusant. Ensemble, on regardait *beauuucoup* de films et on lisait *beauuucoup* de romans et d'histoires d'épouvante. Et quand on avait peur, on ne fermait jamais les yeux. On ne se couvrait jamais le visage, contrairement aux autres. Je sais bien qu'on jouait à des choses auxquelles les autres filles ne jouent pas, comme quand on s'étranglait et qu'on faisait tous ces trucs que je vous ai déjà racontés dans le bâtiment. Mais j'ai toujours vu ça juste comme un jeu. *Maybe* un jeu dangereux, ça oui, mais tellement palpitant. C'est pour ça que quand Anne a eu sa nouvelle idée, je n'ai rien vu venir. Très vite, tout a commencé à être… je ne sais pas, *weird*. Je me suis mise à ne plus avoir envie d'aller dans le bâtiment ni d'être avec mes amies, mais j'y allais quand même et je restais avec elles, parce que j'aurais fait quoi, sinon ? Je ne sais pas, c'est comme si j'étais allée dormir et que je m'étais réveillée encore une fois avec une dent coincée au fin fond de mon oreille. Comme une oreille qui fait ses dents, un truc du genre, *weird* et gênant. En plus j'ai commencé à *touuut* voir d'un autre œil. Par exemple, la pièce où on racontait nos histoires d'horreur m'a paru épouvantable, du jour au lendemain. Personne n'y entrait en dehors des jours où on racontait nos histoires d'horreur, et au début cela me paraissait normal, mais après je me suis rendu compte que c'était *weird* que personne n'y entre les autres jours. C'est-à-dire, on courait et on jouait tout le temps partout dans le bâtiment, sauf dans la chambre blanche. Tout ça, c'était assez flagrant, mais personne n'osait en parler. Un jour, par exemple, j'ai vu Natalia à deux mètres de la chambre, en train de regarder vers l'intérieur d'un air crispé. Elle était médusée comme si elle avait vu une chose horrible et que la nausée l'empêchait de respirer. J'ai eu tellement peur en la voyant comme ça que j'ai crié « Qu'est-ce que tu fais ! » alors elle a bondi et elle s'est mise à rire, mais vraiment d'une sale manière, comme quand on ne veut pas rire mais qu'on rit quand même et que ça nous fait une tête qui n'est pas la nôtre. C'est là que j'ai compris qu'on avait vraiment commencé à avoir peur. Peut-être que les autres n'en parlent pas et n'en parleront jamais pour ne pas se fâcher avec Anne, mais moi je sais que l'histoire du Dieu Blanc les effraie un peu. Il faut dire que parfois Anne a l'air d'être possédée par les choses qu'elle invente. Son imagination est musculaire, elle est comme attachée à son squelette, et elle est, je ne sais pas, réelle. C'est quelque chose qui bouge.

Dr Aguilar :

Fernanda : Oui, réelle. Plus réelle que ça, par exemple. L'imagination d'Anne est plus réelle que vous, ou que mes parents, ou que moi. J'ai toujours adoré ça chez elle. Et elle aime, ou elle aimait, que j'adore ça. Je suppose que j'ai pensé qu'on était pareilles, qu'on avait les mêmes limites, mais maintenant je sais qu'Anne n'a pas de limites. J'imagine que pour elle ç'a été décevant de connaître les miennes, *but that's OK*. Avant, les autres me craignaient parce qu'elles pensaient que j'étais comme Anne, mais je suppose qu'en fait je jouais juste à être comme elle, et maintenant qu'elles savent que ce n'est pas le cas, elles n'ont même plus envie de me parler. *Anyway*, je suis sûre qu'elles ont eu peur de la chambre blanche au moins une fois et qu'elles l'évitaient pour ne pas se retrouver défigurées ou pétrifiées comme Natalia. Moi j'ai commencé à en avoir peur après, quand j'ai accepté la proposition secrète d'Anne et que je lui ai fait ce-que-vous-savez. C'est là que je me suis rendu compte que c'était un endroit qui perturbait les gens. Enfin, nous. Et le fait est que chaque fois qu'on passait devant, on évitait de regarder à l'intérieur. Ou en tout cas, c'est ce que moi je faisais. Je crois qu'on fuyait toutes cette chambre, sauf Anne. C'était tout simplement un endroit bizarre : le seul endroit du bâtiment où nous n'avions jamais trouvé le moindre animal, le moindre insecte… rien, que dalle. Même les pigeons semblaient l'éviter vu que c'était la seule pièce sans fenêtres. Elle n'allait pas avec le reste. Elle était différente, mais dans un sens négatif. Je ne sais pas. C'est vrai que j'avais contribué à cette ambiance parce que je l'avais peinte en blanc, mais à cette époque c'était juste une chambre comme une autre, pas le lieu où Anne racontait ses histoires d'horreur sur l'âge blanc et le Dieu Blanc et blablabla. C'est après que s'y est installée une atmosphère de difformité malsaine, que la peinture s'est mise à boursoufler et que sur les murs sont apparues des taches d'humidité noires et suintantes. Je vais vous sembler folle, *I know*, mais les taches d'humidité de cette chambre ressemblent à des veines, je vous jure. Et la peinture blanche, à une peau qui transpire sous la pluie. Je n'ai pas de photos parce que Anne ne nous a jamais permis d'en prendre. J'aurais aimé en avoir au moins une, même si je ne sais pas ce que j'en aurais fait. *Anyway*, le pire c'était qu'Anne souriait *too much* à l'intérieur, et d'un sourire bizarre, ridé. Ah ! Il y avait aussi quelque chose qui me mettait *trèèès* mal à l'aise : depuis qu'on avait commencé à jouer en secret à ce-que-vous-savez, Anne regardait vraiment beaucoup mes dents, et ça, *honestly*, je n'aimais pas du tout, ça me donnait envie de chialer *like a baby*.

Dr Aguilar :

Fernanda : *Wrooong*. Je n'aurais jamais pleuré devant elle pour ça ! Je pleurais toute seule, quand Anne ne restait pas dormir chez moi ou moi chez elle. Ou dans les toilettes du lycée. Parfois je pleurais dans les toilettes du lycée. Maintenant qu'on est fâchées, je pleure aussi beaucoup dans les toilettes du lycée, comme avant. Mais je ne regrette pas de l'avoir frappée.

Dr Aguilar :

Fernanda : Ouais, ouais. Je sais bien que la violence n'est pas une solution et blablabla, mais elle peut nous aider à nous sentir mieux quand on en a besoin. Je dis juste ce que j'ai sur le cœur.

Dr Aguilar :

Fernanda : Je crois que c'est parce qu'on a beaucoup de choses en commun. Avant, moi aussi je faisais comme si j'étais possédée par tout ce que j'inventais avec Anne. Et même si maintenant elle dit que ce n'est pas vrai et qu'elle me déteste, moi, sa BF ou ex-BF, *whatever*, je l'ai aidée à créer une à une ses histoires. Parce qu'on fait, ou on faisait, absolument tout ensemble. Et moi je voulais être comme elle. Parfois je rêvais même de rentrer à l'intérieur d'elle et de la porter comme un déguisement. Parce qu'elle est parfaite, *you know* ? Ou presque : elle est belle, drôle, intelligente... et elle a un petit frère qui est vivant, Pablo. Et elle ne va pas chez le psy.

Dr Aguilar :

Fernanda : Je rigole. J'adore venir ici.

Dr Aguilar :

Fernanda : C'est parce que vous ignorez comment ça s'est passé. À partir du moment où je lui ai dit que je ne voulais pas continuer à jouer parce que j'étais en train de la blesser et que je me sentais vraiment *trooop* mal, elle a commencé à changer d'attitude avec moi. Ce n'est pas que je me sentais coupable de jouer à ce-que-vous-savez, parce que la culpabilité c'est *boring* et que notre amitié n'a jamais été *boring*, c'est plutôt que je me sentais, je ne sais pas, asphyxiée, comme si j'allais vomir. Comme si je sentais mauvais et que la puanteur ne partait pas même en me douchant. Voilà. Puis il y a eu l'histoire de la photo. Quand elle a montré la photo aux types avec qui on est allées en soirée, la photo que j'avais prise d'elle, un truc que je n'arrive pas à m'expliquer s'est passé en moi. Je me suis sentie expulsée loin d'Annelise. Pour la première fois je ne voulais plus dormir avec elle, par exemple. Cela m'angoissait tellement de penser qu'il était possible qu'elle dorme dans mon lit, ou moi dans le sien, que je faisais semblant d'être malade et je séchais même les cours. Oui, il y a un mois, quand je lui ai dit que j'avais été malade, j'ai menti : j'ai fait semblant. Parfois je lui mens, mais je finis toujours par lui dire la vérité. *Really*. *Anyway*, à ce moment-là, je ne me sentais pas la force de dire à Anne que je ne voulais plus continuer à jouer à ce-que-vous-savez parce que je savais qu'elle le prendrait mal, mais je n'aurais jamais imaginé qu'elle allait le prendre de cette façon. Ça me stressait tellement d'avoir à passer du temps seule avec Anne que je faisais semblant d'être malade pour louper les cours et ne pas recevoir de visites. Je dormais avec le pyjama mouillé et je me faisais vomir. Tout m'indisposait, c'est dire à quel point je me sentais mal en général. Mais comme je ne pouvais pas rester malade éternellement et qu'Anne qui n'est pas bête devinait que quelque chose de *weird* était en train de se passer, je lui ai avoué la vérité : que je ne voulais plus jouer. Elle a essayé de me convaincre, mais je lui ai raconté ce qui m'arrivait, ou du moins j'ai essayé. Je lui ai dit pour la photo. Je lui ai dit que c'était privé et que je ne voulais pas que les autres le sachent. Que je ne supporterais pas que les autres filles du groupe le sachent. Que j'en avais honte, même si elles ne le savaient pas. J'ai employé le mot « répulsion », parce que j'avais vu le film deux jours plus tôt, et le mot « dégoût ». Peut-être que j'aurais dû employer d'autres mots mais j'ai employé ceux-là. Et elle a accepté, ou plutôt, elle a fait semblant d'accepter, parce qu'au lycée et dans le bâtiment, tout, absolument tout, a commencé à changer. Soudain, elle a arrêté de me parler. Ce n'est pas qu'elle m'ait exclue du groupe, c'est juste qu'elle ne m'adressait plus la parole. Parfois elle était bien obligée de me parler, mais c'était toujours pour me dire des choses très ponctuelles. Et les autres s'en sont rendu compte, *of course*. Et je crois qu'elles s'en sont un peu réjouies. Je veux dire : comme Anne leur parlait plus et riait plus avec elles, elles ont pu se permettre de se moquer de moi et de m'exclure. Il y a toujours un étrange plaisir à exclure quelqu'un, non ? Ça nous donne une sorte de supériorité : celle d'être au-dessus de quelqu'un qu'on peut écarter si ça nous chante. Alors disons que du jour au lendemain je suis devenue la boniche du groupe. Avant, la boniche c'était Ximena, d'ailleurs c'est elle qui a dû se réjouir le plus des moqueries et des regards noirs que me lançait Anne. Ça a commencé comme ça et après c'est devenu pire. Après, lorsque en cours il fallait faire un travail en binôme, Anne se mettait avec Analía, et quand le travail se faisait par groupe de trois, avec Analía et Ximena, et quand c'était par groupe de quatre, avec Analía, Ximena et Fiorella, et quand c'était par groupe de cinq, avec Analía, Ximena, Fiorella et Natalia. Vous voyez le genre ? Moi je n'avais jamais été exclue comme cela. Peu importait la taille du groupe, j'étais tout le temps avec Anne et Anne était toujours avec moi. Mais c'était clair que quelque chose avait changé et que ça les amusait de me le faire sentir. La dernière fois que je suis allée dans le bâtiment, par exemple, Anne a lancé une pierre depuis le troisième étage et elle est tombée à quelques centimètres de là où j'étais. C'était une grosse pierre : plus grosse que mon poing. Comme ça. Vous voyez ? Elle aurait pu me briser le crâne. Alors je n'y suis plus allée, *obviously*, et c'est là qu'il est devenu clair que j'étais tombée plus bas que Ximena, parce qu'au moins elle, elle n'avait jamais cessé de faire partie du groupe, alors que moi oui. À aucun moment personne ne m'a dit « Tu n'appartiens plus au groupe », mais c'était évident. Il y a des choses qui se comprennent sans avoir besoin d'explications. Je me rappelle avoir pensé : *Je préfère sortir du groupe avant de laisser Anne me traiter comme sa boniche.* Alors je leur ai dit : « *OK, byeee* », et je suis partie.

Dr Aguilar :

Fernanda : Ça m'a fait mal de réaliser que le leader du groupe, c'était Anne, parce que je pensais, comme une idiote, qu'on l'était autant l'une que l'autre. Mon ego en a pris un petit coup, *but just a little bit.* Ce qui me blesse vraiment, c'est qu'elle ne me laisse pas tranquille. Elle se moque de moi, elle me fait des croche-pieds, elle pousse mes affaires pour qu'elles tombent par terre... Et hier je n'en pouvais plus et je l'ai frappée de toutes mes forces. Je crois qu'elle ne s'y attendait pas. Je crois qu'elle pensait être intouchable ou un truc du genre.

Dr Aguilar :

Fernanda : Je ne sais pas si j'ai envie de parler avec elle. Je ne sais pas pourquoi on marchait sur les rebords du troisième étage. Je ne sais pas pourquoi je l'étranglais. Je ne sais pas pourquoi j'ai fini par faire ce-que-vous-savez. Parce que c'était amusant, j'imagine... jusqu'à ce que ça ne le soit plus. Et aussi parce que son imagination est *siii* réelle. Par exemple, un jour on a vu un crocodile derrière le bâtiment, et cette vision l'a obsédée, elle s'est imaginé que c'était une manifestation du Dieu Blanc ou un truc comme ça. Et quand elle parlait de l'animal elle disait qu'il était blanc, mais moi j'ai vu sa queue, et elle était verte, pas blanche. On savait toutes que sa queue était verte. Fiorella l'avait vu en entier et mieux que nous toutes et elle savait qu'il était vert. Mais avec le temps, on s'est toutes mises à parler du crocodile comme s'il avait toujours été blanc et comme si on avait toutes vu sa blancheur sombrer dans la mangrove. Et jamais ça ne nous serait venu à l'esprit de dire qu'il était vert, parce qu'il était blanc. Vous comprenez ? Le crocodile était blanc, point barre. Et ce n'est pas juste qu'on le disait, on le croyait vraiment : on était sûres d'avoir vu ses écailles blanches. L'imagination d'Anne était réelle au point de nous faire oublier qu'on connaissait sa véritable couleur… C'est quelqu'un capable de ce genre de choses.

Dr Aguilar :

Fernanda : Oui, Anne me manque, et je comprends qu'elle se soit sentie trahie ou méprisée, mais je ne supporte pas qu'elle agisse comme ça. Parfois je la hais. Mais je l'aime aussi un peu. Et son imagination me manque, comme le fait d'avoir peur avec elle. Quand on a peur on se sent très vivant et très fragile, comme si on était en cristal et qu'on pouvait se briser à tout instant. Ça peut être affreux, oui, mais ça réveille et ça remplit d'une émotion immense. Ça me rappelle quand j'étais petite et que j'avais un ami imaginaire, vous savez, celui qui s'appelait Martín et ressemblait à Martín. Je me souviens que parfois il me faisait peur parce qu'il ressemblait à un gnome, mais je continuais quand même à l'imaginer et à lui parler. Et parfois, après l'école, on s'imaginait avec Anne que Pablo était un monstre comme Martín. On le fuyait, et il pleurait, alors on lui disait *poor baby* en lui caressant la tête, on lui disait *sweet child of mine*, et ensuite Anne l'enfermait dans le sèche-linge et on faisait semblant de l'allumer pour le faire cramer. À cette époque, c'était un nain et il bougeait comme s'il n'avait pas de squelette, mais aujourd'hui, il est grand et il se rappelle encore ce qu'on lui faisait subir et donc il nous déteste un peu. C'est ça : Anne voulait qu'on soit identiques même dans la méchanceté, et si l'une des deux était une meurtrière, l'autre devait l'être aussi, si moi j'avais perdu mon frère, elle aussi devait perdre le sien, mais pas en vrai, juste pour de faux, pour faire semblant, parce qu'on n'aurait jamais tué Pablo, même si parfois on jouait à le tuer. Je crois que je vous ai raconté ça une fois : qu'on aimait jouer à anéantir nos affreux petits frères. On disait qu'ils étaient des gnomes, qu'ils étaient Tín le lutin, et parfois on croyait à nos propres histoires et on en avait peur. En particulier moi qui, quand j'étais petite, avais très peur de mon ami-imaginaire-Martín. En fait, je crois que j'ai toujours aimé avoir un peu peur, mais pas *siii* peur que ça. Anne et moi, on adorait avoir peur tout en étant en sécurité et protégées comme les sœurs qu'on avait décidé d'être. Parfois, dans le bâtiment, on repoussait les limites de cette sécurité, mais c'est justement parce qu'on se sentait… Le mot m'échappe.

Dr Aguilar :

Fernanda : Oui, c'est ça. *Anyway*, je ne sais pas si je me sens en sécurité maintenant. Je crois que c'est parce que l'imagination d'Anne continue à trotter dans ma tête sans que je le veuille. C'est comme une dent, pas dans l'oreille cette fois mais dans le cerveau. Mon cerveau fait ses dents et ça fait mal. Je n'arrive pas à oublier ses histoires sur le Dieu Blanc et l'âge blanc ni ce que j'ai ressenti chaque fois que je lui ai fait ce-que-vous-savez. Ses histoires d'horreur étaient faites pour nous effrayer un peu et nous amuser, mais son idée ou plutôt sa théorie sur l'âge blanc et l'adolescence était bien plus… hardcore. C'était une façon de nous décrire qui avait du sens. C'était réel. On aurait dit une religion ou un culte ou un truc comme ça. Le blanc évoque plein d'images horribles : des vampires, des fantômes, des morts, des paysages froids, et même Slenderman, qui a toujours été dessiné avec une blancheur parfaite dans le vide de son visage. Anne voulait publier ses histoires du Dieu Blanc et de l'âge blanc sur Internet et créer un mythe comme celui de Slenderman. Vous connaissez Slenderman ?

Dr Aguilar :

Fernanda : C'est un personnage inventé par des centaines de milliers de gens qui le font vivre à travers les creepypastas, qui sont des histoires d'horreur qui tournent et se développent sur le Web. Et bien sûr, Anne voulait que sa théorie du Dieu Blanc et de l'âge blanc se propage sur Internet et devienne un mème. Elle voulait écrire à ce sujet des creepypastas qui auraient fait un carton. En fait, on en avait eu l'idée ensemble mais j'imagine que maintenant, c'est juste son idée à elle. *Whatever.*

Dr Aguilar :

Fernanda : *OK*, je vais essayer de l'expliquer, mais c'est *trèèès* difficile à décrire. Je sais que l'âge blanc et le Dieu Blanc, ça vient d'une histoire d'Anne et blablabla. Mais dans certains cas je pense qu'une histoire, même si elle est inventée, peut révéler des choses réelles. À mon avis, c'est ça qui différencie les meilleures histoires d'horreur des moins bonnes : c'est qu'elles atteignent la forme véritable de la peur. Mais avant de continuer, je veux que vous sachiez qu'Anne et moi, on n'est pas *prudes*. On n'est pas comme d'autres filles des familles Opus. On n'est pas des saintes-nitouches qui parlent de baisers sans jamais avoir embrassé. Mais moi j'ai des limites. On doit tous avoir des limites. Mais Anne, elle n'en a pas. Ou alors c'est qu'elle n'a pas les mêmes limites. Je ne sais pas. Quand je lui ai fait ce-que-vous-savez, je me suis sentie mal parce qu'il y avait quelque chose… Je ne sais pas. Je ne sais pas si je vais réussir à bien le dire. J'ai honte !

Il y avait quelque chose de… sexuel dans la façon dont ça s'est produit. Ce n'est pas qu'on ait couché ensemble ni rien. On n'est pas lesbiennes ! Et je n'ai rien contre les lesbiennes, mais c'est difficile de faire abstraction de ce qu'on t'a répété toute ta vie du matin au soir, *you know* ? La culpabilité, c'est si *boring* qu'on l'évitait, mais parfois, peut-être, je me sentais un peu coupable. Ou bizarre, en tout cas. Je me sentais *weird* et sale, *I guess*. Le truc du cou, c'était différent, même si je crois que c'était une sorte d'initiation à ce qu'on allait finir par faire. Anne doit sûrement me détester parce qu'au début c'était moi qui mettais sur le tapis les sujets… vous savez, sexuels, et elle m'écoutait, muette comme une carpe. Ce n'est pas qu'elle était timide, mais à cette époque, elle était réservée quand on parlait de ces choses-là. Cela me surprenait qu'elle soit comme ça quand on parlait de sexe, alors que sur d'autres sujets bien pires elle se lâchait carrément. *Anyway*, moi je lui parlais de… vous savez, de mes masturbations, et je lui racontais que je me sentais très mal quand, petite, mes parents me disaient que je devais arrêter de me toucher et qu'ils me fuyaient comme s'ils avaient honte de me voir, et je lui racontais aussi qu'ils en parlaient avec vous et que vous leur expliquiez que ce n'était pas non plus *siii* grave que je me touche, mais qu'il fallait tout de même contrôler la situation et blablabla. Vous vous rappelez ? Bon, vous savez bien que je ne parle à personne de ces choses-là parce que j'en ai honte, mais avec Anne oui, j'en parlais. Je ne sais pas comment vous faire comprendre notre degré d'intimité. On se douchait ensemble, comme des amies bien sûr, et c'était agréable parce que c'était comme se doucher devant un miroir. *Anyway*, j'ai toujours été moins *prude* qu'Anne, je lui sortais toujours des histoires de sexe et de masturbation et à mon avis, c'est pour ça qu'elle me déteste, parce que c'est un peu comme si je lui avais donné la confiance nécessaire pour s'ouvrir à moi et me révéler ses vrais désirs et qu'après que je les avais vus, elle m'avait dégoûtée et que j'étais partie. Et j'ai peut-être fait ça. Mais sans aucune mauvaise intention, *I swear*. Moi je l'aimais. Enfin, je l'aime, même si parfois c'est une vraie *bitch*. *Sorry*.

Dr Aguilar :

Fernanda : Je ne sais pas, j'imagine qu'avant je ne vous parlais pas d'Anne parce qu'on n'avait pas de problèmes et que notre relation était parfaite et que je n'avais pas l'impression d'avoir quoi que ce soit à raconter là-dessus. Même si, apparemment, il y avait beaucoup à dire. Mais moi je croyais que notre amitié était parfaite, *you know* ? Et vraiment je ne veux pas que vous pensiez qu'on faisait des trucs de lesbiennes parce qu'on ne le faisait pas avec cette intention. Même si après il m'a semblé que ça pouvait être vu de cette façon et ça m'a dégoûtée, c'était quelque chose de *trèèès* différent.

Dr Aguilar :

Fernanda : Je ne sais pas. Mais ce n'était pas lesbien, *I swear*.

Dr Aguilar :

Fernanda : Évidemment que ça me fait mal, j'en souffre, *of course*, même si ce n'est pas que pour ça que je suis dans cet état. Ce n'est pas la seule chose qui m'embête. Il y a autre chose qui m'empêche de bien dormir. Mais je ne comprends pas ce que c'est. Je sais seulement que j'ai envie pleurer et que parfois je me sens, je ne sais pas, mal, comme si quelqu'un me poursuivait, mais celle qui me poursuit c'est juste moi parce que je n'arrête pas de penser à Anne et à mes amies et au bâtiment et au Dieu Blanc et à l'âge blanc et à ce-que-vous-savez que j'ai fait à Anne. Peut-être qu'au fond je ne veux pas que les choses s'arrangent avec elle parce que cela impliquerait de parler de ce qu'elle m'a obligé à lui faire alors que je n'en avais aucune envie.

Dr Aguilar :

Fernanda : Je ne veux pas non plus parler de ça avec vous maintenant. Je vous ai raconté ce que j'ai fait à Anne parce qu'il fallait que je le fasse, mais ça ne veut pas dire que je veuille en parler maintenant. Je ne veux pas encore. Je ne veux pas non plus en parler à Anne, *obviously*.

Dr Aguilar :

Fernanda : Je ne sais pas pourquoi je ne veux pas parler de ça. J'imagine que c'est parce que ça me fait peur. La seule chose que je veux dire, c'est que je ne voulais pas lui faire ça. Je ne voulais pas. Et j'ai détesté le lui faire.

Dr Aguilar :

Fernanda : Je ne voulais pas. Je ne voulais pas faire ça à Anne. Et je n'y ai pas pris de plaisir. Et même si elle, elle y a pris un peu de plaisir, qu'elle en a joui d'une façon super *creepy* quand je le lui faisais, moi je n'ai rien à voir dans tout ça parce que je n'y ai pris aucun plaisir.

Dr Aguilar :

Fernanda : Pourquoi vous me demandez ça ? Que voulez-vous insinuer avec ce genre de question ?

Dr Aguilar :

Fernanda : Vous insinuez que je suis en train de vous mentir ?

XV

Règles pour entrer dans la chambre blanche

PAR ANNELISE VAN ISSCHOT

1. Jamais tu n'entreras debout mais sur les quatre pattes de ton nom.
2. Jamais tu ne toucheras ni ne frôleras les murs.
3. Au cours de la cérémonie, tu balayeras au moins une fois le sol avec ta chevelure.
4. Tu accepteras qu'une fois à l'intérieur, il puisse arriver n'importe quoi à ton corps.
5. Tu n'ouvriras point les yeux au mauvais moment.
6. Tu supporteras la douleur sans pleurer.
7. Tu supporteras la peur sans crier.
8. Tu ne sortiras de la chambre qu'une fois la cérémonie achevée.
9. Tu prieras toujours genoux contre terre.
10. Tu accepteras Dieu dans le fond blanc de ta conscience.
11. Le sang de tes menstrues coulera chaque jour sanctifié de Son nom.

XVI

Le pire de tout n'était pas la douleur lancinante au niveau de ses extrémités, ni l'odeur de son corps – une masse empestant la sueur et l'urine qui imposait sa crasse au monde propret de la cabane –, ni le temps se dilatant comme un trou noir qui engloutissait tous les objets, la forêt, le volcan, ses souvenirs, cette pute de Miss Clara et elle-même ; ce n'était pas non plus le fait qu'elle soit encore là, menottée à une table, à sentir son estomac se plaquer contre son dos, à observer en silence sa peau devenir une prairie ocre sur laquelle s'invitaient les petites fourmis noires sillonnant le sol. Tout cela était tolérable dans une certaine mesure. Le pire de tout était que déjà deux jours se soient écoulés depuis la dernière fois qu'elle avait eu de la dignité. Le pire était de ne rien savoir – comme Shelley Duvall dans *Shining* mais avec la couleur de cheveux de Julie Christie dans *Génération Proteus* – et d'avoir commencé à prendre peur. Peur de quoi ? s'acharnait-elle à se demander en sentant quelque chose se froisser en elle, quelque chose qui avait une respiration propre, dissociée de la sienne ; un animal baveux aux longues dents et à la queue de sirène. Cette créature avait commencé à nager dans sa poitrine quand Miss Clara avait apporté le lapin, qu'elle l'avait dépecé sans prononcer le moindre mot et l'avait cuisiné au feu de bois avant de le manger devant elle.

Elle n'avait jamais imaginé que la faim puisse être un poids mort se hissant de l'estomac jusqu'aux tempes.

Miss Clara lui permettait de boire un verre d'eau par jour, mais elle devait uriner là, assise sur une chaise grinçante et pleine d'échardes. La première fois fut la plus dure de toutes : quand sa vessie se libéra elle fondit en larmes, inondée d'elle-même, d'une saleté insupportable qui envahissait son corps devenu méconnaissable et farouche. Fernanda n'avait jamais été en contact avec l'organisme répugnant dans lequel elle habitait désormais. Cette odeur si forte, était-ce sa véritable nature ? Son corps semblait devenu un terrain vague survolé par des vautours en laiton tournoyant à la recherche d'organes. Elle aurait voulu déchiqueter sa peau avec une pierre pour sentir autre chose que le dégoût et la faim, mais même la volonté avait cessé de lui ressembler.

Elle rumina le changement : jamais encore elle n'avait ressenti le dégoût d'elle-même.

Miss Clara non plus ne s'était pas lavée, mais le fait qu'elle ne sentait ni le pissat, ni l'urètre, ni la couche lui conférait le statut de seul être humain vivant de la cabane. Fernanda, en revanche, avait très vite découvert la vérité de sa nature : son odeur, aussi puissante que sa faim ; son humanité, aussi fragile que son odeur. Voilà pourquoi, devant sa prof, Fernanda se sentait comme ces animaux qui forcent à détourner le visage et à retrousser le nez ; parce qu'elle savait que Miss Clara pouvait respirer ses cuisses et voir au sol la trace d'une flaque que le plancher avait absorbée.

Une flaque qui se renouvelait sans cesse et que les fourmis avaient appris à contourner. Elle avait uriné, jusqu'à présent, six fois – elle tenait les comptes parce qu'elle ne pouvait rien faire d'autre que d'être attentive aux besoins et aux fonctions de son corps – et elle savait qu'à chaque nouvelle flaque elle perdait des pans entiers d'elle-même, mais l'humiliation ne voilait pas sa pensée, pas plus qu'elle ne l'empêchait d'élaborer de petits stratagèmes comme se lever, éloigner la chaise de quelques centimètres et s'accroupir pour ne pas se mouiller les jambes.

Elle avait souvent vu les chiennes se soulager ainsi : en frôlant l'herbe avec leur sexe.

Elle avait aussi vu Ximena et Analía pisser comme les chiennes.

Cette manœuvre avait pourtant ses limites, comme les rougeurs que lui provoquait, lorsqu'elle bougeait, le frottement des menottes contre ses poignets, ou la difficulté qu'elle avait à baisser sa culotte. Parfois, quand elle avait de la chance, elle réussissait à la faire glisser jusqu'aux genoux, mais la plupart du temps elle n'y arrivait pas et la sensation de lingerie mouillée, à la fois chaude et élastique, contre son sexe lui était désagréable. Mais, pensait-elle, il valait toujours mieux ça que de l'enlever devant Miss Clara, il valait toujours mieux ça que de rester nue au grand air des fourmis, laisser sa culotte du lundi à la merci de la folie de sa prof, retirer le vêtement qui défendait sa vulve sous une jupe si facile à soulever…

Depuis quelques heures déjà, ses lèvres vaginales la brûlaient, comme si du lierre s'était mis à pousser en elle. L'incertitude, en revanche, la maintenait constipée.

Lucky me, pensa-t-elle. Elle n'osait pas imaginer un autre cas de figure.

Au fond, elle s'étonnait d'être capable de rejeter plus de liquide qu'elle n'en avalait et de sentir sa tête comme un ballon de sang flottant au-dessus d'une aiguille. Jamais encore elle n'avait connu la faim, elle le savait maintenant. Avoir faim, c'était abriter le néant et l'entendre régurgiter des amphibiens dans son estomac. Un jour, dans la cour du bâtiment, Natalia avait relevé le défi de porter à sa bouche les têtards de l'étang. Fiorella l'avait chatouillée et sa sœur les avait avalés. Elle avait tellement peur d'être remplie de bébés grenouilles que les autres lui chantaient en chœur : « Grenouille, grenouillette, sors de ta cachette. » « Et s'ils se transforment dans mon ventre ? Et s'ils se mettent à avoir des cuisses dans mes intestins ? » Annelise lui disait qu'elle chierait des grenouilles blanches au ventre translucide, de celles dont on voyait avec horreur battre le cœur. « Qu'il est petit, le cœur d'une grenouille », lui avait-elle dit un an plus tôt lorsque, dans le laboratoire, Miss Carmen en avait disséqué une pour exposer son muscle de tomate cerise encore palpitant. *Qu'il doit être petit, mon cœur*, pensa Fernanda en le sentant pulser comme jamais. À présent elle pouvait dire qu'elle connaissait le rythme et les appétits du sien ; tout ce qu'elle n'avait jamais osé regarder en face et que, dans cette cabane, elle voyait soudain.

« Si je me transforme en grenouille, il faudra que vous m'embrassiez pour que je devienne une princesse », avait dit Natalia en clignant de son œil-colibri.

Elle pensait à ses copines pour fuir la faim et la sensation de brûlure, mais à côté de ses pensées il n'existait rien d'autre que la faim et sa vulve enflant sous le tissu comme un fruit mousseux aux gencives sensibles. Sa tête ressemblait de plus en plus à celle de son ami-imaginaire-Martín quand il était son frère mort qui l'attendait, tapi dans le placard, derrière les bottines bleues, grattant le bois avec ses dents. « Je ne supporte pas que tu regardes mes dents, avait-elle confié à Annelise, un jour qu'elles étaient toutes seules au dernier étage du bâtiment. — Pourquoi ? Tu ne les aimes pas ? lui avait-elle demandé en marchant tout droit au bord de l'abîme. Moi je les aime bien, tes petites dents de rat. » Sa tête dans la cabane était comme quand son ami-imaginaire-Martín rongeait le placard avec ses dents de furet blanc. « Tes dents de Topo Gigio. Tes dents de Bugs Bunny. » En son for intérieur, sa famille lui révélait l'origine de son sang : un frère gnome, un frère qui a les pieds retournés, un frère albinos comme la mort, un frère qui marche contre ses pas, qui avance en rebroussant chemin parce que l'histoire de la fraternité commence par un meurtre, d'après Annelise. « C'est la Bible qui le dit, un livre où tout le monde est effrayé. » Mais les adultes ne savaient pas qu'Annelise lisait la Bible comme un livre d'épouvante.

« Tu veux être ma sœur ? » lui avait-elle demandé quand elles avaient huit ans et qu'elles dormaient enlacées sous le lit.

« Oui, je veux être ta sœur. »

Les adultes ne savaient pas non plus que lorsqu'elles allaient à l'église, Annelise et elle jouaient au culte du Dieu Blanc, Dieu-mère-à-l'utérus-déambulant, et se caressaient les genoux en cachette.

« Tu es ma sœurette, ma frangine, mon égale. »

Le Dieu Blanc les faisait se moquer de leurs mères : de leurs seins flasques dans leurs soutiens-gorge Victoria's Secret, de leurs crèmes antirides pour visages-de-pruneaux et de leurs teintures de cheveux flashy, parce que la nature des filles, disait le credo, c'était de sauter sur la langue maternelle main dans la main ; survivre à la mâchoire pour devenir la mâchoire, prendre la place du monstre, c'est-à-dire celle de la mère-Dieu qui donnait naissance au monde du désir.

C'était cela, une sœur : une alliée contre les origines.

Fernanda essayait de ne pas avoir peur parce que Miss Clara avait la mâchoire large d'un requin, ou d'un caïman, ou celle du crocodile qui avançait dans ses rêves vers les jambes écartées d'Annelise.

« Je t'accouche vers mes entrailles, lui disait sa sœur dans ses cauchemars. Je t'enfante vers mes os. »

Ses pensées remontaient des marécages jusqu'au volcan où Miss Clara avait fixé ses yeux comme les œufs des iguanes et des geckos qu'elles éclataient contre les murs du bâtiment. Là-bas, Fernanda et ses amies pillaient la terre de leurs mains, soulevaient des racines et trouvaient des trésors blancs qui ressemblaient à la folie qui vivait maintenant dans le regard-gargouille de sa prof.

La folie était molle et humide comme les œufs, mais parfois elles se mettaient la folie dans la bouche et la culotte avant de la lancer violemment contre les murs.

Fernanda avait cru, jusqu'à l'âge de sept ans, qu'un ovaire était un rosaire fait de coquilles d'œufs brisées. « J'aime tellement tes dents que j'ai envie de te les arracher, lui avait dit Annelise la nuit où Fernanda le lui avait raconté. J'aime tellement ta mandibule que je veux en faire un mandibulaire. » Elles priaient le Dieu Blanc avec chacune de leurs molaires tout en se faisant des chatouilles sous les draps. « On est sœurs », se disaient-elles en se léchant les gencives quand elles saignaient. « On est la même », et elles s'enlaçaient les squelettes tandis que le soleil se couchait. Elle se rappelait cette Annelise-là, celle d'avant la dispute, pour fuir la faim et la vulve, mais d'une insomnie ovipare on ne pouvait pas fuir, pas plus que de Miss Clara traînant ses pieds lourds sur le plancher grinçant à l'étage.

Ses pieds nus et saignants laissaient des traces sombres sur le sol.

Ses cheveux noirs tombaient vivants au bord de l'escalier.

Elle pensait qu'on la retrouverait plus vite, mais elle avait commencé à comprendre que les raisons de son enlèvement étaient celles d'une femme en délire et que n'importe quoi pouvait lui arriver. Elle comprit qu'elle risquait de vraies blessures, pas comme lorsque le défi consistait à supporter un coup de poing dans le ventre et qu'Annelise la frappait de toutes ses forces. Non, là c'était sérieux.

Le revolver sur la table avait peut-être une balle pour elle.

Il fallait peut-être qu'elle commence à se demander si elle était prête pour mourir.

« Ça fait quoi de mourir ? » avait-elle demandé à Annelise il y a longtemps, puis à sa mère : « Maman, ça doit faire quoi de mourir ? » Et sa mère l'avait raconté au docteur Aguilar, comme tout ce qu'elle lui disait et qui l'empêchait de dormir. Fernanda essaya à plusieurs reprises de penser à ses parents, mais son père était une journée de pêche et sa mère un pigeon malade qui n'arrêtait pas de chier sur le monde. Son père était le filet et le poisson ; sa mère était prise de convulsions hors de l'eau, le bec ouvert. Au moins, un des deux savait voler : la plus peureuse, mais elle avait peur de son petit. Fernanda en avait parlé au docteur Aguilar : « Ma mère a peur de moi. » Elle lui avait expliqué que sa mère la regardait comme si elle était morte alors qu'elle regardait la photo de son fils mort comme s'il était vivant.

« Elle me regarde comme si j'étais un fantôme. C'est pour ça que je lui fais *bouh !* quand elle ne me voit pas. »

C'est alors que Fernanda pensa que ses parents ne pleuraient peut-être pas sa disparition ; qu'ils étaient peut-être heureux de n'avoir plus à être parents dans une ville qui se remplissait de serpents dès qu'il pleuvait. « Aujourd'hui mon père a écrasé un serpent sur la route », avait raconté Fiorella deux mois plus tôt, tandis qu'elle s'acharnait à en écraser un petit au deuxième étage du bâtiment. La Bible, se souvint-elle, demandait aux hommes de ne craindre rien d'autre que Dieu, pas même les serpents. « La crainte de Dieu est sagesse, disait Mister Alan. La crainte de Dieu est comme un amour filial. » Craindre le père ou la mère représentait le côté obscur de l'amour, disaient-ils, mais personne ne parlait de la crainte des parents à l'égard de leurs enfants : personne ne disait que la crainte de la mère était sagesse chez la couleuvre et que la fille mangeuse de couleuvres ignorait la crainte. Fernanda n'avait jamais eu peur de sa mère, voilà pourquoi le ventre de sa naissance avait peur d'elle dès que son père partait à la pêche et ne ramenait rien d'autre au foyer que la douceur des branchies mortes.

Peut-être que sa mère ne la cherchait pas. Peut-être que ses copines – qui avaient cessé d'être ses copines bien avant qu'elle soit séquestrée – ne pensaient déjà plus à elle.

Elle était peut-être dans la brume épaisse et le Dieu Blanc dans le silence.

Elle ne comprenait pas pourquoi son esprit cloîtré revenait toujours aux histoires d'épouvante d'Annelise. Les créations de sa sœur choisie prenaient vie dans sa tête à mesure que les heures passaient et que sa peur l'inondait de fluides corporels. Elle se rappelait les frayeurs collectives que provoquaient certaines inventions d'Annelise, comme lorsque, peu de temps avant la dispute, elle avait voulu leur faire croire que quelqu'un rôdait dans le bâtiment en leur absence, s'introduisant pendant la nuit, ou le matin, dans l'intention de s'approprier leur espace. « Le Dieu Blanc ne va pas aimer ça », disait-elle d'un ton très sérieux qui forçait Fiorella et Natalia à se prendre les mains. Alors Annelise s'était mise à traquer les fantômes : à trouver des empreintes, des traces troubles de la présence d'un intrus dans les recoins, et même si les empreintes avaient la taille du pied d'Analía et que les traces étaient aussi confuses que le lieu où reposait une pierre ou la grosseur de la branche qu'elles utilisaient pour embêter les serpents, Fernanda et les autres avaient commencé à croire que quelqu'un était vraiment en train d'envahir leur tanière. « Il faut faire quelque chose. — Prions le Dieu Blanc et Il nous dira quoi faire. » Parfois, lorsqu'elles couraient dans les couloirs, elles sentaient que quelqu'un les observait depuis la chambre blanche, où il n'y avait pourtant rien d'autre que de l'eau noire coulant le long des murs quand il pleuvait. « Si on le voit, on le pousse du troisième étage. — Si on le voit, on en fait une offrande au crocodile. »

Dans ses récits sur l'âge blanc, les jeunes protagonistes avaient des théophanies épouvantables où le Dieu Blanc se manifestait comme Yahvé à Moïse, et cela marquait le début d'une transformation progressive qui les poussait à faire des choses terribles comme manger leurs mères, tuer leurs frères, ou s'initier à des cultes secrets peu avant de disparaître. « Tu ne pourras pas voir ma face, car l'homme ne peut me voir et vivre », lisait Mister Alan en cours de théologie, éveillant un intérêt croissant chez Annelise. « Et Moïse mit sa main dans son sein ; puis il la retira, et voici, sa main était couverte de lèpre, blanche comme la neige. » Fernanda écoutait et voyait Annelise absorber les paroles bibliques qu'elle utiliserait pour perfectionner son histoire : « Le Dieu Blanc n'a ni visage ni forme, mais son symbole est une mâchoire qui mastique toutes les peurs, disait-elle dans la chambre blanche. Quiconque le voit et n'est pas prêt à le voir mourra, car son apparition est comme la mort : elle ôte la couleur de toutes les choses. »

Fernanda aurait aimé être l'héroïne de l'un de ces récits aux révélations macabres : être débordée par la théophanie du Dieu Blanc d'Annelise, voir ses cheveux blanchir d'un coup après l'horreur de l'apparition et sentir que lui venait alors la force nécessaire pour enlever ses menottes et tuer Miss Clara. Après tout, si elle la tuait, personne ne la punirait. La police dirait que c'était de la légitime défense parce qu'une kidnappée était en droit d'assassiner sa kidnappeuse. Elle pouvait essayer de le faire : tuer sa prof, goûter à la sensation d'ôter la vie à quelqu'un et, au passage, sauver la sienne. Elle pouvait essayer d'atteindre le revolver qui trônait au centre de la table, mais quand elle s'étirait, ses poignets hurlaient et ses dents n'arrivaient pas à en mordre la crosse.

Tandis que la sensation de détresse augmentait, le temps se camouflait dans les murs, dans la fenêtre et dans la neige du volcan. Exister dans ce temps invisible était devenu trop compliqué pour Fernanda, comme s'enrouler autour du peu de lumière qui entrait, ou respirer par bouffées l'odeur nauséabonde qui suintait de son pelage-de-peau. Mais les moments les plus durs, ceux qui grésillaient dans sa gorge, c'était quand sa prof descendait l'escalier en colimaçon avec ses pieds cassés et s'asseyait à l'autre bout de la table. Alors la lumière qui traversait les vitres enténébrait la moitié de son visage, qu'elle évitait de regarder pour ne pas s'effrayer, sans jamais y arriver.

Personne ne lui avait expliqué que la lumière pouvait aussi noircir la chair.

Parfois, assise devant elle, Miss Clara restait figée comme

un cadavre, sans la regarder, sans lui parler, les cheveux noirs et graisseux collés des deux côtés de son visage, en une posture contrefaite : l'épaule droite tombante et le dos incliné vers la gauche, comme si elle avait souffert du froid de la montagne. Alors Fernanda se demandait encore et encore pourquoi elle et pas Annelise. Pourquoi elle et pas Analía. Pourquoi elle et pas Ximena. Pourquoi elle et pas Fiorella, ou Natalia. Elle se demandait ce qu'elle avait fait de spécial pour mériter cela, ce qui la rendait unique, mais elle ne trouvait jamais de réponse satisfaisante.

Parfois Miss Clara plaquait ses cheveux sales derrière ses oreilles et s'étirait pour aller caresser le revolver comme si c'était la tête d'un chat. Fernanda en profitait pour lui demander des choses simples, qui n'obtenaient jamais de réponse : « Quelle heure est-il ? », « C'est à vous, ici ? », « Vous pourriez me donner quelque chose à manger ? » Aucune de ces questions n'était pourtant celle qui importait vraiment : « C'est le revolver du père d'Annelise, ça ? » Mais celle-là elle ne la posait plus parce que la réponse était devenue une présence floue, une menace qu'elle percevait avec de plus en plus de netteté, une menace qui flottait dans la forêt et arrivait jusqu'à l'intérieur de la cabane, une menace qui grandissait avec la folie de Miss Clara et parvenait jusqu'à ses propres tempes. Les paroles de sa prof pouvaient être un précipice où tomber, mais dans tout film d'horreur, les changements étaient le signe d'un nouveau danger, et Fernanda pressentait que le changement final dans la trame de son enlèvement avait la forme d'une réponse à la question : *Pourquoi je suis là, pour quoi faire ?*

Elle stoppa net le rythme effréné de ses pensées vertigineuses lorsqu'elle vit Miss Clara descendre la première marche de l'escalier.

— *Please !* lança Fernanda d'une voix qu'elle ne reconnut pas, pleurant à torrents comme jamais elle n'avait pensé pouvoir le faire.

À présent elle connaissait l'épaisseur de sa force : à présent elle savait qui elle était lorsqu'elle fléchissait face aux grandes mâchoires.

Miss Clara descendit, le visage griffé, les lèvres bleuies et la colonne tordue. Elle murmurait des choses inintelligibles pendant que Fernanda tremblait de froid, de faim, de vulve. *Elle va enfin parler*, pensa-t-elle en se repliant sur elle-même comme un animal sans museau. Elle devinait l'intention de parole dans le visage de sa prof, une langue léchant ses prunelles tandis que sa bouche s'apprêtait à dire :

— Cela n'a pas de sens de mentir, alors arrête, dit-elle en ébouriffant ses sourcils avec des doigts si rouges qu'on aurait dit des chenilles.

Fernanda pensa alors qu'elle serait capable de se traîner comme un ver devant sa kidnappeuse pour lui lécher les pieds, les ongles, les veines, si en échange elle pouvait rerentrer dans le ventre peureux de sa mère.

C'était la seule chose qu'elle voulait : rerentrer.

— Je sais très bien ce que tu as fait, espèce de gamine tarée.

XVII

Le jour de la rentrée, Clara comprit que dans son corps, quelque chose ne tournait pas rond. « T'as une sale mine », lui dit Amparo Gutiérrez comme si elle s'en réjouissait, parce qu'alors elle avait déjà pris la grossière habitude de lui faire remarquer qu'elle n'avait pas l'air en forme et de lui expliquer, sans qu'elle le lui demande, comment mieux s'alimenter, quelles infusions boire – elle lui déconseillait fortement le café – et quels exercices faire pour corriger sa posture « dégingandée » et « puérile ».

« J'ai des insomnies », se contenta-t-elle de répondre. Pourtant Clara ne souffrait pas de fatigue mais d'épouvante.

Elle avait été la première à arriver au lycée ce matin-là. Le gardien l'avait saluée en la bénissant d'un signe de croix esquissé en l'air de son pouce calleux, et, tandis qu'elle garait la voiture de sa défunte mère dans le parking, elle remarqua que ses mains avaient commencé à trembler. *Quelles griffes affreuses*, pensa-t-elle en regardant ses doigts crispés comme dix pattes d'araignée sur le volant – les ongles rongés, les articulations bien trop fripées. Cela faisait longtemps qu'ils n'avaient pas été engourdis, et qu'elle n'avait pas senti ce vieux vertige dans le bas du ventre – « Nous avons un corps qui marche à notre encontre », lui disait sa mère quand elle était vivante et malade et qu'elle observait, avec un plaisir inavouable, la souffrance de sa fille se griffant les bras et se mordant la langue dans son sommeil. Ce n'était pas bon signe que son utérus bourdonne comme un nid d'abeilles sur le point de tomber, que ses organes se remplissent d'insectes et la forcent à rester immobile, parfaitement immobile – comme sa mère qui attendait la mort assise dans le fauteuil imprimé tigre –, mais malgré cela, elle sortit de la voiture, décomposée, suant à grosses gouttes qui lui plaquaient les cheveux des deux côtés du visage et le regard brouillé, comme recouvert d'une épaisse couche d'eau sale. Il lui fallut respirer profondément pour prévenir les palpitations, le fourmillement de ses bras et les nausées ; se ressaisir et se rappeler que, même si les cuisses la démangeaient, il ne fallait pas les gratter parce qu'alors c'était bien pire.

Elle n'avait jamais compris pourquoi certaines zones de son corps réclamaient parfois à grands cris d'être blessées.

« Tu marches à l'encontre de toi-même, Génisse. »

Elle attendit quelques minutes dans cette position : appuyée contre le capot, inhalant et exhalant profondément et, quand elle crut avoir repris le contrôle de son corps – du moins en partie –, elle se dirigea vers la salle des profs en traversant la patinoire immaculée, en essayant de ne pas penser que bientôt le silence et la propreté des lieux se rempliraient de voix aiguës et incisives, de petits rires humides, de centaines de pas à cadences irrégulières et survoltées – parce que les jambes des adolescentes ne tenaient jamais en place, selon la mère morte qui vivait dans sa tête –, et seraient recouverts de poussière, de sable et de cheveux.

Tout sera différent, pensa-t-elle.

En entrant dans la salle, elle remarqua qu'aucun autre professeur n'était encore arrivé. Elle regarda avec impatience l'horloge accrochée au mur, s'assit sur sa chaise, mit un peu d'ordre dans les papiers sur le bureau, vérifia son emploi du temps, et s'assura, une fois de plus – elle l'avait fait quatre fois avant de sortir de chez elle (exactement comme l'exigeait la mère morte qui vivait dans sa tête) –, qu'elle avait bien mis les livres nécessaires dans sa sacoche.

Elle devait se calmer, pensa-t-elle. Jusqu'à présent, elle s'était bien familiarisée avec l'institution et avec ses collègues : elle se souvenait du prénom de tous les concierges et gardiens, elle arrosait deux fois par semaine les plantes de la salle des profs, elle accrochait au panneau d'affichage des phrases célèbres sur l'éducation et elle choisissait les mots justes pour intervenir un peu au cours des réunions. Elle avait été méticuleuse – comme sa mère quand elle était encore vivante et en bonne santé et qu'elle consacrait chaque soir quarante-trois minutes à s'assurer que les portes et les fenêtres de la maison étaient bien fermées. Mais, surtout, elle avait été prudente. Elle savait que si elle voulait revenir à la normalité – c'est-à-dire reprendre sa vie d'avant l'histoire avec les M&M's –, elle devait affronter les symptômes, les chewing-gums et les poitrines menues ; sortir de sa cachette et être une professeure égale à sa mère : une bonne enseignante. Après tout, elle s'était préparée à cela, et elle avait toujours su que les élèves reviendraient occuper le moindre recoin avec leurs nœuds dans les cheveux, leurs peaux luisantes et leurs yeux de bestioles phosphorescentes. Son erreur, cependant, avait été de croire qu'elle serait parfaitement prête quand cela arriverait ; que son corps, cette cartographie organique des terreurs, aurait cessé de rétrécir telle une paupière sous un drap le jour même de la rentrée.

Mais elle en était là : à nouveau réduite à ses vrombissements intérieurs et au déraillement de son système nerveux central ; à supporter une vibration qui emplissait sa bouche d'un goût douceâtre répugnant ; à regarder l'horloge accrochée au mur comme une potence.

Ce ne sont que des gamines, se rappela-t-elle, des créatures qui ne pourraient rien lui faire. Et, pour éviter de se gratter les cuisses – qui la démangeaient avec une fureur inhabituelle –, elle se mit à griffer la surface lisse du bureau, mais elle s'arrêta en remarquant que son talon droit avait commencé à marteler le sol mécaniquement.

Elle se releva d'un coup.

Ses nouvelles élèves seraient, d'après Rodrigo Zúñiga, des jeunes filles de très bonne famille qui se moquaient toujours de leurs enseignants – mais qui (selon la mère morte qui vivait dans sa tête) ne pouvaient pas être aussi méchantes que Malena Goya et Michelle Gomezcoello. « Elles sont gentilles, c'est juste que... tu sais, elles sont à l'âge où il faut leur donner des limites », lui avait dit Amparo Gutiérrez quand elles avaient reparlé de la blague qu'elles avaient faite à l'ancienne professeure de lettres. Clara se rendit vite compte que les autres enseignants n'aimaient pas parler du comportement des élèves. En apprenant ce qui était arrivé à la collègue qu'elle était venue remplacer, elle avait voulu en savoir plus sur le caractère général des adolescentes et s'était mise à poser des questions qui étaient mal reçues, car les profs évitaient les sujets de conversation ayant trait à la discipline dans l'établissement. Ángela fut la seule qui osa lui assurer que la conduite des lycéennes était exemplaire parce qu'elles étaient surveillées en permanence – « Tu as vu la surveillante générale ? Elle se promène dans les couloirs pendant les cours. Elle n'a pas de matraque, mais c'est tout comme. » Puis elle lui confia à voix basse que certains profs savaient la vérité : qu'au fond, elles étaient intouchables, même pour Patricia-la-surveillante-générale, et que ceux qui détenaient le pouvoir, à l'intérieur comme à l'extérieur, c'étaient leurs parents.

« Il y a des filles qui se rebellent pour tout, lui dit Ángela. Mais c'est la puberté, il ne faut pas faire trop attention. »

Clara écouta sans s'émouvoir les opinions de ses collègues au sujet des élèves. Pendant des années, elle avait enseigné à des adolescents et jamais elle n'avait eu peur d'eux, même quand José Villanueva avait fracassé la tête d'Humberto Fernández contre les casiers ou lorsque Priscila Franco avait coupé la tresse d'Abigail Núñez pour en faire un marque-page. D'après son expérience, les garçons étaient en général grotesques et violents physiquement, tandis que les filles, malgré leur apparence simple et délicate, étaient d'une agressivité différente, bien que tout aussi cruelle que celle des garçons. Elles étaient plus intelligentes – comme tous ceux qui sont obligés de mettre en place des tactiques pour survivre en terrain hostile – et savaient dissimuler leur faim de violence avec une naïveté toute feinte. Seules les filles, pensait Clara, étaient capables d'entrer sans permission chez leurs enseignantes. Voilà pourquoi sa peur avait fait tache d'huile en elle quelques jours avant la rentrée, s'alimentant de ses cauchemars, de ses souvenirs et de l'attitude de ceux qui étaient réticents à parler de ses élèves devant elle.

Sa mère l'avait prévenue. « Les filles sont les pires. Fais attention à elles, Génisse. »

Mais Clara ne l'avait pas écoutée.

— T'as une sale mine, s'écria Amparo Gutiérrez quand elle entra dans la salle des profs et qu'elle la vit debout, près du bureau. Tu ne peux pas commencer les cours comme ça. Les filles vont te dévorer toute crue !

Toutes les élèves dévorent la tête de leurs enseignantes, pensa Clara en les comparant à des mantes religieuses.

À présent, elle allait devoir apprendre à protéger son crâne : d'une façon ou d'une autre elle allait devoir apprendre à les nourrir sans se faire dévorer.

« Les filles cannibalisent leurs mères, Génisse. Du lait jusqu'à l'os. »

Depuis le décès d'Elena Valverde, Clara avait senti naître une nouvelle voix dans son cerveau, un flux de paroles qui l'avait aidée à remplir l'espace vide et à se remettre de l'absence maternelle. Cette voix n'était rien d'autre que la mère morte qui vivait dans sa tête : un langage qui la lavait d'elle-même pour la transformer en ce qu'elle souhaitait réellement être – Elena, la chair blanche originelle. Le jour de la rentrée, Clara s'habilla dans le plus pur style-maternel-de-deux-mille-trois parce que c'était ce que demandait cette voix qu'elle aimait, la conscience de celle qui l'avait éduquée pour être forte et correcte, c'est-à-dire pour faire les choses bien – une mère (disait souvent Elena en regardant le fantôme de sa colonne vertébrale en forme de S accroché au mur) était toujours responsable des actes de sa fille. Clara voulait être à la hauteur de cette éducation : sauter sur le dos du monde même s'il s'élançait à bride abattue par-dessus le néant. C'est alors qu'esquivant les observations et les conseils non sollicités d'Amparo Gutiérrez, elle sortit de la salle des profs et – tandis que des élèves faisaient leur entrée dans de flambantes voitures importées ou dans les bus scolaires, et que d'autres bavardaient avec leurs cils démesurés et leurs genoux foncés – décida d'aller se rafraîchir aux toilettes. Elle ne pouvait faire qu'une chose au point où elle en était, se dit-elle :

regarder droit devant, en direction du mur carrelé – dans son dos il n'y avait qu'un trou béant qui avait la couleur du vernis à ongles de Malena Goya (un puits aussi profond que les fossettes au coin des lèvres de Michelle Gomezcoello). Reculer dans ces circonstances était une option encore plus terrifiante que continuer, si bien qu'elle laissa couler l'eau du robinet, releva sa jupe, s'humidifia les cuisses et les frappa vigoureusement, surprise d'entendre le bruit résonner contre les vitres comme des baisers qui claquent. Plusieurs gouttes mouillèrent ses vêtements, lui donnant un aspect négligé – le miroir lui renvoya un visage délavé de chaussette trouée : une expression familière d'usure irrémédiable. Il lui sembla qu'on frappait à la porte, mais dans le couloir seul le soleil l'attendait, et, au fond, un nombre incalculable de jupes qui aspiraient tout l'oxygène.

En quelques minutes, Delta fut envahi par une meute de longues chaussettes blanches et de chemises en partie déboutonnées. Les jeunes filles tourbillonnèrent dans la cour avec leurs sacs à dos enflés et les professeurs les esquivèrent comme s'ils évitaient de les regarder en face. Elles, en revanche, observaient tout. Rien ni personne ne leur ferait fermer les paupières. Elles la regarderaient comme cela, sans pudeur, pendant les cours, pensa Clara dont les nerfs asséchaient déjà son palais. Elles l'appelleraient « la nouvelle prof » jusqu'à retenir son nom, et l'examineraient tel un animal exotique avant de décider si elles seraient gentilles ou méchantes avec elle. Mais Clara n'allait pas leur donner le choix.

Je pourrais les vaincre, se dit-elle. *Je pourrais contrôler la sueur et les vertiges.*

Elle avait beau avoir de l'expérience avec toutes sortes d'adolescents, les centaines de voix qui retentissaient dans la cour, les jardins, les couloirs et le parking l'ébranlèrent comme un doigt de gorille caressant ses gencives. Elle se figea, les pieds collés l'un à l'autre, regardant passer les professeurs – passer Patricia-la-surveillante-générale – et les filles qui se tordaient de rire en crachant au sol des postillons de bave épaisse. *On dirait des chiennes*, pensa-t-elle en craignant que ses récents tremblements ne soient suivis de la tachycardie, des fourmillements et de l'asphyxie propres à ces crises d'angoisse, de moins en moins fréquentes, qui la paralysaient et lui faisaient craindre et désirer la mort en même temps.

Elles ont le poil qui tombe, maugréa-t-elle dans sa tête, accablée. *Bientôt, le sol sera couvert de leurs cheveux.*

Quand la sonnerie retentit – un son de fausse cloche qui lui fit serrer la mâchoire –, Clara sut qu'elle ne pouvait plus faire marche arrière. Elle traversa la foule – la lumière, le noir brillant des chaussures neuves – et se dirigea vers la salle des profs pour vérifier une cinquième fois que les livres étaient bien dans sa sacoche, remettre un peu d'ordre sur son bureau et prendre son emploi du temps avant se rendre dans la salle de classe en se pinçant la peau douillette entre les doigts de la main gauche.

Dans les couloirs, la confusion régnait : les professeurs s'affairaient tandis que Patricia-la-surveillante-générale s'époumonait dans son sifflet en agitant les bras d'où pendait sa cellulite comme deux ailettes glabres. Avant de fuir le vacarme, Clara vit Ángela sourire à des élèves qui franchissaient le seuil d'une porte et se demanda, soudain, si elle serait une bonne prof – même si au fond elle se fichait éperdument de le savoir.

« Ta tête est un nid de cafards, Génisse. »

Elle donna son premier cours aux collégiennes de 4e C, dans une salle qui se trouvait au bout d'un long couloir incurvé, au premier étage du bâtiment Álvaro del Portillo le

Bienheureux – sa mère (qui trouvait cela ridicule de donner des noms à des infrastructures pour rendre hommage à des gens morts) aurait ri aux larmes si elle avait su que dans les escaliers du Collège-Lycée bilingue Delta, *High-School-for-Girls*, il y avait aussi des plaques au niveau des paliers avec des messages du genre « *Regnare Christum volumus* », « *Deo omnis gloria* » ou « *Serviam* ». Pas un seul instant elle ne cessa de trembler ni de transpirer mais elle était fière d'avoir réussi à garder une certaine contenance durant toute la séance. Pour le reste, les élèves de 4ᵉ C furent silencieuses et disciplinées. Elles se levèrent d'un seul ensemble quand elle entra dans la salle et ne se rassirent que lorsqu'elle donna la permission de le faire. Elles prirent des notes avec une diligence et une docilité inhabituelles, sans bavarder, regardant devant elles les jambes croisées, jusqu'à ce que Clara fasse tomber l'effaceur du tableau et qu'une fille au chignon bleu lance à sa voisine un sourire malicieux.

Tranquille, pensa-t-elle. *Garde le contrôle.*

Elle avait oublié de faire l'appel au début du cours à cause des symptômes de son trouble anxieux qui s'aggravait – et de la menace d'une possible crise de panique. Juste avant la sonnerie, chacune des élèves répondit « Présente ! » en entendant son nom, avant de s'enfermer dans un silence que Clara ressentit comme gênant et artificiel. Ainsi, à mesure qu'elle avançait dans la liste – et qu'elle remplissait des cases en tapant sur l'ordinateur un « P » ou un « A » –, elle comprit que les filles qu'elle avait en face d'elle n'étaient pas en réalité comme elles le montraient ; qu'elles étaient en train de lui accorder une sorte de trêve et qu'au moindre faux pas, aussi minime fût-il, elles l'achèveraient. Son inquiétude et sa crainte étaient telles qu'elle sauta aussi le protocole des présentations qui voulait que l'on demande à chacune quels étaient ses loisirs et ses projets, ce qui l'avait contrainte à avoir recours à la rigidité d'une séance d'introduction à sa matière, de laquelle elle fut la seule à parler – chose interdite par la méthode pédagogique du Collège-Lycée bilingue Delta, *High-School-for-Girls*. Cependant, ce qui l'inquiéta le plus fut de s'entendre comme si elle était une autre personne ; quelqu'un qu'elle ne connaissait pas et dont la voix ressemblait à celle d'un vieux documentaire de deuxième partie de soirée.

« Ce que tu ressens s'appelle dépersonnalisation, lui avait dit le psychiatre qui l'avait vue quand elle avait seize ans. C'est encore une conséquence de ton trouble anxieux panique. »

Tous les cours qui suivirent ce jour-là se déroulèrent ainsi dans la tête de Clara : en entendant sa voix comme venue du fond d'un puits et en essayant de chasser les pensées les plus sombres qui l'assaillaient dès que ses yeux glissaient le long des jambes de ses élèves – est-ce qu'elles se moquent de moi ? Est-ce que mes mains et mes cheveux les dégoûtent ? Est-ce qu'elles pensent que je suis moche ? Que je n'ai rien d'intéressant à dire ?

Est-ce qu'elles savent que lorsqu'elles grandiront elles seront comme moi ?

Est-ce qu'elles savent qu'elles ressembleront, qu'elles le veuillent ou non, à leurs enseignantes ?

Ce matin-là, elle donna aussi cours aux 3e A et aux 2de B, et même si tout se déroula de façon relativement normale – les élèves furent moins défiantes et désagréables que celles de 4e C –, elle ne put s'empêcher de penser aux lycéennes qui avaient provoqué un malaise cardiaque chez sa collègue. Elle se demandait souvent comment elles étaient, quel âge elles avaient et si, avec le temps, elle saurait les reconnaître, les identifier sans qu'on les lui signale – déceler en elles des traces de Malena Goya et de Michelle Gomezcoello. À Delta, il y avait trois autres professeures de lettres, mais aucune d'entre elles – pour éviter sûrement qu'elle ait des préjugés injustes sur les filles – n'avait voulu lui dire qui avait fait cette mauvaise farce à Marta Álvarez. Malgré l'envie qu'elle avait de se tourmenter, au fond Clara les remerciait de leur discrétion car connaître l'identité des farceuses – des attaquantes, des criminelles, des assassines (d'après la mère morte qui vivait dans sa tête) – risquait d'alimenter son caractère paranoïaque et de la remonter contre ses élèves – ou de la mettre encore plus sur la défensive –, déchaînant en elle une nouvelle crise qu'elle se pensait incapable de surmonter.

« Parfois, il vaut mieux ne pas savoir, Génisse », lui disait sa mère quand elle était encore en vie et qu'elle se prenait pour une aveugle en déambulant dans la maison avec son balai, croyant rêver du futur, et donc, de sa propre mort.

Mais Clara avait du mal à voir le bon côté de l'ignorance.

Par chance, pendant la deuxième récréation, ses tremblements diminuèrent considérablement. Les sueurs, en revanche, persistèrent, tout comme le sentiment de dépersonnalisation qui l'envahissait dès qu'elle entrait dans une salle de classe. Elle remarqua qu'il lui était plus facile de dissimuler ses symptômes en restant à une certaine distance des pupitres. Elle décida donc par prudence, et pour limiter les débordements de son corps, de ne pas s'approcher à plus d'un mètre et demi des jeunes filles pendant les cours. Pendant ce temps, Patricia-la-surveillante-générale – en qui elle avait au départ cru voir une alliée en matière de discipline – se penchait à la fenêtre de toutes les salles où elle donnait cours pour promener ses yeux comme deux aigles patauds sur les cheveux de ses élèves.

Parfois, Clara avait le sentiment que Patricia la surveillait elle, plus que les élèves, et cela lui déplaisait.

À la fin de la journée elle eut cours avec les 1re B, une classe qui la reçut avec des applaudissements et qui refusa de lui en expliquer la raison jusqu'à ce que la sonnerie déchaîne à nouveau des ovations et qu'une fille très blanche pleine de taches de rousseur s'approche d'elle pour lui dire de ne pas s'en faire, que c'était leur façon de lui souhaiter la bienvenue. Son premier réflexe face à la proximité de ce corps en sueur sentant la pomme fut de reculer, mais la fille s'immobilisa naturellement devant son bureau, appuyant ses mains contre la surface en bois, les lèvres enduites de salive. « Vous allez faire l'appel, Miss Clara ? » lui demanda-t-elle d'un air qu'elle trouva louche – elle avait encore oublié de le faire en début de cours. Devant son silence prolongé, les élèves décidèrent de sortir de la salle et elle n'eut pas la force de les en empêcher. Ce n'est qu'alors – en voyant la fille aux taches de rousseur rejoindre le troupeau de sacs à dos mal fermés – que Clara réalisa que cela faisait plusieurs minutes – voire plusieurs heures – qu'elle grinçait des dents et que ses élèves l'avaient sûrement entendue.

Quelque chose dans son corps ne tournait pas rond, se dit-elle à nouveau.

Complètement exténuée après les efforts déployés tout au long de la journée, Clara sortit de la salle comme si elle émergeait des profondeurs d'un marécage. Il n'y avait personne dans le couloir, mais elle entendait les filles au rez-de-chaussée qui couraient vers les bus et les voitures de leurs parents en découpant avec leurs gambettes en ciseaux le peu d'oxygène qui lui restait. Tout autour d'elle la chaleur était rouge et lui rappela le jour où Malena Goya et Michelle Gomezcoello avaient agité leurs tampons devant son nez comme deux pendules de sang.

Le goût métallique entre ses dents lui fit cracher un filet de bave épaisse dans un pot de fleurs.

Elle pleura, mais en silence.

Quelques minutes après, elle descendit les escaliers le corps courbaturé, et tandis qu'elle traversait les espaces libres désormais de gamines et recouverts – comme elle l'avait prévu – de cheveux blonds, noirs et châtains, elle eut une révélation épouvantable : toutes ses journées de travail au Collège-Lycée bilingue Delta, *High-School-for-Girls*, ressembleraient à ça.

Toutes, jusqu'à ce qu'elle s'en remette.

Voilà pourquoi, le deuxième jour, elle glissa dans sa sacoche un comprimé de Xanax et commença ses cours sans tremblements ni sueurs, bien qu'avec une légère somnolence. L'effet dura à peine quelques heures – dès la première récréation, elle s'était remise à tapoter du pied, à grincer des dents, à transpirer et à se pincer la peau douillette entre les doigts de la main gauche. Ángela la surprit dans cet état d'agitation dans la salle des profs et lui demanda à voix haute si elle allait bien, si elle avait mal quelque part, si elle avait besoin d'être accompagnée à l'infirmerie. Mais son inquiétude, loin de toucher Clara, la déçut – elle avait pensé qu'Ángela serait une des seules qui éviterait de lui poser des questions auxquelles elle ne souhaitait pas répondre. Plusieurs rencontres du même genre eurent lieu au cours de la semaine, mais elle les esquivait d'un mouvement de tête maladroit. Elle constata que si elle se comportait ainsi, si elle fuyait le dialogue, les collègues qui l'interrogeaient sur son état finissaient par la laisser tranquille. Elle s'employa donc à répondre par des gestes et à élaborer des rituels de prévention visant à éviter que les symptômes de son anxiété ne se manifestent en public.

Ainsi, alors qu'elle essayait de se familiariser avec ses élèves – et de ne plus les comparer à Malena Goya et à Michelle

Gomezcoello –, elle se rendit compte que les filles de Delta étaient différentes de celles qu'elle avait connues auparavant – non pas du point de vue de la classe sociale ni de celui de la religion, mais en raison de la façon qu'elles avaient d'interagir. En ce sens, le fait que le lycée ne soit pas ouvert aux garçons était un facteur clé car – selon la mère morte qui vivait dans sa tête – cela modifiait les relations entre les filles ainsi que l'organisation sociale des classes. Dans un groupe mixte, par exemple, l'élément le plus turbulent – celui qui faisait le malin et se faisait mettre à la porte – était en général un garçon. Il y avait aussi cet éternel flirt entre garçons et filles d'une même classe, qui fonctionnait par contraste : plus ils étaient provocateurs et violents, plus elles étaient sages et responsables – ou du moins faisaient semblant de l'être car (de l'avis de la mère morte qui vivait dans sa tête) ce n'était qu'un masque pour attirer leurs proies. Il y avait, bien sûr, des exceptions : des gamines qui enfreignaient les règles, abusaient de la patience de leurs professeurs et frappaient leurs camarades, mais en général les filles se construisaient en opposition à ce genre de comportements qu'elles voyaient chez les autres et qu'elles associaient à une masculinité qui leur était interdite. Dans l'enceinte de Delta, en revanche, les filles avaient créé un tissu social féminin qui n'opérait pas par contraste mais par niveaux d'intensité : la plus turbulente était forcément une fille, mais cela ne rendait pas les autres obéissantes pour autant, bien au contraire ; elles la suivaient, l'encourageaient et, s'il le fallait, une autre était toujours prête à prendre le relais. La meneuse de chaque classe – qui était le plus souvent rebelle, mais pas toujours – définissait le caractère du groupe. Mais ce qui perturbait peut-être le plus Clara, c'était que malgré l'absence de garçons, le flirt ne disparaissait pas. Il lui semblait que – dans certains groupes plus que dans d'autres – les filles se draguaient de façon très subtile, mais toujours sexuelle. Elles se touchaient les seins et les fesses quand elles se croyaient à l'abri des regards. Elles s'envoyaient des baisers. Elles se faisaient des clins d'œil. Clara voyait bien que les élèves se séduisaient en se cachant derrière de petits gestes qui pouvaient sembler amicaux ou innocents – un jour elle avait surpris deux filles main dans la main, yeux dans les yeux, qui en voyant un prof s'étaient soudain éloignées en se faisant un sourire timide, comme si de rien n'était – mais elle savait lire entre les lignes. L'ambiguïté des accolades, des caresses et des lèvres mordues ne lui échappait pas. Elle devinait les parties humides et la précision de son imagination l'écœurait. Elle s'étonnait de voir que ce genre de comportements soit toléré au grand jour dans un établissement religieux et que quelqu'un comme Alan Cabrera – grand protecteur de la morale des élèves et de l'institution – soit entouré d'adolescentes sans soupçonner que le désir pouvait aussi être féroce entre les femmes.

Un matin, alors que c'était son tour de surveiller la cour de récréation, Clara se souvint du jour où elle avait tellement aimé sa mère qu'elle l'avait embrassée, non pas sur les joues mais sur la bouche – et avec la langue, comme elle l'avait vu faire dans les telenovelas. À cette époque, Elena avait réussi à vaincre l'insomnie et s'était affalée sur son lit. C'était la nuit, mais Clara était restée pendant des heures à regarder la poitrine de sa mère se gonfler et se dégonfler comme le magma des volcans. Elle avait dix ans et, les chaussures aux pieds, elle avait observé Elena au milieu du lit, admirant ses cheveux noirs épais, ses quelques mèches poivre et sel – et non pas blanches – et ses lèvres entrouvertes comme une porte donnant sur une chambre obscure. Ses seins retombaient à découvert de chaque côté de son corps et, à travers sa chemise, Clara avait vu ses aréoles brunes qu'elle rêvait de voir grandir le plus vite possible. Elle l'avait regardée longtemps, plus émue par sa laideur que par sa beauté : par la moustache qu'elle avait sous le nez, par les vergetures qui dessinaient des rivières sur ses grosses cuisses flasques, par les rides de son visage et son double menton avec trois grains de beauté qui recouvrait une grande partie de son cou.

« Je t'aime, maman », avait-elle dit, prise d'un désir indescriptible qui, au fil des années, lui avait semblé de plus en plus mystérieux. Elle n'avait jamais compris ce qui avait déchaîné en elle cette passion déplacée et puérile qui l'avait conduite à s'approcher de la bouche de sa mère et à l'embrasser en lui léchant les dents, mais elle sombrait dans une honte profonde chaque fois qu'elle repensait aux détails – les serpents rouges des yeux d'Elena, le coup sur le front, la façon dont elle l'avait repoussée, effarée, comme si elle l'avait surprise en train de faire quelque chose d'innommable. Elle se souvint de tout cela à la récréation : que les dents de sa mère avaient un goût de maïs et qu'elle n'avait pas pu le lui raconter parce qu'Elena l'avait expulsée de sa chambre sans la laisser parler, comme un monstre à qui il fallait apprendre à être une fille.

Ce jour-là, Clara avait compris que la peur c'était comme être bannie à jamais de la chambre de sa mère.

« Tu es une gamine tarée et mon devoir est de te corriger », lui avait dit Elena le lendemain, et ce n'était pas cela qui l'avait angoissée, mais le fait de réaliser que son amour avait une dimension physique qu'elle devait réprimer.

Un versant cauchemardesque : un ravin rempli de verrous et de canines.

Pour Clara, les récréations devinrent rapidement un

moment de chasse aux gestes complices et aux effleurements obscènes. Elle trouvait des sens cachés dans chaque interaction, dans chaque frôlement, et la crainte de voir ces corps lascifs et imparfaits la contaminer avec leur démesure l'empêchait de respirer. Un jour elle avait surpris deux élèves de terminale qui se cachaient derrière un arbre. Comme elle préférait ne pas s'approcher des filles – surtout en dehors des heures de cours –, elle les interpella de là où elle était en criant presque : « Hé ! Sortez de là ! » Clara commençait à se dire qu'elle devrait peut-être s'en approcher quand elle les vit courir hors de leur cachette et revenir dans la cour. Elles n'étaient restées qu'un instant hors de son champ de vision, mais il y eut quelque chose dans leur attitude – dans la façon dont elles se regardèrent et la regardèrent – qui poussa Clara à imaginer le pire. Avant que la sonnerie ne retentisse, elle fit plusieurs fois le tour de l'arbre et remarqua au sol les empreintes très rapprochées laissées par les filles. Elle imagina leurs positions et, sans le vouloir, rouvrit avec l'ongle la plaie qu'elle avait sur la peau douillette entre les doigts de sa main gauche. Du sang coula, mais, au lieu de le nettoyer, elle décida de rétablir l'ordre : alerter l'institution, les prévenir que ces filles étaient en train de transgresser des limites qui – selon la mère morte qui vivait dans sa tête – ne pouvaient être dépassées ; des limites qu'Elena lui avait bien appris à ne pas franchir et qu'aujourd'hui elle était chargée de faire respecter.

— Mais qu'est-ce que tu as vu ? s'enquit Amparo Gutiérrez quand elle lui raconta tout dans l'espoir de semer en elle assez de suspicion.

— Rien, je n'ai rien vu de ce qui s'est passé derrière cet arbre, expliqua Clara. Mais c'était celui avec les feuilles jaunes, dont le tronc est très fin, et on ne les voyait pas du tout, tu comprends ? Ce que je veux dire, c'est qu'elles devaient être collées l'une à l'autre pour que je ne les voie pas. Et elles ont pris peur quand je leur ai crié de sortir de là, comme si elles étaient en train de faire quelque chose de mal. Je ne dis pas qu'elles... dépassaient les bornes. Je dis juste qu'elles se cachaient et qu'il est normal de se demander pourquoi.

Amparo Gutiérrez baissa le regard et soupira.

— Oui, en effet, ce tronc est fin, dit-elle en réfléchissant. Je crois qu'on devrait en parler à Alan. Je connais ces deux filles-là, j'ai déjà eu affaire à elles. Ce n'est pas que je les soupçonne mais, comme je dis toujours, il vaut mieux prévenir que guérir !

Deux jours après, Alan Cabrera parla de cette histoire à Carmen Mendoza et à Rodrigo Zúñiga – pour leur demander, d'après Carmen, d'être attentifs à tout comportement inapproprié qu'ils pourraient remarquer entre les élèves. Clara ne comprit pas pourquoi il avait fait appel à ces collègues-là plutôt qu'à d'autres, mais au moins, se dit-elle, elle n'était plus la seule à percevoir le danger.

Une semaine plus tard, la directrice – qui ne sortait pas souvent de son bureau – traversa la cour de récréation suivie de trois professeurs d'apparence canine, grands et dégingandés, qui lui reniflaient les épaules. C'était une femme rousse, de cinquante-cinq ans, dont les cheveux flottaient à plusieurs centimètres de son crâne. Elle avait une coupe courte qui prenait la forme d'un éventail, ce qui incitait les élèves – et quelques profs – à se moquer d'elle derrière son dos. Elle était en général de bonne humeur mais, ce matin-là, Clara la sentait énervée, comme si on l'avait profondément offensée et qu'elle ne pouvait s'empêcher de crisper les lèvres ni de plisser les muscles de son front – quatre lourdes chenilles sur ses sourcils mal maquillés.

Même Patricia-la-surveillante-générale cessa de faire sa ronde pour regarder la directrice planter ses talons comme des poignards sur les pavés.

Du côté opposé, Alan Cabrera apparut en compagnie de l'une des élèves que Clara avait dénoncées. La jeune fille, le menton collé à la poitrine et les cheveux plaqués des deux côtés du visage, traînait des pieds et se tenait les coudes comme pour s'emmitoufler au milieu d'une tempête. Elle avait l'air terrorisée comme un animal que l'on vient de frapper et, en la voyant, Clara se demanda si elle n'avait pas fait une erreur en entamant cette absurde bataille contre l'incertitude, si cela avait été nécessaire et, surtout, si cela en valait la peine.

— Lève la tête ! entendit-elle qu'on lui disait, mais l'élève ne bougea pas. Elle avait les lacets défaits et un bracelet en or avec une petite croix au poignet droit.

Alan Cabrera croisa de loin le regard vacillant de Clara et l'appela, impatient, en agitant sa main en l'air comme si c'était un mouchoir. C'était la première fois qu'elle le voyait si sérieux, si rigide dans ses pupilles, et elle fut rebutée par une grosse veine verdâtre qui lui parcourait le cou en dessinant un escalier tordu jusqu'à son oreille.

Tandis qu'elle se rapprochait du groupe, la directrice interpella l'élève haut et fort :

— Savez-vous pourquoi vous êtes ici ?

La fille fixait toujours le sol sans rien dire.

— Parce qu'on vous a vues ! répondit la directrice à sa place. On vous a vues !

Les trois professeurs qui étaient derrière elle acquiescèrent à l'unisson.

— Miss Clara, lui dit Alan une fois qu'elle les eut rejoints, dites à Ángela Caicedo de venir, s'il vous plaît.

— À Ángela ? Mais pourquoi ? Que se passe-t-il ? demanda-t-elle en regrettant immédiatement son audace.

— Parce qu'elle aussi, elle les a vues.

Clara n'était pas sûre de savoir ce que signifiaient ces paroles : « Elle aussi, elle les a vues », qu'elle digéra lentement dans sa tête, et elle prit peur, se sentant nue devant un arbre qui cachait ses deux dernières prédatrices – non pas les filles de terminale, mais Malena Goya et Michelle Gomezcoello. Malgré tout, elle obéit. Elle se dirigea vers la salle des 1re B, où Ángela donnait son cours, d'après Patricia-la surveillante-générale et, en ouvrant la porte, elle se rendit compte qu'elle avait couru pour arriver jusque-là, qu'elle suffoquait et que les élèves la regardaient comme si elle était enduite d'une substance malodorante.

Les pieds en nage au fond de ses chaussures tendance maman-de-l'année-quatre-vingt-un, elle marcha jusqu'à Ángela et lui dit à l'oreille deux phrases courtes qu'elle ne reconnut pas comme venant d'elle.

Ángela se redressa sur sa chaise, ferma le livre qu'elle avait sur les genoux et lança un sourire à ses élèves.

— Excusez-moi, les filles, je reviens.

Tandis qu'elles sortaient de la salle, Clara essaya d'ignorer les regards scrutateurs des élèves de 1re B. À peine franchi le seuil de la porte, elle les imagina venant se coller aux vitres des fenêtres pour savoir ce qui se passait, se bousculant les unes les autres et unissant leurs corps immatures en une masse homogène d'yeux d'espions.

« Les filles sont les pires, Génisse », lui redit la mère morte qui vivait dans sa tête.

Dehors, la fille de terminale pleurait et Alan Cabrera – le seul qui pouvait lui expliquer les raisons de cette réunion improvisée dans la cour du lycée – avait disparu.

— C'est grave. C'est inadmissible ! fit la directrice. Mais nous allons trouver une solution, nous allons y remédier. (Elle passa sa main sur son cou pour en essuyer la sueur et se retourna vers les professeurs qui l'accompagnaient.) Nous devons appeler les parents.

Alors l'élève releva la tête et Clara recula devant les paupières gonflées et la morve qui coulait le long du menton pointu.

— S'il vous plaît, ne les appelez pas !

« Ma vocation est de t'éduquer », lui disait sa mère quand elle était encore vivante et qu'elle l'expulsait de sa chambre parce qu'elle craignait que sa fille ne se faufile dans son lit.

— Ne les appelez pas ! Je ne le referai pas ! S'il vous plaît !

Ses dents grincèrent.

— On ne le refera plus ! Je vous le jure !

Seule une mère disait la vérité.

Aux monstres, il fallait apprendre à être des filles bien.

XVIII

— J'ai peur ! dit Ximena en se rongeant les ongles.

— Mais ça n'a même pas commencé, dit Annelise en lui souriant.

— J'ai quand même peur !

Fernanda s'assit sur le sol les jambes écartées.

Fiorella et Natalia se saisirent les mains.

Et Annelise commença :

— Rachel, quinze ans, était couchée sur son lit en train d'écouter le single d'un groupe de musique underground qu'elle avait téléchargé sur Internet. C'était un vendredi soir. Elle aurait aimé sortir avec ses amies, mais elles avaient toutes raté le dernier contrôle de mathématiques et leurs mères les avaient punies. Rachel était donc là, indirectement punie, écoutant seule, dans sa chambre, cette drôle de chanson qui n'avait ni paroles ni instruments reconnaissables, juste un son désagréable, comme si quelqu'un mâchait la bouche ouverte. Son titre était *Mother Eats Daughter*.

— Encore une histoire de mères ! lâcha Natalia.

— Tais-toi ! dit Analía. On dirait une creepypasta.

— Elles font peur, celles-là, dit Ximena en se redressant. Très peur.

— *Chuuut* ! fit Fernanda sans refermer les jambes.

Elles pensaient toutes que la mère d'Annelise ressemblait aux mères de ses histoires d'horreur, mais elles ne le lui disaient pas.

Toutes, sauf Fernanda, préféraient les exercices funambules à ses histoires.

Elles préféraient les coups et les coupures.
Les humiliations.
Les petits dangers qui au moins
les laissaient dormir.

— Comme je vous le disais, reprit Annelise, Rachel avait quinze ans et elle était seule, la nuit, dans sa chambre, en train d'écouter une chanson très bizarre qu'elle avait trouvée sur Internet. Elle vivait seule avec sa mère parce que son père était mort dix ans auparavant dans un accident. En général, elle s'entendait bien avec elle, même si, comme toutes les filles de son âge, vous le savez bien, elle préférait être enfermée dans sa chambre à faire tout et n'importe quoi plutôt que passer du temps avec sa famille. (Elle fit une pause pour regarder son public et Fernanda remarqua qu'elle avait les yeux rouges.) Elle était donc là, à écouter *Mother Eats Daughter*, un single qu'elle avait trouvé par hasard sur un drôle de site Web, www.whitegod.org, quand soudain elle vit la poignée de la porte tourner d'un côté et de l'autre, comme si quelqu'un voulait entrer. Alors elle baissa le volume.

Chaque fois que Fernanda écoutait les histoires d'Annelise, pleines de cheveux, de gencives, de lait, de mères, de filles, de cultes adolescents et de rituels, elle était soulagée que sa mère ne soit pas du tout comme celle de sa meilleure amie.

Qu'elle n'ait pas une dentition aussi blanche.
Qu'elle n'ait pas une voix comme des ongles
s'aiguisant contre son front.

« Mais toutes les mères sont la même mère, disait Annelise, et Fernanda n'aimait pas entendre cela. Le revers de la mère à l'utérus déambulant : le contraire du grand Dieu Blanc. »

Parfois, la mangrove située derrière le bâtiment se mettait à bramer pendant qu'elles racontaient leurs histoires.

Leur envoyant des reptiles,
des amphibiens, des insectes.
Leur envoyant le son abominable
de l'eau rompant la quiétude.

Elle leur rappelait qu'il était là, le crocodile, nageant dans les profondeurs depuis mille ans, veillant sur le temple divin et terrible créé par l'imagination débridée d'Annelise.

Voilà pourquoi Natalia, Fiorella, Analía et Ximena préféraient dévaler les marches.

Danser près des serpents.
Embrasser des cadavres d'iguanes.

Se frapper fort là où les habits ne laissaient voir à personne les hématomes.

Supporter la douleur.
Vaincre au jeu de la douleur.

Elles préféraient relever les défis les plus durs plutôt que d'écouter les histoires du Dieu Blanc d'Annelise.

— Rachel demanda : « Qu'est-ce qu'il y a, m'man ? » Et elle entendit la voix douce de sa mère derrière la porte : « Tu m'ouvres, ma chérie ? »

— Aïe ! Il ne faut pas qu'elle lui ouvre ! dit Ximena en se prenant les genoux.

— Tais-toi ! cria Analía en lui donnant une tape sur le bras.

— Rachel leva les yeux au ciel, continua Annelise. Elle n'avait pas envie de se lever du lit, alors elle demanda à nouveau : « Qu'est-ce que tu veux, m'man ? » Mais il n'y eut qu'un silence profond de l'autre côté de la porte.

De tout le groupe, seule Fernanda savait qu'Annelise écrivait des creepypastas en anglais et qu'elle les publiait sur Internet sous le pseudo de WhiteGod001.

Les lecteurs donnaient de très bonnes notes à ses récits.

Trois étoiles.

Quatre étoiles.

Elle les publiait sur creepypasta.org avec les hashtags : #*Computers*, #*Internet*, #*Mindfuck*, #*Madness*, #*Rituals* et #*Cults*.

— Ça fait trop peur !

Toutes ses histoires avaient un seul et même sous-titre : *The White God Cycle*. Et Fernanda les lisait toujours avant qu'elle ne les mette en ligne.

« T'imagines si *The White God Cycle*
devenait aussi viral que les creepypastas
de *Jeff the Killer* ou de *Slenderman* ?
T'imagines si un tas de personnes dans le monde
écrivaient sur le Dieu Blanc et l'âge blanc ? »

Annelise prit une voix grave en regardant vers le centre du cercle qu'elle formait avec ses amies.

— Le silence se prolongea, mais deux petits coups frappés à la porte lui apprirent que sa mère était encore là. « Chérie, tu m'ouvres ? »

— Je vais me pisser dessus, dit Natalia qui reçut un coup de coude de Fiorella. Aïe !

— Rachel souffla, reprit Annelise en les ignorant. On entendait tout doucement résonner *Mother Eats Daughter*, toujours avec ce bruit de bouche mastiquant de la viande, bien qu'à un volume très faible. « Mais qu'est-ce que tu veux, m'man ? » Il y eut un nouveau silence, plus court que le précédent. « Chérie, j'ai besoin que tu me prêtes les boucles d'oreilles que je t'ai offertes pour ton anniversaire. »

— Bien sûr, commenta Analía.

— Des cris stridents commencèrent à s'échapper de la chanson et Rachel fronça les sourcils, mais n'arrêta pas son mp3.

— Comme d'hab' quoi.

— « Mes boucles d'oreilles ? lui demanda-t-elle, déconcertée. Tu comptes sortir ? » Il y eut encore un silence. La poignée se remit à tourner. Sans savoir pourquoi, Rachel se sentit mal à l'aise. « Chérie, tu m'ouvres la porte ? »

Parmi les creepypastas les plus connues – celles qui étaient considérées comme des classiques du genre –, la plus fascinante aux yeux de Fernanda était celle de l'homme déguisé en ours qui séquestrait des enfants, qui était racontée sous forme de billets de blog.

« Et si on créait un site Web sur le Dieu Blanc ? »

Elle s'intitulait *1999*. L'auteur des posts s'appelait Elliot, c'était un homme qui voulait raconter les événements troublants qu'il avait vécus en 1999 et qui tournaient autour d'une chaîne de télévision : Caledon Local 21.

« Et si on créait une chaîne YouTube ? »

Tout avait commencé, selon Elliot, quand il était enfant et qu'il regardait *Pokémon* sur une vieille télévision sans personne pour le surveiller. Un jour, par accident, il était tombé sur la chaîne Caledon Local 21, où étaient retransmises des émissions apparemment pour enfants, mais d'une très mauvaise qualité.

« On ne peut rien filmer dans le bâtiment,
parce que c'est un secret,
mais on pourrait faire des vlogs ! »

Elliot s'était mis à regarder Caledon Local 21 même s'il ne comprenait rien aux émissions. Deux d'entre elles l'avaient particulièrement marqué : *Bobby* et *La Cave de Monsieur l'Ours*. La première ressemblait un peu à un spectacle de marionnettes, mais sans marionnettes : seules les mains d'un homme adulte bougeaient devant la caméra ; la seconde mettait en scène la rencontre entre des enfants et un homme déguisé en ours. Il ne se passait pas grand-chose dans ces deux émissions, sauf dans certains épisodes au cours desquels, tout à coup, la violence éclatait.

« On pourrait raconter les histoires du Dieu Blanc
dans des vlogs et ensuite les poster sur YouTube ! »

Elliot se souvenait d'un épisode de *Bobby* dans lequel une main, qui tenait une paire de ciseaux, coupait les doigts d'une autre, bien plus petite.

On entendait des gémissements étouffés.
Du sang giclait.

Il se rappelait aussi l'épisode de *La Cave de Monsieur l'Ours* dans lequel un des enfants, terrorisé et en larmes, essayait de s'enfuir et Monsieur l'Ours le poursuivait.

« On pourrait aussi publier des vidéos
avec des extraits de films ou de vieux
dessins animés et des trucs qui font peur. »

— Rachel se leva et chercha les boucles d'oreilles dans un de ses tiroirs, continua Annelise. *Mother Eats Daughter* jaillissait toujours du laptop mais cette fois avec des hurlements et un bruit de liquide tombant sur une surface.

— Moi je me pisserais dessus, dit Ximena.

— Elle regarda dans le tiroir et se rappela soudain qu'elle les avait laissées dans la salle de bains qu'elle partageait avec sa mère, celle qui était dans le couloir, alors elle mit ses mains sur ses hanches et se tourna vers la porte : « M'man, les boucles sont dans la salle de bains. »

— Oh la vache...

— De nouveau le silence et, soudain, trois coups violents sur la porte la paralysèrent. La voix de sa mère devint très douce et rauque, à tel point qu'elle lui donna des frissons. « Chérie, tu m'ouvres ? »

Sur le blog d'Elliot on lisait qu'un jour, tandis qu'il regardait Caledon Local 21, Monsieur l'Ours avait donné son adresse pour que les enfants qui voulaient le contacter puissent lui écrire. Poussé par la curiosité, Elliot avait décidé de lui envoyer une lettre, en réponse à laquelle il avait reçu une invitation à la cave de Monsieur l'Ours. Le père d'Elliot, pensant qu'il s'agissait d'une émission pour enfants ordinaire, avait amené son fils à l'adresse indiquée sur la lettre, mais quand ils étaient arrivés sur place, ils n'avaient trouvé qu'une cabane à la lisière d'une forêt. Tout indiquait que la police venait d'inspecter les lieux.

— Rachel eut peur. Elle eut très peur. Quelque chose ne tournait pas rond. Et la poignée continuait de bouger.

— Aïe !

— *Chuuut* !

— Elle s'approcha de la porte et s'accroupit pour essayer de voir les pieds de sa mère, mais le couloir était plongé dans le noir. Et cela l'effraya d'autant plus que sa mère allumait toujours les lumières. « Chérie, ouvre. Allez, ouvre. »

Elliot apprit plus tard que Caledon Local 21 avait été créé par un déséquilibré qui séquestrait des enfants dans la cave de sa cabane, d'où il filmait toutes les émissions qui avaient été retransmises pendant des mois et que seuls les vieux postes de télévision comme le sien pouvaient capter.

— Rachel se sentit en danger. *Mother Eats Daughter*, qui

continuait à retentir atrocement dans son laptop, la perturbait tellement qu'elle s'empressa de l'arrêter.

— Enfin !

— Alors la poignée cessa de tourner, chuchota Annelise. Et, pleine d'effroi, Rachel aperçut par la fenêtre les phares de la voiture de sa mère. Et sa mère, oui, qui en descendait avec les courses.

La creepypasta racontait que la police n'avait jamais pu retrouver Monsieur l'Ours, et c'était ce que Fernanda adorait dans *1999* : sa fin ouverte permettait aux fans d'actualiser l'histoire avec leurs propres récits sur Caledon Local 21.

Certains avaient même filmé des épisodes de *Bobby* et de *La Cave de Monsieur l'Ours* et les avaient postés sur YouTube.

Annelise adorait les fausses vidéos
qui semblaient réelles.

— Rachel était tellement terrorisée qu'elle supprima le mp3 de son ordinateur, reprit-elle d'une voix normale. Les jours suivants, elle voulut revenir sur la page de www.whitegod.org pour y chercher des réponses à ce qui lui était arrivé, mais elle était indisponible. Alors elle trouva un forum où l'on disait que *Mother Eats Daughter* était lié à des cas récents de disparitions de jeunes filles partout dans le monde.

— Aïe !

Annelise aimait regarder des vidéos d'horreur sur YouTube malgré l'interdiction de sa mère. « Elles sont presque toutes filmées et montées pour faire peur, mais certaines sont vraies », avait-elle expliqué à Fernanda en lui envoyant les liens de celles qu'elle regardait en boucle.

Obey the Walrus.
I feel fantastic.

« Ça, c'est vraiment *creepy* », dit Fernanda en regardant une drag-queen atteinte de polio marcher vers la caméra en boitillant.

« *It's so fucking creepy* », dit-elle en regardant un robot-mannequin chanter « *I feel fantaaastic, ei, ei* » dans une pièce vide, puis dans un jardin sombre.

— Sur le forum, certaines personnes racontaient comment elles avaient vécu des moments de terreur absolue en écoutant, tout comme Rachel, ladite chanson. Il y en avait même qui assuraient que leurs mères étaient mortes depuis longtemps et qu'elles étaient aussi venues frapper à la porte quand elles avaient appuyé sur la touche play de leur mp3.

— Quelle horreur !

— Tous les gens du forum avaient une chose en commun : quand c'était arrivé, ils étaient chez eux, dans une pièce fermée. Personne ne pouvait dire ce qui se serait passé s'ils avaient été dans un lieu ouvert, ni pourquoi un truc aussi basique qu'une porte avait arrêté cette chose qui se tenait là, derrière les verrous, imitant la voix de leur mère.

Un jour, Mme Van Isschot avait surpris Annelise en train de regarder des vidéos de psychopathes sur Internet.

Les vidéos de Ricardo López, le harceleur
de Björk qui s'est tiré une balle dans la tête.
La vidéo de *Three guys one hammer*.

Le lendemain, au lycée, Fernanda avait passé ses doigts sur les traces que le chapelet avait laissées sur les jambes d'Annelise. « Elle t'a battue avec ça ? avait-elle demandé, stupéfaite. — C'était ce qu'elle avait sous la main. »

Chaque fois qu'elle allait dormir chez elle, Mme Van Isschot les forçait à prier et, à un moment ou un autre, elle en profitait pour critiquer les manières d'Annelise, la coiffure d'Annelise, la posture d'Annelise.

« Au moins ta mère fait semblant de t'aimer », lui dit Anne un soir, sous les draps.

« La mienne en revanche m'humilie. »

« La mienne me sous-estime. »

Voilà pourquoi, lorsqu'elle regardait la mère Van Isschot droit dans les yeux, Fernanda se réjouissait que la sienne ne soit jamais à la maison.

Si elles savaient ce qu'on fait,
elles croiraient qu'on est plus
que de simples amies, pensa-t-elle.
Si elles savaient ce qu'on fait, elles nous tueraient.

— Rachel lut tout un tas de choses sur les forums où l'on parlait de *Mother Eats Daughter* : que les fréquences de la chanson engendraient des hallucinations, que les sons déformés avaient été tirés de vraies vidéos dans lesquelles les mères mangeaient leurs filles, ou que la chanson invoquait en quelque sorte une mère cannibale dans la tête de ceux qui l'écoutaient.

— Aïe !

— Et sur whitegod.org… ils disaient que c'était une secte de filles de onze à dix-huit ans qui opérait sur Internet, et rien de plus. La rumeur courait que certaines d'entre elles avaient créé cette chanson. Le groupe en question était composé d'adolescentes disparues dans plusieurs pays, qui pourtant continuaient à signer des posts sur Internet sans que la police arrive à les retrouver. La seule chose qui les reliait était ce site, qui la plupart du temps était indisponible, ou qui changeait de nom : whitegod.org, whiteage.net, thewhitegodcult.info, etc.

Annelise avait écrit des prières au Dieu Blanc que seule Fernanda écoutait sans trembler.

Elle avait écrit des histoires d'adolescentes qui, après avoir vécu une théophanie, tuaient leurs mères et s'enfonçaient dans la forêt en versant des larmes de lait.

Des creepypastas au sujet de la présence du Dieu Blanc dans des jeux vidéo, des pages Web, des bandes dessinées, et des films amateurs.

Mais elle voulait aussi faire des vidéos.

Éditer des photos.

Rédiger des textes sacrés.

— Rachel devint ensuite une des premières chercheuses cybernétiques du culte au Dieu Blanc et compila ses découvertes pendant deux ou trois ans, avant de disparaître.

— Je le savais !

— On dit que les filles du culte l'ont contactée et l'ont fait disparaître, mais on dit aussi qu'elles l'ont recrutée. Personne n'en sait rien. Il y en a qui disent que les filles qui ont eu la révélation du Dieu Blanc ne disparaissent pas, mais s'échappent de chez elles. En fait, personne n'en sait rien.

— Personne n'en sait rien.

— Le blog sur lequel Rachel postait toutes les informations qu'elle recueillait sur le Dieu Blanc a lui aussi disparu, mais certaines personnes en ont copié des extraits avant qu'il soit retiré du Web. Je vous en ai apporté un.

— Aïe, non !

En général Fernanda n'avait pas peur des creepypastas qu'Annelise écrivait sous le titre *The White God Cycle*, mais quand elle les racontait dans la chambre blanche et que les autres fermaient les yeux, effrayées, elle fermait les yeux aussi.

Annelise sortit son iPhone de la poche de sa jupe.

— Voici un des premiers billets de son blog, il commence comme ça : « Salut ! Je suis désolée d'avoir mis aussi longtemps à actualiser le blog. Entre la tonne de devoirs pour le bahut et le reste, j'ai été hyper prise... Je n'ai pas beaucoup de temps. Je viens juste poster en passant ce que j'ai copié de www.whitegodcult.info. Je l'ai fait hier très tôt le matin. Le site est presque toujours indisponible, mais hier c'était bon. Il a fonctionné quelques minutes. Je n'ai pas pu le parcourir en entier, mais voilà ce que j'ai réussi à copier. C'est parti. »

— Aïe, ne le lis pas !

— Voici ce que Rachel a copié du site : « Bienvenue au culte du Dieu Blanc, un hommage au Dieu-mère-à-l'utérus-déambulant, la véritable mère et origine du lait. Objectifs : 1. Fonder une théologie du Dieu Blanc ; 2. Punir les fausses mères ; 3. Recruter toutes leurs filles. Note : si tu es en train de lire ceci, prépare-toi à une théophanie. Prière pour le Dieu Blanc : Dieu-mère-à-l'utérus-déambulant / Je m'ouvre à toi / Je t'offre mon crâne de lait / Ma pureté / Mes dents / Ma faim / Je m'ouvre à toi / Je t'offre mes peurs / Avec toi et l'horreur j'élève un temple / Je m'ouvre à toi / Je t'offre mon sang et celui de mes sœurs / Ensemble nous vénérons ta mâchoire incarnée / Je m'ouvre à toi / Dégoulinante / Éclaboussée / Mes désirs / Mes soifs / Je m'ouvre à toi / Dieu Blanc / À l'interdit / À ta souillure / Je m'ouvre à toi.

— On va faire cette prière ? demanda Fiorella.

— Aïe, non. Elle me fait trop peur, dit Ximena.

Annelise disait que les mauvaises choses qu'elles faisaient dans le bâtiment, ces pratiques secrètes et sinistres qu'elles ne partageaient avec personne et que leurs mères auraient censurées, étaient la conséquence de l'âge blanc : des souillures que le Dieu Blanc réveillait en elles.

— Bien sûr qu'on va faire cette prière, dit-elle.

Fernanda savait que ce n'était pas vrai, mais les autres décidaient de la croire, soulagées de penser que ce qu'elles faisaient ne venait pas de leurs têtes ni de leurs corps, mais de quelque chose qui les dépassait et qu'elles étaient incapables de contrôler.

— Allez : prions.

Toutes adressaient leurs prières à l'imagination liturgique d'Annelise.

— Prions.

Toutes portaient au poignet
des bracelets de ses cheveux.

XIX

A : Miss Clara, vous pensez qu'une prof, c'est comme une mère ?

C : Pardon ?

A : Moi je crois que oui, parce qu'une élève c'est comme une fille qui apprend.

C : Je crois que nous avons terminé le cours pour aujourd'hui.

A : Et donc, si je suis comme votre fille, et que vous êtes comme ma mère, vous devriez me protéger, pas vrai ?

C : Qu'est-ce que tu dis ?

A : Vous devriez m'aider à ne pas avoir peur.

C : Je ne te comprends pas, Annelise. Ces conversations me fatiguent.

A : Vous voulez que je vous raconte ce que m'a fait ma meilleure amie ?

C : ...

A : Si je vous le raconte, vous me promettez de ne pas vous fâcher ?

XX

Lorsque Clara entra à l'infirmerie, la première chose qu'elle vit fut le genou gauche d'Annelise Van Isschot, rouge et ouvert comme la bouche d'un bébé qui pleure, et le blanc vaporeux de la jupe de l'infirmière Patricia, tandis qu'un liquide transparent coulait sur cette bouche béante, écumante, enragée de bactéries, hurlant au-dessus de la rotule. C'était un genou qui braillait de couleurs en solitaire. Magenta, rose, pourpre. Grenat, cramoisi et écarlate. Le genou d'Annelise Van Isschot criait toutes les teintes du sang, mais le reste du corps gardait son calme. Clara la vit fermer les yeux quand l'infirmière Patricia versa un peu plus de liquide transparent sur la peau écorchée. Elle vit sa lèvre supérieure fendue comme une fraise. Elle vit ses taches de rousseur brailler en vermillon. « Que lui est-il arrivé ? — Elle s'est disputée avec sa meilleure amie. » Clara ne savait pas que se disputer avec sa meilleure amie pouvait entraîner autant de rouge. L'odeur de l'alcool l'écœura, la fit se ratatiner sous ses vêtements et l'obligea à reculer ses petits talons en griffant deux centimètres de sol. Elle vit, avec un certain soulagement, qu'Annelise ne regardait pas vers elle, mais vers le carrelage, c'est-à-dire, dans le vide. Elle vit que ses cheveux noirs et lisses étaient plaqués contre ses pommettes et son cou. Elle vit qu'elle haletait. « Deux minettes qui se battent comme ça, c'est du jamais-vu, dit l'infirmière. Deux minettes ne font pas ces sauvageries de garçons. » Annelise serrait tellement le bord du brancard que ses doigts noueux étaient devenus tournesol. Sa lèvre faisait perler du corail sur ses dents, mais ses yeux restaient rivés sur le carrelage. « L'autre gamine est dans un état moins grave, elle a été emmenée chez la directrice. » *On dirait une vampiresse, une Carmilla du XXIe siècle*, pensa Clara en regardant, sans quitter le seuil de la porte, la pornographie du petit uniforme d'Annelise Van Isschot encore humide au niveau des seins et du pli de l'aine. « Ils sont en train d'appeler les parents mais il paraît qu'ils ne répondent pas. » La meilleure amie d'Annelise était Fernanda Montero, se souvint-elle, le corps de plus en plus raide et froid face au sang. Elles étaient en 1re B. Elle leur faisait classe les lundis, les mercredis et les jeudis, et le vendredi après-midi elle donnait un cours particulier à Annelise Van Isschot, alias la Tachetée, parce que c'était comme cela que l'on punissait une fille au Collège-Lycée bilingue Delta, *High-School-for-Girls,* quand elle dessinait un Dieu travesti. « Cette violence n'est pas normale pour une minette, dit l'infirmière, penchée sur le visage d'Annelise. Regardez, elle a complètement amoché la petite ! » Tous auraient voulu qu'au tirage au sort, ça tombe sur la théologie, mais c'était tombé sur les lettres. « Bousculer ou gifler, encore, ça se comprend, mais ça… » Ils avaient tous regretté d'avoir tiré au sort la matière de la punition quand c'était tombé sur les lettres et pas sur la théologie. « Ma pauvre, fais voir, lève le menton. » Clara sentit ses os se recroqueviller en prévision d'une possible crise d'angoisse, et même si ce n'était peut-être qu'un symptôme d'anxiété devant une scène de violence, elle décida de repartir sans ses cachets. « Lève un peu plus le menton, ma chérie, un tout petit peu plus, voilà. » Annelise la regarda du coin de l'œil avant qu'elle s'en aille, ou du moins ce fut l'impression de Clara au moment où elle tournait les talons pour retrouver le grand air.

Elle pensa à elle toute la journée en se disant que c'était comme une petite sauvageonne qui avait réussi à échapper à la trahison inespérée de l'une de ses sœurs.

Plus tard, dans la salle des profs, elle apprit ce qui était arrivé : l'une avait tiré les cheveux de l'autre en la poussant si fort en arrière qu'elle lui avait fait arquer le dos ; l'autre avait riposté par un uppercut droit sur les lèvres. Apparemment c'était Annelise qui avait commencé, mais Fernanda s'était ruée sur elle avec toute la force de ses os et de ses griffes, comme le squelette de sang, comme la pouliche débridée qu'elle était. Mister Alan et Miss Ángela les avaient séparées alors qu'elles se battaient dans la cafétéria pendant la grande récréation. « Elles se battaient comme deux boxeuses hors du ring », disaient-ils. *Hors du ring, c'est là que se vivent les vrais coups,* pensa Clara sans le dire. Cette semaine-là, pendant son cours particulier avec Annelise Van Isschot, elle la questionna au sujet de l'incident en essayant d'éviter de regarder la croûte sombre de sa lèvre supérieure. « On n'est plus copines, Fernanda et moi, lui dit Annelise en levant bien le menton comme le lui avait demandé l'infirmière. Je la déteste et je crois que je vais vomir. »

De toutes les classes qu'avait Clara, la plus difficile était celle d'Annelise Van Isschot, Fernanda Montero et leurs amies, Natalia et Fiorella Barcos, Analía Raad et Ximena Sandoval. Elles dominaient la 1re B avec leurs dévergondages mais les autres, leurs camarades de classe, luttaient pour le pouvoir territorial même lorsqu'elles baissaient le museau jusqu'au sol et les suivaient les lacets défaits et la jupe toujours ouverte, toujours dangereusement remontée sur les cuisses. C'était une classe où se concentraient des personnalités intenses et provocatrices qui aimaient frôler les limites de la camaraderie. « Les 1re B sont spéciales, lui avait dit Ángela dès la première semaine. Tu vas devoir te les mettre dans la poche petit à petit. » Mais avec le temps, elle n'avait réussi qu'à être encore plus rebutée par le caractère du groupe. Elle détestait la musique de leurs voix et l'expression moqueuse de leurs regards, comme si elles savaient quelque chose qu'elle-même ignorait et qu'elles ne comptaient lui en faire part pour rien au monde. Cette agglutination de corps longilignes aux chevelures ébouriffées flottant dans des uniformes trop larges lui semblait excessive ; comme une apparition trop lumineuse ou une image déplacée bouillonnant dans la moiteur tropicale. Les autres classes étaient différentes. Dans les autres classes, les filles obéissaient, arrivaient bien coiffées dans des uniformes à leur taille. Leurs voix étaient différentes et leurs regards plus doux, plus délicats. Clara était parfois au bord des larmes quand elle écrivait au tableau des 1re B. Alors elle serrait la mâchoire et les paroles de sa mère morte venaient lui caresser la tête : « Quoi que tu fasses, ne te montre jamais faible devant tes élèves, Génisse. » Mais elle finissait toujours par leur montrer ses failles car il y avait quelque chose de dysfonctionnel dans sa relation avec ces filles-là. Elles étaient toutes survoltées et bavardes. Elles s'agitaient sur leurs chaises, tiraient la langue, collaient des crottes de nez et des chewing-gums sous les pupitres, sentaient les règles et la sueur. Elles étaient malpropres et malpolies, éclataient de rire à tout bout de champ, d'un rire sinistre, avec leurs chemisiers froissés et déboutonnés. Mais c'étaient Annelise Van Isschot, Fernanda Montero et leurs amies qui l'insupportaient particulièrement. Pendant des mois, elles l'avaient étudiée et avaient tenté de la connaître, d'arriver à un certain degré d'intimité impossible dans une salle de classe, mais pas dans une intention amicale, car l'amitié n'existait qu'entre égales, entre sœurs, et elles savaient bien qu'entre une prof et ses élèves il ne pouvait y avoir d'égalité, pas plus qu'il ne pouvait y en avoir entre une mère et sa fille. « Quel est votre roman préféré ? », « Vous écrivez ? », « Vous avez quel âge ? », « Vous habitez où ? ». Elles lui posaient des questions parce que c'était la nouvelle prof, elles l'étudiaient comme un jouet neuf, encore emballé, avec un nœud au milieu du front. « Vous aimez le maquillage ? », « Pourquoi vous tremblez du menton ? », « Vous croyez en Dieu ? ». Elles l'interrogeaient en plein cours, sans crier gare, pour l'écraser dans son beau paquet-cadeau. « Vous avez un copain ? », « Vous êtes mariée ? », « Vous pensez quoi des lesbiennes, de l'islam, des capotes et du quechua ? ». Clara avait essayé d'être l'égale de sa mère, même si Elena lui avait dit, plusieurs fois avant de mourir, qu'il n'y avait pas d'égalité possible entre une mère et une fille. « Vous croyez à la virginité de la Vierge Marie ? » Il n'existait pas non plus d'égalité entre une prof et une élève même si les bonnes profs, disait-elle, s'y essayaient. Voilà pourquoi les 1re B la sondaient, pour savoir quel genre de patronne elle serait : de celles qui mordaient ou de celles qui se laissaient mordre. Pour savoir si elle était plutôt mère ou plutôt prof au moment du dressage. Mais dans les relations hiérarchiques comme celle-là, faites de domination en miroir et de muselières, le résultat se répétait jusqu'à ce que quelque chose vienne interrompre la ritournelle. Une lévitation. Un fléchissement : celui d'en bas déchiffrait la méthode et l'interruption reproduisait la scène à l'inverse. Clara reconnaissait le mouvement de l'histoire parce qu'elle avait fini par manger sa mère, mais elle n'allait pas se laisser manger par ses élèves de 1re B. Le vrai problème, cependant, n'était pas la classe entière en période de chasse, mais Annelise Van Isschot, Fernanda Montero et leurs amies. L'incertitude s'entortillait dans ce groupe à six branches. Six tranchants tordus à s'avaler.

Elle se souvenait encore du moment où elle avait compris qu'elle n'avait aucune autorité sur les 1re B, hormis les quelques miettes que lui laissaient ces filles-là de temps en temps. Ce ne fut pas durant les matinées de questions qui interrompaient le déroulement de son cours, ni quand Analía Raad se promenait en zigzaguant sans autorisation entre les chaises de ses camarades pendant que Clara expliquait quelque chose – « J'ai besoin de me dégourdir les jambes », disait-elle, alors que son seul objectif était de la défier, de tester les limites de sa patience avec son sourire pointu de coyote affamé ; ce fut à l'instant où Annelise Van Isschot réussit à toutes les faire taire parce qu'elle voulait écouter son cours sur Edgar Allan Poe. Clara avait essayé d'intéresser le groupe pendant plus d'une demi-heure sans y parvenir, mais il avait suffi d'un cri d'Annelise pour que ses camarades se calment et reprennent leur place. Ce matin-là, ce n'était pas de la gratitude mais de l'humiliation qu'elle avait ressentie. Et à partir de là, tout empira. Les filles se mirent à pousser des cris stridents quand elle écrivait au tableau ou qu'elle leur tournait le dos pour une raison ou une autre. « Pardon, Miss Clara », disaient-elles en jetant ses affaires par terre. Des crayons, des stylos et des compas rebondissaient au niveau de sa nuque. Ensuite elles les ramassaient et, après quelques minutes d'apparente accalmie, elles recommençaient à les lancer loin de leurs pupitres. Un matin, Fernanda Montero se mit à siffler pendant qu'elle expliquait la différence entre proposition coordonnée et proposition subordonnée. Elle lui demanda d'arrêter mais Fernanda continua à siffler en la regardant droit dans les yeux, et quand Clara lui donna l'ordre de quitter la salle, Fernanda sifflait encore, immobile sur sa chaise, déchaussée et caressant le sol du bout de ses chaussettes en coton. Ce genre de comportement ne faisait qu'accroître son angoisse de plus en plus physique et l'obligeait à s'enfermer dans les toilettes des professeurs pour pleurer et pour essuyer la sueur de son cou et de son ventre – Clara transpirait beaucoup quand elle paniquait et ses pieds suaient comme ceux de sa mère. Les filles de 1re B voulaient qu'elle transpire des hameçons et qu'elle pleure du lait pour cannibaliser son autorité. C'étaient des filles sevrées à qui il fallait de la viande. Voilà pourquoi elles plaçaient des peaux de banane près de son bureau et versaient de l'eau sur sa chaise. Voilà pourquoi elles jetaient par terre l'effaceur du tableau et le marqueur : pour voir la prof se baisser, courber l'échine et faire la révérence aux chaises devenues des trônes reflétés par le plafond. Elle essaya de ne pas se sentir ridiculisée et de ne pas voir comment les fesses de ses élèves lui tranchaient la tête, mais depuis ce qui était arrivé avec les M&M's, elle n'avait plus beaucoup de contrôle sur ce qu'elle ressentait. Son corps était disloqué et se laissait porter vers le néant au moindre souffle avarié : un abîme de jambes hypersensibles au contact de l'atmosphère. Elles crachaient sur les livres et lorsqu'elle écrivait au tableau, elles frappaient en rythme leurs pupitres de leurs paumes ouvertes. *We will, we will, rock you*, entendait-elle dans sa tête. Les jupes s'ouvrant comme des parapluies à la récréation la faisaient trembler. Elle avait cru qu'avec le temps la sensation de danger et de vulnérabilité face à ces nymphettes irait en s'estompant, mais les mois n'avaient fait qu'accélérer le galop de sa peur. Et ce n'était pas juste quelque chose qu'elle ressentait avec le groupe d'Annelise Van Isschot. Ce n'était pas juste la faute de ses bêtes noires de 1re B. Les cornées pubères des filles de 5e A lui semblaient terribles aussi. Leurs petits doigts prémenstruels finiraient comme ceux de Ximena Sandoval, pensait-elle, et peut-être les mettraient-elles à la bouche et les suceraient-elles comme Fernanda Montero et Annelise Van Isschot pendant ses cours, ou comme Malena Goya et Michelle Gomezcoello dévorant le Nutella de son frigo. Elle était prise de nausée lorsque à sa première heure de cours elle voyait les 3e B et leurs huit, dix ou quinze paires d'yeux chassieux, encore cousus de fils d'oreiller. Les ongles crasseux des filles de 4e B. Et la longueur des cils de Priscila Moscoso. Et les tétons saillants sous le chemisier de Marta Aguirre. Et les lèvres humides de Daniela Correa. Tous ces petits corps aux utérus brûlants et aux clitoris gonflables lui provoquaient une drôle d'irritation dans les os, là où elle ne pouvait se gratter. Parfois l'envie lui venait de lancer son squelette dans les escaliers pour soulager la démangeaison, se briser devant le regard indolent de la surveillante générale, d'avaler de l'eau bouillante pour lacérer l'angoisse d'un contact physique inattendu. Annelise Van Isschot et Fernanda Montero avaient découvert la brûlure qu'elle ressentait lorsque par accident elle frôlait la peau d'une jupe quelconque et, depuis, elles s'amusaient à s'approcher d'elle le plus possible, à l'entraîner vers la paralysie de la poitrine, les crampes dans les bras, la langouste sur la tempe. Mais les agressions constantes de ces gamines-tortionnaires-ovulatoires cessèrent le jour où elles se frappèrent pendant la grande récréation, entourées de ventilateurs et de filles à l'uniforme en désordre – parce qu'aucune, au Collège-Lycée bilingue Delta, *High-School-for-Girls*, n'osait porter l'uniforme comme il le fallait. Elles l'oublièrent, et la fin en coup de poing de cette amitié simplifia la vie de Clara un certain temps. Le temps exact que mit la croûte noire, scarabée lubrique sur l'épiderme, à disparaître des lèvres d'Annelise.

« Pourquoi vous vous habillez comme votre mère, Miss Clara ? » lui avait-elle demandé pendant une de ses heures de colle, bien avant sa dispute avec Fernanda Montero, sa meilleure amie, sa sœur cobra, sa siamoise de hanche, lorsque son sac à main tendance maman-de-l'année-quatre-vingt-dix-huit était tombé par terre et que de la poche intérieure la plus secrète s'était échappée la photo de sa mère, voletant tel un poisson suicidaire. *Qu'est-ce que ça peut te foutre* ? pensa-t-elle sans rien dire. Et comme elle ne répondit pas, comme elle ignora la question en dévoilant sa faiblesse, trahissant sa mère morte avec sa maladresse muette, Annelise eut un sourire en coin et planta ses dents. « Même votre façon de vous coiffer est pareille. Vous n'avez pas peur de vous regarder dans la glace ? » Mais ce qui faisait vraiment peur à Clara, c'était de se retrouver seule avec son élève dans la salle vide des 1re B, depuis le jour où, dès la deuxième semaine de ces cours particuliers, Annelise l'avait prise par le bras et elle, terrorisée, l'avait repoussée si fort qu'elle l'avait fait tomber sur les fesses. Elle se souvenait encore de l'effroi de se savoir découverte, du cri étouffé de monstre marin qui était sorti de sa gorge en voyant son élève sur le carrelage, agressée par elle, et de la surprise sur le visage d'Annelise. Et de la joie sur le visage d'Annelise. On aurait dit une gamine pirate trouvant de l'or dans la débâcle ; de l'or dans le chaos, dans le séisme des pupilles de son enseignante. Clara avait cru qu'elle irait le raconter, qu'elle irait rapporter à la direction que sa prof l'avait battue, et qu'elle-même ne pourrait pas le nier mais qu'elle le nierait malgré tout. Elle nierait en bloc. Elle serait renvoyée, mais elle n'avouerait jamais. Jamais elle ne dirait que lorsqu'une élève la touchait, c'était comme si des millions d'aiguilles pénétraient dans ses pores pour fouiller dans sa chair. Jamais elle ne dirait que c'était comme si chacun de ses organes se mettait à se décomposer et qu'un crissement émanait du fond de ses tympans. Jamais elle ne dirait qu'elle pouvait s'uriner, se pisser dessus comme elle l'avait fait devant les rires assourdissants des M&M's. Qu'elle pourrait même vomir son sang et son ventre, vomir ses poumons et son cœur sur la terre. Elle ne le dirait pas parce qu'elle serait traitée de folle, de fragile, de diminuée. On lui caresserait la tête et on la renverrait quand même, mais en ayant pitié d'elle. Et alors il ne serait plus possible que les choses redeviennent comme avant, comme quand elle prenait soin de la radiographie de la colonne vertébrale de sa mère et que ses crises d'angoisse n'avaient d'autre raison d'être que la peur primitive de la peur. L'horreur la plus pure : transparente, horizontale et fébrile.

Annelise Van Isschot ne raconta à personne ce qui était arrivé ce vendredi-là.

Ou peut-être que si, mais juste à ses amies. La seule chose dont Clara était sûre c'est qu'en gardant le secret, son élève avait démontré une fois de plus qui avait le pouvoir sur qui. Désormais l'élève se retrouvait au-dessus de sa prof et la fille sur le fleuve occipital de la mère. Clara, qui avait aussi été une fille, avait su étouffer sa génitrice sous sa légèreté tiède de nouveau-née. « Plus tu me ressembles, plus je te ressemble, lui disait Elena Valverde en pleurant quand Clara s'asseyait sur elle de tout le poids de son amour ombilical. On dirait que tu viens de me faire naître. On dirait que tu me fais naître chaque matin. » Clara plaignait sa mère morte depuis qu'elle savait ce que c'était que d'avoir une nouveau-née assise sur son crâne. Une *baby born* de quinze, presque seize ans, qui se nourrissait d'elle comme toute élève se nourrit de son enseignante. Ou comme toute fille-draineuse-des-eaux-de-sa-maman se nourrit de son origine. « Tu me rends malade, lui disait Elena. Tu n'es pas une gamine normale. » Clara se rendait compte qu'Annelise prenait plaisir à être l'agent de sa peur, tout comme elle avait pris plaisir, sans conscience et sans pitié, à être l'agent de la peur de sa mère. « Une gamine normale n'asphyxie pas la main qui lui donne à manger. » Mais les gamines normales ne mangeaient que ce qui était vivant, ce qui respirait, ce qui frémissait, ce qui humidifiait le monde, pensait Clara lorsqu'elle voyait ses élèves courir pendant la récréation. Les gamines normales digéraient la vie des autres, les tiédeurs des autres, pour réchauffer leur sang glacé de reptile plutonien. Annelise était ordinaire et avalait de longues mains après les avoir caressées. Clara pensa qu'elle abuserait de la connaissance qu'elle avait de son enseignante, mais l'adolescente fut, pendant un moment, une patronne indulgente. Elle fit semblant de ne pas avoir été poussée. Elle fit semblant et lui demanda de lui enseigner l'usage correct des virgules parce qu'elle voulait apprendre à bien écrire. « Je veux écrire des choses qui font peur. » Elle garda ses distances, même si parfois elle joua à trop s'approcher d'elle, à créer un coude-à-coude, à l'observer avec le regard inconfortablement pénétrant d'une chamane cimarrone. « Je veux écrire des choses qui font très peur. » Aux meilleurs moments des colles – quand la conversation se déroulait à plus de trois mètres de distance –, Clara lui parlait de son livre sur les volcans et Annelise des films d'horreur qu'elle regardait, de la littérature d'horreur qu'elle lisait et des bandes dessinées d'horreur qu'elle empruntait à la bibliothèque. « L'éruption du volcan

Tambora au XIXe siècle a laissé les cieux d'Europe couverts d'une couche de gaz et de cendre, et c'est cette ambiance ténébreuse qui a inspiré à Lord Byron le défi qu'il a lancé à Percy Shelley, Mary Shelley et John Polidori d'écrire une histoire d'horreur. » Dans des moments comme celui-là, Clara créait des liens entre son livre sur les volcans et la littérature préférée d'Annelise pour l'intéresser, pour la tenir tranquille. « De cet enfermement volcanique chez Lord Byron allait naître le monstre de Frankenstein et le premier vampire romancé de la littérature. » Parfois, s'il restait du temps, elle lui parlait de certaines cultures qui croyaient que les volcans étaient des portes d'entrée aux enfers. *The horror! The horror!* « Un volcan, c'est comme l'esprit d'une personne : une montagne où s'enflamme la folie », lui dit-elle après lui avoir expliqué le lien entre les volcans, les tremblements de terre et l'apocalypse. Parfois Annelise aimait l'écouter parler de la façon dont la peur se nourrissait du paysage. « Lovecraft le disait déjà : l'horreur est dans l'atmosphère », dit-elle en oubliant un instant que, si elle le voulait, Annelise pouvait tendre le bras et la toucher. « Parce que la peur est une émotion, lui dit-elle en détournant le regard. Et c'est la preuve que le primitif nous habite. »

Pendant un temps, les séances se déroulèrent ainsi. Puis la croûte noire disparut et Annelise déposa sur son bureau un essai pervers.

Ce fut le début de la débâcle.

XXI

Nom : Annelise Van Isschot
Matière : Lettres
Professeur : Clara López Valverde

> SUJET : « Vous ferez le commentaire, dans un bref essai, de quelques-unes des nouvelles d'Edgar Allan Poe étudiées en classe. »

Chère Miss Clara,

Je ne vais pas écrire sur Poe. Excusez-moi d'être aussi directe et de vous le dire comme ça, sans ambages, mais cela m'ennuie de tourner autour du pot. Je ne vais donc pas vous parler de ses nouvelles, mais de l'expérience de la peur, en particulier de l'horreur blanche. Vous en avez parlé un jour, vous vous rappelez ? (Aussi incroyable que cela puisse vous paraître, je vous écoute avec attention.) C'était au moment où vous nous avez fait lire en classe un chapitre de *Moby Dick*, « The Whiteness of the Whale ». Eh bien voici de quoi va traiter mon essai : de l'horreur blanche. Non pas d'après Melville, mais d'après ce que je ressens et ce que je crois que vous ressentez. En fait, ceci n'est pas un essai mais plutôt une confession ou une tentative de partager avec vous quelque chose de très intime. J'ai décidé de le faire ainsi, sous forme de mail ou de lettre, car je trouve plus facile de m'adresser concrètement à quelqu'un quand j'écris. Après tout, mon destinataire c'est vous et pas un être abstrait, ni l'humanité entière. Écrire pour l'humanité entière, comme le font les essayistes, ça revient à n'écrire pour personne (les essayistes écrivent pour eux-mêmes ou pour faire croire qu'ils sont très intelligents). Voilà pourquoi je n'ai jamais aimé les journaux, ni les essais. Je préfère m'adresser à quelqu'un de réel, à quelqu'un à qui j'ai quelque chose d'important à dire, et pas à des lecteurs imaginaires. Je trouve que c'est plus honnête que de faire semblant ou quelque chose comme ça. En plus, cela m'aide à savoir ce que je veux dire, parce que si les gens étaient sincères, ils admettraient qu'ils ne racontent pas la même chose à leur mère qu'à leur amie ou à leur professeure : nous disons tous des choses différentes selon à qui on s'adresse, et ce n'est pas que nous mentions, mais chaque personne nous fait dire une vérité unique et différente de toutes les autres que nous portons en nous. Ceci, par exemple, n'est pensé que pour vous. Chacune de ces lignes est ce qu'elle est parce qu'elle est écrite pour ma prof de lettres, qui l'arrache de mon corps depuis le cœur de ma pensée. Je ne pourrais dire à personne d'autre ce que je vais vous dire maintenant.

Cet écrit reflète une des centaines de vérités qui existent dans ma tête.

C'est vrai que Fernanda et moi, on adore les films d'horreur. D'ailleurs c'est ce qui nous a menées vers la littérature. Lorsqu'on a vu *Le Locataire* de Polanski, on s'est jetées sur le roman français dont il est inspiré. On a lu tout Stephen King et vu tous les films tirés de ses romans. Je voudrais être honnête avec vous, au risque de vous décevoir : si on s'est tournées vers la littérature, c'est parce qu'on voulait se faire vraiment peur, et pas par amour de l'art ni rien de tout ce que vous nous dites en cours. Je crois que les livres (enfin, certains) font très peur parce que ce qui y est raconté ne peut pas se voir, seulement s'imaginer. Quand j'ai lu Lovecraft, par exemple, la première chose que j'ai pensée c'est que ses meilleures nouvelles ne pouvaient être adaptées au cinéma sans devenir autre chose. Je n'avais pas vu de films qui s'inspiraient de ses textes, mais je les ai cherchés pour confirmer ma théorie (selon laquelle une adaptation au cinéma d'un récit de Lovecraft ne pourrait jamais faire peur à qui que ce soit parce que le propre de l'horreur cosmique, c'est de ne pas avoir d'image). C'est là son problème et sa principale vertu : elle ne se voit pas, voilà pourquoi elle fait si peur. Et je ne parle pas d'une frayeur qui fait trembler et avoir des cauchemars, car l'horreur cosmique ne provoque pas cela. Je parle d'une inquiétude, d'une sorte de présence étrange assise au fond de soi. Une présence qui n'est ni une personne, ni une chose, ni un animal. Elle n'a pas de forme, et se compose de tout ce qui ne peut même pas être imaginé. C'est pour cela que l'horreur cosmique (qui ressemble un peu à l'horreur blanche, mais j'y reviendrai plus tard) n'a rien à voir avec les fantômes, les démons, les zombies, les vampires et autres créatures épouvantables qui peuvent être détruites. Elle est plutôt liée à la notion d'extraterrestre, mais pas comme dans *X-Files,* plutôt comme le personnage du clown dans *Ça*, parce que chez Lovecraft, comme vous le savez, l'extraterrestre et le monstrueux, c'est l'indescriptible; une métaphore de l'inconnu et de l'immensément supérieur (c'est presque mystique et cela dépasse son référent). Quoi qu'il en soit, la notion d'extraterrestre n'est pas importante car, au fond, il s'agit d'une chose bien plus grande et plus abstraite. Mais revenons à la présence dont je parlais : ce je-ne-sais-quoi informe et monstrueux qui semble avoir été là depuis la nuit des temps. La véritable horreur cosmique c'est cela, et une fois qu'elle a été révélée (car c'est bel et bien une révélation), elle reste au fond de notre esprit jusqu'à nous détruire. Comment pourrait-on adapter cela au cinéma, Miss Clara, sans le rendre ridicule ? (Comme vous le savez, ce qui fait rire ne fait pas peur.) Même si on faisait un bon film sur l'horreur cosmique, il sacrifierait l'horreur (une de ses composantes essentielles) pour se transformer en thriller. Ce serait un film « sur » et non pas « de » (comme cette lettre/essai dans laquelle je vais traiter de l'horreur blanche, mais qui n'est nullement de l'horreur blanche en soi). En outre, l'horreur cosmique ne peut se décrire comme se décrirait, par exemple, une agression de loup-garou, car ceux qui en font l'expérience sont incapables de la comprendre et, lorsque enfin ils s'approchent de son véritable sens, ils se rendent compte que les mots leur manquent ; que cela va bien au-delà du langage et qu'à partir de ce moment-là et jusqu'à la fin de leurs jours, ils devront supporter seuls cette révélation incomplète et incommunicable. « Tekeli-li », par exemple, est le son sans signification inventé par Poe pour exprimer l'horreur blanche. Ce n'est pas un hasard si Lovecraft, qui reliait clairement l'horreur blanche et l'horreur cosmique, a fini par reprendre le même son dans son seul roman, *Les Montagnes hallucinées* (qui se déroule, tout comme *Les Aventures d'Arthur Gordon Pym*, dans l'immensité blanche de l'Antarctique). « Tekeli-li » est ce que l'horreur blanche et l'horreur cosmique ont en commun, ne croyez-vous pas : leur capacité à faire imploser le langage. Mais cela ne fonctionne que dans la littérature car, là, les mots sont comme des poupées russes ou, comme vous l'avez dit en cours, des « mises en abîme » au cœur de notre imagination. Je crois comprendre à présent ce que vous avez voulu dire : les mots ouvrent des portes vers des espaces inhospitaliers et invisibles dans nos têtes et, quand ces portes s'ouvrent, on ne peut plus faire marche arrière. Mais au fond, je veux vous parler d'autre chose : de la façon dont tout cela est lié à l'horreur blanche, à l'inconnu, à l'incompréhensible. Je veux vous parler de la façon dont tout cela nous concerne, vous et moi, et, étrangement, nous lie, je crois, d'une manière particulière (j'aborderai ce point plus tard, Miss Clara, je vous prie donc de continuer à me lire).

L'inconnu, disais-je, est toujours terrifiant, évidemment, mais ce qui est horrible, ce qui pétrifie vraiment nos organes, c'est ce que nous ne connaissons qu'à moitié ; ce que nous côtoyons de près et que, pourtant, nous sommes incapables de comprendre. Je vais vous expliquer : lorsque nous ne connaissons pas quelque chose, nous avons toujours l'espoir de le connaître un jour, mais que se passe-t-il lorsque ce que l'on a toujours eu sous les yeux devient soudain méconnaissable et impénétrable ? L'horrible, je veux dire, ce n'est pas l'inconnu, mais ce que l'on ne peut tout simplement pas connaître. Chez Lovecraft, c'est lié à des êtres ataviques et extraterrestres, à des mythologies et des origines, mais au fond il s'agit d'une présence informe qui nous dépasse, qui va bien au-delà de nos petites existences et qui répond aux forces inextricables de nos natures et des natures des autres. Cette présence peut être n'importe quoi, y compris une idée ou une façon de voir le monde ou les gens qui nous entourent. Mais ce n'est pas une chose qui vient exclusivement de l'intérieur de quelqu'un, elle vient aussi de sa relation avec l'extérieur. Par exemple, lorsque nous avons commenté la nouvelle du chat noir, vous avez dit que Poe nous donnait des indices sur la folie du narrateur (son alcoolisme, son mauvais caractère, ses idées étranges sur son animal de compagnie...). Si nous ne lisions la nouvelle que sous cet angle, nous y verrions l'histoire d'un dément qui finit par tuer sa femme, et étant donné qu'il s'agit d'un narrateur dont nous devons nous méfier, ce serait bête de croire à sa version des faits. Mais (c'est ce que je voulais vous dire pendant le dernier cours, mais je n'ai pas osé) ce qui nous fait vraiment peur en tant que lecteurs, c'est cette petite fente qui laisse passer la possibilité que le narrateur dise la vérité. Si son histoire était vraie, alors il n'y aurait pas d'explication possible, logique ou rationnelle pour nous aider à comprendre ce qui s'est passé. Il s'agirait donc de quelque chose d'obscur et d'affreux incarné par le chat, c'est-à-dire par ce qui nous est familier, et que seul le narrateur serait capable de percevoir ; quelque chose qui dépasserait notre entendement. N'est-ce pas là une lecture qui se rapproche un peu de l'horreur cosmique de Lovecraft ? Je sais que Poe a écrit sur un autre genre d'horreur, mais l'horreur cosmique n'est-elle pas finalement cette tension entre la révélation qui a lieu dans l'esprit de quelqu'un et l'agent extérieur qui la déclenche ? C'est-à-dire qu'il ne s'agit pas de la folie de quelqu'un ni d'une affreuse réalité surnaturelle à laquelle il faut essayer d'échapper (même si cela ne sert à rien) mais de ces deux situations et, en même temps, d'aucune. C'est une sensation : celle qu'il existe des choses, des choses matérielles qu'il aurait été préférable de ne jamais avoir pressenties.

Et voici ce qu'il y a d'intéressant, Miss Clara : l'horreur blanche et l'horreur cosmique se ressemblent par cette sensation mystique. Le blanc, comme vous l'avez dit en cours, représente la pureté et la lumière, mais aussi l'absence de couleur, la mort et l'indéfini. Il représente ce qui, en se montrant à peine, laisse présager des choses terribles qui nous demeurent inconnues. C'est une couleur si pure et si claire qu'elle semble toujours sur le point de se troubler, sur le point de perdre sa pâleur parfaite. Autrement dit, le blanc est comme le silence dans un film d'horreur : quand il arrive, c'est que quelque chose d'affreux va survenir d'un instant à l'autre. Cela est dû au fait qu'il se pervertit et se contamine facilement. D'ailleurs, un des aspects les plus inquiétants de la blancheur, c'est que c'est de la puissance à l'état pur et qu'elle menace toujours de se transformer en n'importe quoi d'autre. Vous comprenez ? Le blanc évoque dans notre imaginaire un tel contraste entre ce qu'il y a de mieux et ce qu'il y a de pire que j'en ai des frissons. Voilà pourquoi l'expérience de l'horreur blanche est celle de l'éblouissement ; non pas celle de la peur de ce qui se cache dans l'ombre mais celle de ce qui se révèle dans la lumière limpide et aveuglante et nous laisse sans voix. Je sais, par exemple, qu'on vous fait horreur mais que cela vient de la révélation de quelque chose d'impossible à connaître et non pas de ce qui est caché. Je vous ai observée, et ce n'est pas la même peur que les nouveaux profs ont de nous quand ils réalisent que nous sommes incontrôlables et sentent que leur amour-propre est en péril (« Aïe, ce que je dis ne les intéresse pas ! », « Aïe, je ne suis pas un bon prof ! », « Aïe, je suis un loser, un raté ! »). Non, la vôtre c'est une horreur réelle, physique et métaphysique à la fois. En tout cas, j'ai le sentiment que vous et moi, nous avons en commun une approche réelle de la peur, une approche différente, que tout le monde ne comprendrait pas même si on tentait de l'expliquer. J'ai vu comment vos mains tremblent dès que vous êtes près de nous. Il y a deux semaines, par exemple, Fernanda vous a touché l'épaule et vous vous êtes recroquevillée comme un mille-pattes. La peau de votre visage est devenue humide et nous avons toutes trouvé que vous ressembliez à une créature sans paupières tirée de l'eau par la force. Je me souviens que je me suis demandé à ce moment-là s'il existait, à part vous, d'autres personnes capables de garder les yeux ouverts aussi longtemps. J'avoue que cela m'a paru inhumain et repoussant (certains gestes nous différencient des monstres et cligner des yeux en fait partie). Enfin, depuis que vous m'avez poussée, je vous ai aussi touchée par accident, vous vous rappelez ? La semaine dernière, quand la sonnerie de la récréation a retenti, j'ai frôlé votre bras et vous avez poussé un petit cri. Ce n'était pas un gémissement : c'était un cri minuscule, comme une aiguille traversant un ongle, comme le jour où vous m'avez poussée. Si vous aviez pu vous voir, vous comprendriez pourquoi je connais votre secret. À cet instant-là, j'ai compris que vous ne tolériez pas qu'on vous touche, ni qu'on soit près de votre corps. C'est comme si vous ressentiez une sorte de répulsion à notre égard, quelque chose qui vous empêche de battre des paupières. Cela ne vous arrive pas avec les adultes car je vous ai vue faire la bise aux autres professeurs et serrer la main de la directrice tout à fait normalement. Avant, je croyais que votre sérieux en classe correspondait à votre façon de faire cours, mais maintenant je sais à quel point il est difficile pour vous d'être dans une salle avec plus de vingt adolescentes qui peuvent s'approcher de vous à tout moment. Vous craignez notre jeunesse, Miss Clara ? Non, cela n'aurait pas de sens, car vous êtes jeune, vous aussi. En plus, tout le monde aime la jeunesse. Alors, qu'est-ce qui vous fait tellement peur chez nous ? C'est le point de départ de ma théorie : peut-être est-ce notre état intermédiaire. Car nous ne sommes ni dans l'enfance ni dans l'âge adulte, mais dans une sorte de limbes de la vie, dans une « étape de formation définitive du caractère », à en croire la directrice et Mister Alan. Il y a une espèce d'indéfinition dangereuse dans l'adolescence, un vide, une puissance qui peut exploser dans n'importe quelle direction, ce qui la rend très différente, voire opposée à tous les autres âges. J'ai beaucoup réfléchi à tout cela. Il y a des questions concernant votre état auxquelles je ne peux répondre, je l'admets, mais il y en a d'autres auxquelles j'ai rapidement répondu. Je suis arrivée à la conclusion, par exemple, que votre peur est récente, parce que si elle s'était manifestée avant, vous ne seriez pas devenue prof, pas vrai ? Personne ne choisit une profession dans laquelle il doit côtoyer ce qui lui fait le plus peur. D'ailleurs il est bien probable que votre peur ait commencé depuis ce qui vous est arrivé dans cet autre établissement. Cela a dû être une expérience difficile, mais mon père m'a dit que ces filles avaient été punies, même si ce n'est pas ça le plus important, n'est-ce pas ? En fait, vous n'avez pas peur d'elles mais de leur âge, c'est-à-dire d'une période déterminée des corps. Un jour, Mister Hugo nous a dit que le temps était une illusion avec laquelle nous mesurions les changements et que certains scientifiques affirmaient même que le temps n'existait pas. Quoi qu'il en soit, avoir peur d'un âge qui représente le vide et l'indéfini, mais également la puissance de l'être et bien d'autres possibles, c'est une expérience semblable à celle de l'horreur blanche. Nous, qui sommes la puberté, le néant et le tout, sommes aussi d'après vous une forme spéciale de la matière organique qui nous rend vulnérables à une sorte de possession. Pas une possession démoniaque, parce qu'alors nous serions en train de parler du mal selon des critères judéo-chrétiens et l'horreur blanche dépasse cette idée selon laquelle nous, enfants de Dieu, sommes le centre d'une bataille universelle entre le bien et le mal. Je parle d'une possession tout autre. C'est comme si vous pensiez qu'après la mort de l'enfance quelque chose de menaçant ouvrait les yeux dans nos estomacs et se mettait à respirer, à vouloir communiquer, quelque chose qui serait là depuis la création et même avant. Ce réveil relie notre âge, le cumul de toutes les adolescences, à une nature qui n'est ni bonne ni mauvaise : elle est, tout simplement. Et sa couleur est blanche comme Moby Dick, l'Arctique et la Voie lactée, parce qu'elle révèle quelque chose d'inexprimable et l'expose. J'ai même pensé écrire une théorie à ce sujet. Si je le faisais, vous la liriez, Miss Clara ?

Je vais vous raconter la première fois que j'ai remarqué votre horreur de l'adolescence. Je crois que c'était il y a un mois, ou peut-être un peu plus, pendant un de vos cours. Fernanda et moi chuchotions tandis que vous parliez de littérature gothique. Ce n'est pas qu'on se fichait de ce que vous nous racontiez, mais on se disputait pour une bêtise et on était sur le point de se fâcher, comme en ce moment, d'ailleurs. Vous savez peut-être ce que c'est que d'être dans ce genre de situation, quand on est sur le point de balancer des méchancetés qu'on ne pense pas juste parce que quelqu'un vous en a balancé. Voilà où nous en étions avec Fernanda. Toujours est-il que vous en avez eu assez d'attendre qu'on se taise et vous nous avez appelées par nos noms de famille, ou plutôt vous les avez criés comme au service militaire dans les films. Je crois que c'est à cet instant, ou juste après, que Ximena s'est évanouie. Son corps, deux rangs devant moi, s'est dégonflé et sa tête a rebondi contre le sol comme si son crâne était une boîte de chair vide. On s'est toutes levées d'un bond et vous, vous êtes restée paralysée, les pieds collés l'un contre l'autre sur un carreau cassé. Vous devez comprendre que nous attendions quelque chose de votre part, une réaction quelconque : peut-être un ordre, je ne sais pas. Alors

Fiorella a dit qu'il fallait emmener Ximena à l'infirmerie et a essayé de la soulever avec l'aide de Natalia. Elles ont été les premières à réagir, mais elles n'ont pas réussi à la porter parce qu'elle était trop lourde et ses bras et ses jambes leur échappaient et la boîte de chair a rebondi de nouveau, cette fois contre le pied d'une chaise. Vous auriez pu porter Ximena, Miss Clara, ou du moins essayer, car c'est cela qu'est censé faire un prof : essayer. Et pourtant vous n'avez pas bougé le petit doigt. Tout le monde a pensé que vous étiez en état de choc, sauf moi. Une prof est toujours prête à faire semblant d'être prête. Ainsi, alors que tout le monde était focalisé sur Ximena, moi je me suis focalisée sur vous. Quelque chose dans votre posture, immobile au milieu d'un carreau cassé, m'a troublée plus que tout. Je suppose que c'est la peur que j'ai lue dans votre paralysie qui m'a fait oublier Ximena. Je vous assure que vous n'avez pas cligné des yeux une seule fois et que vos yeux sont devenus la chose la plus distante de la salle. Je me souviens que Raquel s'est approchée de vous et vous avez reculé en la regardant comme si elle vous avait insultée, comme si on vous avait toutes insultée, avant de sortir en courant chercher de l'aide. C'est la première fois que j'ai remarqué qu'il y avait quelque chose d'étrange dans la relation que vous aviez avec nous ; dans la façon dont vous nous regardiez et dont vous nous parliez, tantôt comme si nous n'existions pas, tantôt comme si nous allions vous arracher une oreille. J'ai repensé au carreau cassé, à votre corps, à vos paupières, à la façon dont vous aviez refusé de porter secours à Ximena car cela aurait impliqué de la toucher. C'est ainsi que j'ai commencé à comprendre tout ce dont j'avais besoin pour élaborer ma théorie. Avant, cela ne devait pas vous poser de problème de toucher ou frôler vos élèves, mais vous avez eu une révélation, vous avez pressenti quelque chose qui ne peut pas être tout à fait compris : l'âge blanc à l'intérieur de vos mâchoires, et plus rien n'a été comme avant.

En me lisant, vous devez vous sentir mise à nu, comme si je vous arrachais vos vêtements devant tout le monde ou quelque chose comme ça. Je suis peut-être en train de le faire, mais pas en public. Ici, il n'y a que nous deux : c'est intime, même si c'est un peu forcé, car vous n'avez sûrement pas envie que j'écrive tout cela de vous. Malgré cela, je vous demande de continuer à lire. J'avoue que certains jours, je vous ai observée pendant la récréation : serrant un livre entre vos bras, si vulnérable hors de la salle des profs, obligée de nous surveiller sous un saule à quelques mètres du terrain de basket et de la terrasse de la cafétéria, et je me suis sentie coupable, comme si je faisais quelque chose de très mal. Cette sensation un peu bête ne durait pas longtemps, parce qu'en y réfléchissant bien, je me rendais compte que je n'envahissais pas votre vie privée ; je ne vous épiais pas à travers une fente, je vous regardais dans des espaces communs et grands ouverts. Se sentir mal parce que l'on remarque des choses que les autres ne voient pas, ce serait idiot, pas vrai ? Alors la culpabilité disparaissait et je pouvais continuer à vous étudier sans remords. J'ai d'ailleurs remarqué plusieurs détails intéressants. Par exemple, lorsqu'un groupe s'approche de vous pendant la récréation, non pas pour vous demander quelque chose mais pour traverser le terrain ou s'asseoir près des géraniums, vous, dans le doute, vous ouvrez votre livre à n'importe quelle page et vous faites semblant de le lire en simulant une concentration que je sais inexistante parce que votre attention est, en réalité, centrée sur les dizaines de corps en âge blanc qui frétillent autour de vous. Tous les professeurs qui sont de surveillance s'ennuient

(Miss Ángela fait passer le temps en discutant avec ses élèves de sixième à l'entrée de la cafétéria ; Mister Rodrigo se nettoie les ongles avec un trombone, berk !). Je ne crois pas être la seule à avoir remarqué qu'il n'y a que vous qui angoissez à la récréation. Vos gestes vous trahissent, tout le monde s'en rend compte : toutes les deux minutes, vous consultez les aiguilles de l'horloge et vous évitez de croiser le regard de l'une d'entre nous comme si nos yeux étaient des guêpes ou des araignées. J'aimerais tant être dans votre tête pour vérifier que je dis vrai : qu'on vous effraie à cause de notre âge. Peut-être voyez-vous le cadavre blême de l'enfance attaché à nos pieds ; peut-être voyez-vous dans l'adolescence une blancheur spectrale parfaite semblable au paysage des *Montagnes hallucinées*, à la dernière vision d'Arthur Gordon Pym et aux dents du monstre de Frankenstein. C'est-à-dire un blanc qui réveille ce qu'il y a de plus sordide dans notre imagination. Et ce n'est pas que j'idéalise l'enfance, mais tout ce qui vient par la suite est toujours pire, vous ne croyez pas ? Si l'on a été des filles méchantes, en grandissant on devient encore pires. L'adolescence fait émerger ce qu'il y a de plus beau ou de plus vil en nous, tout comme la blancheur peut transmettre la pureté autant que la putréfaction. Il y a quelque chose durant cette période qui reste réticent à la norme et qui, pourtant, diffère de la révolte de l'enfance. Je m'explique : lorsque l'on est petit, on est trop occupé à découvrir le monde à travers les jeux et les histoires. La fiction nous sert à faire l'expérience de tout ce qui nous est encore interdit. La soif de réalité vient ensuite, avec la puberté. Notre corps change. Notre esprit change. Et c'est comme si, soudain, nous étions possédés par une blancheur (c'est-à-dire par un potentiel de souillure) et que cette blancheur était omniprésente dans le temps des hommes.

Quelque chose de semblable au clown de *Ça* ou au chaos rampant de Lovecraft, ce monstre primitif qui peut prendre toutes les formes. L'âge blanc, selon ma théorie, serait le temps des corps qui rend possible la manifestation de cette blancheur, de cette puissance primordiale que j'appellerai Dieu Blanc (et qui est bien plus qu'une autre version de mon Dieu drag-queen, je vous assure). Essayez de l'imaginer, Miss Clara : je ne peux pas décrire sa forme originelle, parce qu'il n'en a pas, mais il pourrait prendre l'apparence de tout ce qui existe dans l'univers. La seule chose dont on est certain c'est que les corps pubères sont, et ont toujours été, des marionnettes sensibles à sa présence. Il est possible que vous voyiez le danger de ce Dieu dans notre métamorphose corporelle : des tétons qui pointent, des poils qui se fraient un chemin dans des zones inespérées en raréfiant la peau, des taches, de l'acné et du sang. Ce sont des transformations qui nous vident petit à petit de tout ce que nous avons été, et dans chacune d'entre elles, il est présent : il attise une commotion morbide et laisse augurer ce qu'il y a de plus terrible. J'ai décidé de l'appeler Dieu Blanc parce que, depuis le début, nous les êtres humains, nous nous sommes rendu compte qu'il y avait des êtres anciens, énormes et incompréhensibles qui pouvaient nous détruire. C'est la brutalité de la nature qui nous l'a fait comprendre. Bien après, des gens comme Mister Alan sont venus nous parler d'un Dieu plein d'amour et de bienveillance pour apaiser cette peur primitive des dieux despotes, mais au début, c'était eux : les dieux sanguinaires et cruels qui lançaient sur nous les famines, les fléaux et le chaos, surtout le chaos. Les premières divinités étaient terrifiantes. Je n'ai jamais dit cela à personne, et je vous supplie de ne pas en parler à Mister Alan, mais je crois que les dieux originels sont les dieux réels. Je crois que, s'il existe quelqu'un ou quelque chose qui nous regarde, quelqu'un ou quelque chose qui peut nous exterminer en un éternuement, on ne peut pas le comprendre ni le déchiffrer ; ça ignore les concepts humains comme l'amour et ça n'est pas du tout intéressé par nous. Les premiers hommes vénéraient ces êtres éternels parce qu'ils les craignaient. Toutes les religions se sont construites sur cette peur, et cette peur, elles l'ont appelée « Dieu » pour lui donner un nom et implorer sa clémence. C'est pour cela (parce que Dieu est peur) que j'appelle Dieu Blanc la blancheur qui se manifeste dans les corps en âge blanc. Qu'en pensez-vous ? Ma théorie pourrait se transformer en un récit lovecraftien qui n'aurait rien à envier aux meilleurs imitateurs du genre. Depuis la nuit des temps ont existé des centaines de rituels et de cultes à la sexualité, des groupes humains qui ont adoré des dieux masturbateurs ou ayant des membres gigantesques comme San Biritute. Le Dieu Blanc est la manifestation qui rassemble tous ces dieux : l'éveil de la sexualité à l'adolescence et les changements corporels gênants ne sont qu'une porte ouverte à sa présence. Parce que, si on y pense, il n'y a rien de plus facile à pervertir et à contaminer qu'un adolescent. Je le ressens à cet instant même : tandis que je vous écris, je ressens l'envie de me transformer en quelque chose de pire que ce que je suis déjà. Je pense et je ressens des choses que je ne pensais pas plus que je ne les ressentais quand j'étais petite. Des choses sales et mauvaises. Des choses qui pourraient faire mal aux autres. Des choses qui sortent de moi, qui me font peur et que je ne raconterai jamais au professeur Tito. C'est là que ma théorie prend forme : dans l'horreur d'une période des corps qui les transforme en de possibles détonateurs des impulsions les plus effrénées et violentes. Mais cela va plus loin, beaucoup plus loin. Parce que pour parler de l'horreur blanche nous avons besoin d'une révélation de ce qui ne peut se connaître : une clarté sidérante.

Quoi qu'il en soit, je ne veux pas que vous ayez honte de craindre des choses différentes de ce que craignent les autres, du moins pas avec moi. Moi aussi j'ai peur de mon âge de lait. Je ne saurais pas vous dire quand cela a commencé (il y a trois ou quatre ans, peut-être), car c'est une découverte qui a grandi peu à peu dans mon corps et dans ma tête. Enfant, je n'ai jamais été peureuse : je ne me suis jamais fait pipi dessus et je n'ai jamais réveillé mes parents à cause d'un bruit inexplicable sous le lit. Cela ne veut pas dire que je n'ai pas connu la peur avant la puberté, mais je l'ai toujours vue comme un jeu (la peur et l'horreur sont deux choses très différentes, mais je ne vous l'apprends pas). Lorsque j'ai commencé à lire Lovecraft à la bibliothèque du lycée, j'ai compris que j'étais terrorisée comme les personnages de ses histoires. Après tant de temps passé à le lire, mais aussi à lire Poe, Chambers, Machen, Shelley, et à créer, avec Fernanda, des BD de vampires, de succubes et autres créatures, je crois qu'il n'y a dans l'établissement qu'une personne qui connaisse mieux que moi la littérature d'horreur : vous. Ce chapitre de *Moby Dick* sur la blancheur de la baleine a été essentiel, pour Fernanda aussi bien que pour moi. Tous les signes que nous avions ignorés dans les nouvelles et les romans que nous lisions ont soudain pris du sens : de l'énorme baleine de Melville jusqu'à l'exploration de l'Antarctique chez Poe et chez Lovecraft, en passant par l'Arctique où s'échappe la créature de Shelley, l'homme à l'apparence de « gros ver de cimetière blanchâtre » de Chambers, le Ver blanc de Bram Stoker, *Le Peuple blanc* de Machen, la blancheur des fantômes et des cadavres… La totalité et l'immensité du néant se condensent dans cette clarté maximale qui ne se détache d'aucune couleur. La mystique de Lovecraft est une mystique du vide, voilà pourquoi l'horreur blanche a un lien avec l'horreur cosmique. Ce que j'aime le plus dans ses récits, c'est que ses dieux, ses êtres anciens et primitifs, ses créatures énormes et puissantes à un degré inimaginable pour la race humaine, n'ont rien à voir avec les dieux des religions que nous connaissons. Comme ils n'ont aucune caractéristique humaine, ils nous terrorisent, mais pas parce qu'ils représentent le mal. Ils ne sont ni Belzébuth ni Lucifer. Ils ne sont pas malfaisants. Ils ne sont pas là pour nous induire en tentation ou nous entraîner vers les ténèbres, comme dans la mythologie chrétienne selon laquelle nous sommes le centre de la création. Ce qui est intéressant chez les Grands Anciens de Lovecraft, c'est qu'ils ne peuvent pas être compris avec cette façon de penser. Lorsque l'idée du bien et du mal disparaît, tout ce qui reste, c'est la nature et sa violence. Je pense que s'il existait un seul Dieu, c'est-à-dire un Grand Ancien, une créature éternelle, toute-puissante, pouvant nous faire disparaître en un claquement de doigts, ce serait quelqu'un pour qui nous ne représentons absolument rien, et qui jouerait avec nous comme si nous étions un divertissement parmi d'autres dans l'immensité de l'univers. Réfléchissez-y, Miss Clara : avec tout ce qui se passe chaque jour dans ce monde, la croyance en un Dieu chrétien a-t-elle vraiment un sens ? Tous les matins, quand je me rends au lycée, je vois à travers la vitre des dizaines d'enfants faire la manche près des feux rouges. J'ai lu que la famine tue des centaines de personnes chaque minute dans plusieurs régions du monde et que, pour fabriquer l'ordinateur sur lequel je suis en train d'écrire, il y en a tout autant qui ont dû se tuer à travailler dans les mines de coltan. En ce moment même, quelque part sur la planète, des femmes subissent une ablation du clitoris, des enfants sont vendus, des gens volent en éclats ou se noient dans l'océan, et rien de cela n'est lié au mal, mais à la nature humaine échouant dans son autodomestication. Je sais qu'il est réconfortant de croire qu'il y a quelqu'un ou quelque chose de supérieur qui nous protège et qui a un merveilleux plan pour nos vies, mais, si on y pense sérieusement, même les plus profonds discours de Mister Alan ne pourraient rendre ce Dieu crédible. C'est la conclusion à laquelle je suis arrivée avec l'aide de Fernanda et qu'aucune de nous deux n'a partagée avec ses parents. Nous avons compris ensemble que pour le seul Dieu qui existe, le Dieu Blanc, nous ne sommes que des fourmis. Avez-vous déjà esquivé une fourmi pour ne pas l'écraser, Miss Clara ? Avez-vous déjà sauté ou stoppé un mouvement pour lui sauver la vie ? Personne ne bougerait un seul muscle, ou ne cesserait de le bouger, pour la vie d'une fourmi. Peut-être le ferions-nous pour la vie d'un lapin, d'un poulet ou d'un cochon. Parfois les gens freinent d'un coup sec quand un chien traverse la route, mais le feraient-ils pour une fourmi ? La raison de cette discrimination est qu'elles sont si petites qu'on dirait que le monde ne change pas si elles disparaissent. En plus, leur mort est propre et presque invisible : pas de sang, pas de bruits gênants et pas de grand spectacle de la décomposition. Mais il y a aussi une autre raison, c'est que si l'on devait se préoccuper de la vie de chaque fourmi dans le monde, on deviendrait fous. On ne pourrait pas faire le moindre mouvement sans craindre d'en tuer une brutalement. Eh bien, c'est ce que nous sommes pour les Grands Anciens de Lovecraft et pour le Dieu Blanc : des fourmis qui courent dans l'immensité où l'inexplicable se meut. Et une fois que cette vérité se révèle à nous, un nouveau vertige (l'horreur provoquée par la conscience de notre fragilité) survient. Les fourmis n'ont pas conscience de leur petitesse cosmique, mais nous, bien que nous vivions en l'ignorant, avons la capacité de la découvrir. Nous pouvons comprendre notre taille véritable, notre insignifiance par rapport à la nature et à l'univers. Et après cela, la seule chose qui nous reste, c'est la folie : l'horreur majuscule qui détruit tous les sens.

Ce que je veux dire, je crois, c'est que se savoir fourmi, sur le point de mourir à tout instant comme le bébé crocodile dans la mâchoire de sa mère, c'est vivre dans l'horreur blanche. Ce que la blancheur révèle, cette chose qui ne peut pas se connaître mais qui soudain envahit notre esprit, nous fait comprendre à quel point nous sommes faibles. J'imagine que vous vous sentez minuscule depuis que vos anciennes élèves vous ont fait ce qu'elles vous ont fait (votre révélation a peut-être eu lieu à ce moment-là). Moi, en revanche, je l'ai découvert dans mon propre corps. Après tout, si mon horreur ne ressemblait pas à la vôtre, si la blancheur n'était pas la métaphore idéale, si je n'avais pas lu ce chapitre de *Moby Dick*, jamais je n'aurais pu la comprendre comme aujourd'hui car je ne me serais jamais comprise moi-même. Je vais essayer de mieux m'expliquer : pour moi, la peur de l'âge blanc a commencé au moment où mon corps s'est mis à changer. D'abord, une odeur rance. Ensuite, deux tétons comme deux hématomes qui se soulèvent, douloureux au frôlement. Après, les sécrétions vaginales comme des mucosités fraîches et blanchâtres. Le poil frisé. Les stries. Le sang. Cette chose incomplète et indéfinie qui vous répugne en nous est tout aussi répulsive pour moi. L'enfance se termine par la création d'un monstre qui se traîne dans la nuit : un corps désagréable impossible à éduquer. La puberté fait de nous des hommes et des femmes-loups, des hyènes, ou des reptiles, et à la pleine lune nous voyons comment nous nous égarons (quoi que nous soyons).

J'ai récemment écrit un poème à ce sujet :

Au fond de moi il y a une mère sans visage :
un Dieu
aux tentacules aériens
traversant la saison la plus blanche de la nature.

Sa poitrine est un jardin aux légumes mordus ;
un étang mère des anacondas
un utérus déambulant
une mâchoire
qui mouille mon cœur
de son lait parfait.

Comme vous avez dû le remarquer, je suis assez bonne en écriture. Fernanda dit qu'elle préfère ma prose, mais parfois j'écris des poèmes parce que les poèmes font très peur. D'ailleurs, je viens d'inventer un vers pour parler des règles : « Mon utérus carnivore : une plante qui déglutit des insectes de sang. » Je ne sais pas comment étaient vos douleurs menstruelles pendant l'adolescence (on dit que cela s'atténue avec l'âge) mais les miennes sont si fortes qu'elles me font transpirer et vomir un liquide dense et transparent qui ressemble à la bave du monstre dans *Alien*. Parfois, quand la douleur est si intense et qu'elle dure pendant des heures, je m'évanouis. En réalité, je ne me suis évanouie que deux fois, mais j'aurais aimé que ça arrive plus souvent parce qu'alors la douleur s'évapore, comme le temps lorsque nous dormons. Quand cela m'arrive, c'est comme si mon utérus se dévorait lui-même et qu'il n'y avait rien d'autre au monde que ce cannibalisme interne. À l'âge blanc, notre corps nous soumet, mais ceux des autres nous soumettent aussi. À onze ans, par exemple, j'ai commencé à remarquer que les hommes, et certaines femmes aussi, me regardaient bizarrement, comme s'ils avaient un escargot dans les pupilles. Vous voyez sûrement de quoi je veux parler, Miss Clara. Des regards qui me déshabillent en pleine rue et au lycée. Les jeunes et les vieux ont les mêmes langues-limaces qui glissent hors de leur bouche, et tout cela tandis que mes hanches s'ouvrent et que ma voix ressemble de plus en plus à celle d'une sirène de Disney. C'est comme s'ils avaient des mains dans leurs yeux et que mes seins se gonflaient en même temps que leurs doigts. Il y a cinq mois, à une réunion de famille, j'ai surpris mon oncle en train de reluquer mes jambes (Fernanda dit que c'est normal, que tous les oncles, en particulier les oncles par alliance, sont des porcs). Quoi qu'il en soit, ces changements m'ont affectée plus qu'ils n'affectent d'autres personnes. Mes amies, par exemple, ne comprendraient pas. Même Fernanda ne comprendrait pas, même si ça m'est égal à présent, vu qu'on ne se parle plus. Parfois je fais des cauchemars dans lesquels je me fais violer par mes professeurs, par le jardinier, par mes oncles, par mon frère, par mon père… Y avez-vous déjà pensé, Miss Clara ? Avez-vous pensé à quel point il est facile pour n'importe quel homme de nous violer ? C'est comme si nous étions faites pour cela, pour être prises de force, pas seulement par les hommes mais aussi par nos mères. Quand j'étais petite, c'est ma mère qui me lavait. Elle l'a fait jusqu'à mes dix ans parce que, d'après elle, je ne me nettoyais pas bien toute seule. À vrai dire, elle m'a toujours reproché de manquer d'hygiène, mais je vous assure, Miss Clara, que j'étais une enfant très propre. Toujours est-il que ma mère avait l'habitude de parler de tout et de n'importe quoi en me lavant (de l'école, de l'église, de mes tantes, du week-end, des employées de la maison, du professeur Tito, de la prélature de l'Opus Dei) et elle finissait toujours, d'une façon ou d'une autre, par me parler de cas horribles de filles séquestrées, violées et assassinées, dont elle entendait parler, avec une certaine fascination, sur une chaîne de télé qui ne diffusait que ce genre de crimes. Elle commençait ses histoires en me disant : « Tu sais ce qui est arrivé à la petite fille qui a parlé avec un inconnu » ou « qui a désobéi à sa mère et qui est sortie de chez elle toute seule » ou « qui n'a pas su dire non » (dans ses récits, c'était toujours la faute de la petite fille). Et après m'avoir donné les détails les plus scabreux de l'histoire, elle me répétait, une fois de plus, quelles parties de mon corps personne, à part elle, ne pouvait toucher. Elle me disait : « Si un jour tu te perds et que quelqu'un te dit qu'il va te ramener à la maison, ne le crois pas, ça peut être un homme méchant. Ne te fie pas non plus aux femmes, parce qu'il y a des femmes méchantes qui emportent les petites filles pour les livrer à des hommes méchants. Anne, ma chérie, tu ne peux te fier qu'à ta famille ; le monde est plein de gens méchants qui veulent faire des choses terribles à des jolies petites filles comme toi. Il y a des hommes malades qui cherchent à mettre leurs doigts et d'autres choses dans cet endroit secret et délicat par où tu fais pipi. Tu aurais très mal si cela t'arrivait, et peut-être même que tu en mourrais comme ces petites filles de la télévision. C'est pour cela que tu dois m'écouter, ne pas t'éloigner de moi quand on sort et bien t'asseoir. Il est très important de bien t'asseoir. Si tu ne t'assieds pas bien, des hommes méchants pourraient voir ton endroit secret et avoir envie de t'enlever pour te faire des choses méchantes. Tu ne dois pas non plus montrer ta langue parce que tu pourrais donner des idées bizarres à des hommes méchants, très méchants. C'est pour ça, Anne, ma chérie, que tu dois bien t'asseoir et bien fermer la bouche, tu comprends ? Mais ces paroles m'ennuyaient et n'avaient aucun sens pour moi. En fait, je détestais qu'elle me lave parce que son alliance rentrait dans mes fesses et dans ma vulve et que c'était froid et désagréable, exactement comme j'imaginais que ça serait si un homme méchant m'enfonçait ses doigts rustres, plus gros que ceux de ma mère. Ç'a été bien plus tard, lorsqu'elle a décidé que j'étais assez grande pour me laver toute seule, que j'ai commencé à me soucier de la façon dont je m'asseyais devant mes profs, mes oncles, mes cousins ou mes amis. Je faisais attention à m'asseoir correctement, les jambes serrées, même devant mon père et mon frère. J'ai aussi développé une aversion particulière envers tous les hommes portant des bagues, surtout si elles étaient grosses et reluisantes comme celles de ma mère. Cette inquiétude a peut-être commencé au moment où j'ai remarqué que les hommes avaient cessé de me regarder comme une petite fille. Ou pas. Peu importe. Le fait est que m'asseoir avec les genoux bien serrés et fuir les gens qui avaient des bagues est vite devenu une obsession. Je ne croisais même pas les jambes, parce que cela faisait remonter de quelques centimètres la jupe de l'uniforme scolaire ou les robes que ma mère me forçait à porter, et si quelqu'un le remarquait et me regardait (et si ce quelqu'un était un homme et qu'en plus il portait des bagues), je me sentais coupable et j'en étais malade. Avec le temps, j'ai réussi à enlever de mon armoire les jupes et les robes, mais au lycée je suis encore obligée de mettre l'uniforme. Pourquoi les uniformes scolaires sont-ils si différents pour les garçons et pour les filles, Miss Clara ? Pourquoi on est obligées de porter des jupes, nous ? J'ai eu beaucoup de mal à me réconcilier avec ça, et avec les bagues. Parfois, en cours, j'oubliais mon corps et, sans le vouloir, j'écartais tellement les jambes que n'importe qui placé en face aurait pu voir ma culotte. Alors je me mettais à trembler et à avoir la nausée, surtout si c'était un professeur homme, et pas une femme, que j'avais devant moi. Le pire était d'imaginer que Mister Alan, Mister Hugo, Mister Mario ou Mister Rodrigo voyait ma culotte. Ça me dégoûtait tellement d'y penser que j'ai inventé une punition qui m'aidait à me rappeler de garder une posture correcte. Entre ma chaise et mes cuisses, je plaçais un compas de telle manière que la pointe appuie presque sur ma chair. Si je bougeais, elle s'enfonçait. Je devais donc rester vigilante et consciente de mon corps si je ne voulais pas me faire mal. C'était ma façon de garder le contrôle (et de gagner la bataille, même si la guerre était perdue d'avance). Le plus dur était de conserver la même posture pendant des heures. J'avais les jambes engourdies mais j'étais obligée de le faire si je ne voulais pas me sentir coupable. Parce que c'était ma faute si un prof voyait ma culotte, vous comprenez ? Et j'ai fait cela pendant tous les cours de sixième, cinquième et quatrième, hormis quand le professeur était une femme. Les professeurs femmes ne me dérangeaient pas, même si je ne sais pas vous dire pourquoi. Je déteste encore le désir sur le visage des hommes, même avant qu'il n'apparaisse, et je fais encore attention à bien m'asseoir, les jambes bien serrées. Je ne peux pas dire que j'ai complètement dépassé ce stade, mais au moins je ne m'impose plus de punition, et c'est déjà bien. Mais il me semble que je n'ai pas été suffisamment explicite au sujet de l'angoisse que cette étape initiale a représenté pour moi. Peut-être qu'une seconde anecdote permettra de mieux vous l'expliquer : il y a un an, ou peut-être deux, alors que je me changeais dans ma chambre, ma mère est entrée pour me reprocher mes mauvaises notes. Elle a laissé la porte ouverte et, quelques secondes après, mon père et mon frère sont entrés à leur tour pour venir se plaindre qu'ils avaient faim et que le repas refroidissait sur la table (chez moi, il y a une règle d'or : on ne commence pas à manger tant que tout le monde n'est pas assis et n'a pas fait sa prière pour tous les désemparés de la terre, qui sont toujours les autres et jamais nous). J'ai instinctivement caché mes seins avec mes mains et ma mère m'a regardée comme si j'avais fait quelque chose d'impardonnable. « Mais pourquoi tu fais ça ? Pourquoi tu te caches ? C'est ton père et ton frère ! Tu as vraiment l'esprit mal tourné ! C'est ta famille ! » m'a-t-elle dit pour me faire culpabiliser. Mais malgré ces paroles, je n'ai pas enlevé mes mains, je ne les ai pas laissés voir mes seins. Je n'ai pas pu. Alors maman m'a saisi les poignets et m'a forcée à les découvrir. « Crétine ! On est ta famille ! » a-t-elle crié en me secouant. Vous pouvez imaginer pareille humiliation, Miss Clara ? Mes seins avaient l'air de deux morceaux de gélatine, deux bouts de graisse stupides et inégaux. Je n'ai même pas osé regarder papa ou Pablo dans les yeux, mais je savais qu'ils regardaient parce que j'ai senti la force de leurs pupilles sur ma nudité. Du coup, un jour, pour me venger, je suis entrée dans les toilettes pendant que mon frère urinait, et j'ai lancé la force de mes pupilles sur son pénis rosâtre et maigrichon et je lui ai dit que j'étais sa famille. Ensuite, je suis rentrée dans la salle de bains de mes parents pendant que mon père se douchait, j'ai regardé son pénis tordu vers la gauche et je lui ai dit : « Je suis ta famille. » Ma mère m'a frappée sur la tête avec une brosse quand elle l'a su, mais je lui ai pardonné parce que huit ans auparavant, quand elle était enceinte de Pablo, je l'avais frappée sur le ventre avec cette même brosse. Je me rappelle qu'elle m'avait traitée de « méchante » à l'époque, mais la « méchante », c'était Fernanda, qui a toujours été dans l'âge blanc et qui a tué son petit frère. Vous le saviez ? Moi, le mien, je lui ai juste donné un coup avant qu'il naisse et j'ai souhaité sa mort, comme toutes les grandes sœurs. Je parie que vous ne saviez pas cela de Fernanda, Miss Clara. Certains professeurs le savent. Le psychologue du lycée le sait. Tout le monde dit que c'était un accident. Fernanda ne se souvient pas de ce qui s'est passé, alors ses parents la font suivre par un psychanalyste pour qu'il la convainque que c'était un accident, mais c'est absurde parce que personne ne sait ce qui est vraiment arrivé.

Bref.

Il y a deux ans, au cours de l'une de ces nombreuses nuits où je suis restée dormir chez Fernanda, un changement important s'est produit. Jusqu'alors, et pour des raisons évidentes, je n'avais jamais ressenti d'excitation sexuelle. Le sexe, et tout ce qui avait un lien avec le sexe, ne m'inspirait que du dégoût et de la peur (si on y pense, il y a quelque chose de primitif et d'obscur dans la sexualité : quelque chose qui sommeille mais qui est dangereux et incontrôlable, quelque chose qui explose, comme les volcans de votre livre). Fernanda, en revanche, m'avait raconté qu'elle se masturbait depuis l'âge de cinq ans, mais moi je ne l'avais jamais vue faire et j'avais fini par croire que c'était un mensonge (c'est normal de se mentir entre copines, pour s'impressionner, peut-être que vous le faites aussi avec les vôtres et que vous savez de quoi je parle). Cette nuit-là elle a cru que je m'étais endormie ; je le sais parce qu'elle m'a appelée par mon prénom et que je ne lui ai pas répondu. Quelque chose m'a poussée à rester immobile et à faire semblant de ne pas l'entendre, peut-être la curiosité. Au fond, je voulais peut-être la surprendre en train de faire quelque chose d'intime, mais je vous assure que j'ignorais ce qui allait arriver. En réalité, je n'ai rien vu parce que j'avais les yeux fermés. Mais il y a des choses qui n'ont pas besoin d'être vues. Le lit s'est mis à trembler et je n'ai pas pu respirer. Fernanda s'est mise à émettre des sons qui ressemblaient à des gémissements de douleur teintés d'une nuance difficile à décrire. Évidemment, à ce moment-là, moi qui ne m'étais jamais masturbée, j'ai eu envie de le faire. C'était surprenant et déconcertant à la fois. Ma famille et mon éducation ont toujours été, comme vous le savez, dévouées à l'Œuvre. J'ai, depuis toujours, entendu des choses terribles concernant la masturbation. D'une certaine manière, j'en étais venue à penser que le faire me transformerait en animal ou en créature méprisable. Je me disais que, si je le faisais, les transformations de mon corps se refermeraient sur moi comme un cercle macabre irréversible. Je n'ai rien fait cette nuit-là, mais le désir de me toucher est né là, près de Fernanda qui contractait ses muscles sous son drap à petits poneys rouges. Les jours suivants, j'ai éprouvé une étrange sensation. Lorsque je me regardais nue devant le miroir, je sentais d'abord un rejet proche de la haine envers chaque recoin de mon visage, envers ma taille et celle de mes tétons, envers ma peau et mes taches de rousseur, puis une horreur asphyxiante s'emparait de moi, de mon corps qui, parfois, semblait appartenir à une autre créature cherchant à m'expulser de moi-même. Pendant un certain temps, j'ai eu recours à une technique qui m'a permis d'éviter de me masturber : lorsque l'envie de me toucher devenait pressante, et que j'étais seule, je repassais dans ma tête les plus sinistres cauchemars de viol que j'avais faits au cours des nuits précédentes. Normalement, cela suffisait à me calmer. Dans un de ces cauchemars, par exemple, Pablo, dont la peau s'était transformée en lait caillé, enfonçait ses doigts dans mon vagin. Vous imaginez bien, Miss Clara, que me rappeler ce genre de scènes suffisait largement à éteindre toute excitation en moi. Mais, même si cela a plutôt bien fonctionné pendant quelques semaines, à la longue, j'ai fini par céder à mes impulsions, parce que je me suis dit : « Si Fernanda peut le faire sans qu'il lui arrive rien de mal, alors moi aussi. » En plus, repenser à mes cauchemars me provoquait un hoquet nerveux et me donnait des nausées qui mettaient des heures à disparaître. Alors je me suis masturbée. Les premières fois, je l'ai fait quand tout le monde dormait, protégée par la nuit, envahie d'une timidité et d'une culpabilité indescriptibles. Au début je n'utilisais que mes mains, mais j'ai ensuite essayé avec des objets. Un jour, ma mère m'a demandé de me laver les dents en me reprochant d'avoir mauvaise haleine devant toutes ses copines du club de badminton, alors je me suis enfermée dans la salle de bains et je me suis masturbée avec sa brosse à dents. C'était un enfantillage, je sais, mais je ne regrette pas, parce que ma mère ne regrette jamais rien. Elle adore se plaindre de moi en public et dire, devant le dentiste par exemple, que je ne me brosse pas bien les dents, que je suis sale, et elle répète tout le temps que je suis « une petite godiche idiote » qui n'écoute rien. C'est comme ça qu'elle commence à m'insulter, elle me traite de « petite godiche idiote », puis elle dit que j'ai des mauvaises notes, et qu'il faut se lever de bonne heure pour me faire comprendre la logique des mathématiques et de la grammaire (c'est vrai que je suis nulle en maths, Miss Clara, mais je me débrouille bien avec les mots, même si elle ne le sait pas). Toujours est-il que quelques jours après, une chose étrange s'est produite pendant que je me masturbais. Ou peut-être que cela se produisait depuis le début, depuis la première fois, mais que je ne pouvais pas le savoir, parce que je le faisais les yeux fermés, comme à l'insu de moi-même et de la faute qui me faisait pleurer et me donnait la nausée. Un jour, au petit matin, alors que je me touchais en imaginant mon téton gauche entre les dents de Fernanda, j'ai ouvert les yeux et j'ai vu, près de la chaise de ma chambre, une silhouette blanchâtre, dense et allongée qui se détachait dans l'ombre comme si elle l'avait déchirée pour y entrer. En la voyant je me suis dit que ça ne pouvait pas être réel, que ça devait être une illusion d'optique provoquée par mon désir, mais elle est restée là, à battre comme un cœur de rhinocéros, s'élargissant et recouvrant tout l'angle de la pièce ; engloutissant la chaise, la fenêtre et le miroir accroché au mur. Je ne saurais pas expliquer l'horreur que m'a inspirée sa netteté, son absence de forme animale ou humaine, sa texture gluante, très blanche et sa taille grandissante. Pourtant, malgré ma peur et l'insupportable odeur de nid d'abeille, je n'ai pu ni crier ni arrêter le mouvement de mes mains sur mon sexe. Vous devez me croire, Miss Clara : j'étais terrifiée comme jamais je ne l'avais été, et pas par un produit de mon imagination, mais par quelque chose de réel, de grotesque et de colossal, grandissant là, sous mes yeux. Je voulais bondir hors du lit et courir vers la chambre de mes parents, mais une force a pris le contrôle de mon corps, qui, en plus d'être effrayé, était énormément excité. Tout ceci est impossible à expliquer, ça a eu lieu, voilà tout. J'étais paralysée parce que, même si je bougeais, les mouvements sur mon clitoris n'étaient plus les miens, vous comprenez ? Je voulais stopper mes mains, mais c'était comme si ma tête et mon corps étaient deux choses dissociées l'une de l'autre. Ce que j'ai ressenti était très complexe : un chaos de répulsion, d'horreur et de désir. Et tandis que j'approchais de l'orgasme, l'énorme blancheur s'est avancée vers moi comme en suçant la distance, et en quelques secondes, j'ai perdu connaissance.

Il y a quelque chose qui relie le plaisir à la douleur et à la peur, ne croyez-vous pas ? Je ne sais pas exactement ce que c'est, mais ça a quelque chose à voir avec ce trou qui enfle dans notre estomac lorsque nous sommes sur le point de tomber. Ce que j'ai ressenti cette nuit-là ressemblait à ça, à ce vertige des hauteurs qui fait perdre l'équilibre et, en même temps, rend plus conscient que jamais d'être un corps, un corps destiné à mourir. C'est drôle, mais la plupart du temps nous oublions que nous sommes des animaux composés d'organes cauchemardesques. Le cœur, par exemple, est un organe terrifiant. Il est toujours là, à battre sans qu'on y pense, parce que, si on y pensait, peut-être qu'on apprendrait à le craindre. Je me rappelle encore la première fois que j'en ai vu un, pas en photo, ni en vidéo, ni en illustration, mais un vrai, devant moi. C'était au labo, il y a trois ans, en cours de biologie. Miss Carmen nous avait demandé de nous asseoir en binômes et avait déposé sur notre paillasse un cœur de vache. Sa couleur (un rouge couronné d'un blanc graisseux) et sa forme m'ont paralysée. Ça m'a fait peur, je l'avoue : j'ai pensé (parce que personne ne m'avait encore expliqué que le cœur des vaches et celui des gens avaient une taille différente) que mon cœur était comme celui-là, de cette taille titanesque, et je l'ai imaginé en train de pousser mes côtes vers l'extérieur et de pulser mon sang au centre de ma poitrine à travers ses affreuses veines. Plus je le fixais sans pouvoir en détacher les yeux (comme vous le faites en cours lorsque l'on s'approche trop de vous), plus je le trouvais monstrueux, si différent des petits cœurs de carte postale ou des émoticônes, si laid : un bout de muscle asymétrique qui semblait avoir été mordu par un requin. Dégoûtée et effrayée comme je l'étais, j'ai commencé à écouter et à ressentir mes propres battements, qui s'accéléraient, devenaient de plus en plus profonds, et j'ai compris cette chose terrible : moi aussi j'avais un cœur. Ça a l'air bête, je sais, mais ce n'est pas pareil de savoir quelque chose que de le sentir et d'en faire l'expérience, et à ce moment-là j'ai fait l'expérience d'avoir un cœur. C'était plaisant et abominable à la fois. Et pendant que Fernanda ouvrait à l'aide d'un bistouri le cœur de la vache pour en révéler le ventricule gauche et le ventricule droit, j'ai pensé : « Je suis vivante. La vache à qui appartenait ce cœur est morte, mais moi je suis vivante. » C'est ce que j'ai ressenti, en plus fort, après avoir vu cette étrange manifestation du Dieu Blanc pendant que je me masturbais, sauf qu'en plus de faire l'expérience d'être un cœur, j'ai fait l'expérience d'être des poumons, de la peau, un cerveau, un nez, une langue, un nombril, un clitoris, des doigts... Tout mon corps avait pris part à cette masturbation sur laquelle je n'avais aucun contrôle.

Enfin, je veux que vous soyez sûre que je n'invente rien : tout le monde est capable de faire la différence entre la réalité et le cauchemar, entre le réel et l'imagination. Il n'y a que les fous qui oublient la différence, mais moi je ne suis pas folle. Je sais ce que j'ai vu. Et puis, même si je l'avais imaginé, si cette apparition blanche n'avait été que dans ma tête, pourquoi en serait-elle moins vraie ? Ma pensée existe et tout ce qu'elle projette sur le monde aussi. Ce que je suis en train de vous raconter existe parce que ma pensée est ma réalité. Et je ne veux pas dire par là que je l'ai inventée : je dis que si cette présence blanche n'a été présente que pour moi cette nuit-là, qu'importe. Pourquoi en serait-elle moins vraie ? Parce que finalement, ce qui importe, ce n'est pas ce qui est réel, mais ce qui est vrai. Il me semble que la différence entre l'horreur blanche et l'horreur cosmique est là, parce que même si les deux nous dépassent et nous font nous sentir minuscules et écrasables, comme des fourmis face à quelque chose de gigantesque, de puissant et d'insaisissable, dans les meilleurs récits de Lovecraft, l'atmosphère de réalité est fondamentale, tandis que l'horreur blanche peut se passer de la vraisemblance de l'atmosphère parce que c'est une expérience de la pensée et des sens. Mais revenons-en à ce qui m'est arrivé cette nuit-là : j'ai perdu connaissance (chose qui ne m'était arrivée que lors de mes pires douleurs menstruelles), et quand je me suis réveillée, le jour était déjà levé. Malgré cela, j'ai remarqué, dans les quelques secondes qui ont suivi mon réveil, qu'un morceau de moi avait changé à tout jamais : cette tache dense, gluante et blanche, semblable à mes sécrétions vaginales, était une apparition de mon Dieu Blanc. Un désir et une horreur infinie suspendus au même fil et que j'avais besoin de revoir. J'ai honte de l'écrire, mais je n'ai jamais eu autant de plaisir que cette nuit où j'ai perdu le contrôle. Pour la première fois, j'ai ressenti une véritable horreur. Et cette horreur était, aussi, un orgasme.

Mon âge blanc est devenu tangible depuis ce jour-là, mais ça c'est une autre histoire que je ne peux pas vous raconter maintenant. L'essentiel est que nous sachions toutes les deux ce qu'est capable de faire cet âge des corps. Vous avez peur d'être contaminée ou d'être blessée par ce que j'incarne, mais moi je suis déjà contaminée et je suis déjà blessée. Vous avez peur de nous parce que vous nous avez vues, et que vous ne pouvez pas connaître ce que vous voyez : voilà pourquoi vous fuyez, mais moi je ne peux pas me fuir. Vous avez peur qu'on vous fasse ce que vous ont fait vos anciennes élèves, mais il est en train de m'arriver la même chose qu'à elles et moi j'ai la même envie qu'elles, l'envie de faire ça à mes parents, à la directrice et à tous les profs du lycée. Je vous écris tout cela parce que vous êtes la seule à comprendre, parce que, quelquefois, il est nécessaire de parler avec quelqu'un qui comprend ce qu'est la peur.

J'ai fini.

XXII

A : Tu sais quelle est la pire chose qu'on peut faire à sa meilleure amie ?

F : Oui, je sais quelle est la pire chose qu'on peut faire à sa meilleure amie.

A : À sa sœur jumelle.

F : À sa siamoise parfaite.

A : La pire chose qu'on peut lui faire, c'est la trahir.

F : La pire chose qu'on peut faire à son égale, c'est lui tourner le dos.

A : À sa sœur.

F : À son double.

A : C'est la seule chose qu'il ne faut pas faire.

F : C'est la seule chose que jamais je ne ferai.

XXIII

Ses tennis étaient usées et il était là le détail terrible. Clara les inspecta de plus près : la semelle avait des trous qu'elle n'aurait pas pu avoir faits, même si elle les avait utilisées fréquemment, parce que ses chaussures avaient tendance à s'abîmer sur les côtés, jamais au niveau des talons – depuis qu'elle était petite, elle marchait presque sur la pointe des pieds, même si cela lui faisait mal au dos et aux orteils, et même si elle avait essayé pendant des années de corriger cette démarche (surtout quand elle avait commencé à apprendre à marcher comme sa mère), elle soulevait encore parfois les talons du sol involontairement. Quelqu'un comme elle – qui avait hérité (ou adopté) les rituels immuables du comportement maternel – ne pouvait s'empêcher de remarquer qu'il y avait, depuis plusieurs jours, des changements dans son environnement, des intrusions minimes, comme sa brosse à cheveux posée du mauvais côté de la table de nuit, ou son chargeur branché sur une autre prise que celle où elle l'avait laissé en partant au travail, ou le cadre en argent avec la photo de sa mère qui se retrouvait sur le coin opposé de la commode. Tous les matins, avant d'aller au Collège-Lycée bilingue Delta, *High-School-for-Girls*, elle remettait la brosse, le chargeur et le portrait à leur place, et tous les après-midi, quand elle rentrait, ils avaient bougé. La nuit, les cuillères changeaient de tiroir et les tiroirs s'ouvraient. Clara savait que ce qui arrivait à ses chaussures n'était pas une hallucination. La zone du talon était particulièrement abîmée, même si le reste de la semelle aussi présentait une usure manifeste, comme si quelqu'un les avait enfilées pour aller courir un marathon – quelqu'un qui n'était pas elle, évidemment, parce que Clara ne faisait pas de sport, et encore moins dans la rue où tant de gens étaient prêts à la regarder et à lui dire des choses qu'elle ne voulait pas entendre. À l'intérieur des tennis subsistaient les traces des orteils de l'intruse : des petits doigts sombres, ronds et boudinés qui ne lui appartenaient pas. Les chaussures – devenues soudain l'objet de sa peur – sentaient le chewing-gum, le caca de chien et, si elle les exposait à la lumière – ce qu'elle fit –, la semelle brillait un peu, comme s'il y avait des restes de sable ou de paillettes dessus, ou peut-être de la poussière venue de la cour de récréation du lycée. Pourtant, Clara ne les avait jamais portées, et encore moins sorties de chez elle; de cela, elle était sûre. Sa mère les lui avait offertes le jour de son vingtième anniversaire, juste après que le médecin lui avait annoncé que la santé de sa fille s'améliorait et que son inquiétant trouble anxieux se résorbait. Depuis ce jour-là, elles étaient restées dans l'armoire, intactes, oubliées mais à l'abri du mal, car c'était un des seuls cadeaux que sa mère avait osé lui faire. Voilà pourquoi, lorsqu'elle remarqua leur usure, Clara fut prise d'une panique qui lui comprima les articulations des doigts et elle comprit que la terreur pouvait tenir dans le paysage accidenté d'une semelle.

Sa paupière – tremblant comme un papillon à l'agonie

qu'elle frappait sans cesse de sa paume ouverte – pouvait elle aussi devenir un paysage accidenté, renfermer la terreur, mais elle préférait ne pas trop y penser.

Après avoir passé plusieurs minutes à les observer, à les sentir, à les gratter, Clara lâcha ses chaussures et se précipita dans les toilettes pour vomir. Au cours des nuits les plus difficiles de la semaine, elle ouvrait et fermait les portes des chambres, déambulait pieds nus dans les couloirs, s'assurait à plusieurs reprises que fenêtres, serrures et tiroirs étaient bien fermés, entrait et sortait de sa chambre, soupirait, changeait de position dans son lit pour la centième fois, pour la cent quinzième fois, et les ressorts du matelas sous le poids de son corps composaient une plainte, une supplique. Elle allumait une bougie parfumée et la fumée montait comme un appel au secours jusqu'à ce que, en l'absence de réponse à son message, elle finisse par fredonner des chansons d'Antonio Machín – parce que c'était le chanteur préféré de sa grand-mère morte et la seule chose qui réduisait un peu sa transpiration – comme un oiseau déphasé qui persistait à vouloir chanter la nuit, un oiseau de dessin animé qui becquetait son crâne tous les matins, brisant la coquille du repos de la mère morte dans sa tête. Ces longues nuits jaunies au cours desquelles elle vérifiait deux, trois, quatre fois en moins d'une heure que la porte de sa chambre était bien fermée étaient peuplées de sons que Clara voyait les yeux fermés. Elle voyait de petits ongles griffer le fauteuil imprimé tigre, des rires dans la cuisine, des pas rapides comme si quelqu'un tapotait maladroitement le sol du salon et le clignement d'un œil qui la regardait dormir à travers le trou de la serrure – si le silence était parfait, disait la mère morte qui vivait dans sa tête, on pouvait entendre de loin jusqu'aux battements des paupières.

Et même si ces phénomènes n'avaient commencé qu'après son histoire avec les M&M's, et qu'elle avait un temps cru que tout était dans sa tête, et que certaines nuits il ne se passait rien et que le langage des bruits s'éteignait alors, les chaussures venaient de réveiller en elle une nouvelle crise de panique, des palpitations grimpant le long de sa gorge telle une éruption de sang, et lui avaient fait repenser – la tête appuyée sur la cuvette des toilettes – à ce que son élève lui avait confessé : « Vous voulez que je vous raconte ce que m'a fait ma meilleure amie ? Si je vous le raconte, vous me promettez de ne pas vous fâcher ? »

Les phénomènes avaient commencé avant la confession d'Annelise Van Isschot et avant l'essai alambiqué qu'elle avait déposé sur son bureau, mais ce ne fut qu'après l'avoir lu que Clara commença à comprendre que sa peur – cette sensation d'asphyxie qui enflammait sa poitrine et la peuplait de tentacules – ne déformait pas la réalité mais l'élargissait. Sans le vouloir, elle avait découvert – par le truchement de la longue langue d'Annelise – que sa peur panique était une vérité qui se dilatait dans le mouvement des choses. Si elle l'avait su depuis le début – comme disait sa mère morte pour accentuer le côté dramatique de ses discours de repentance –, elle aurait fait plus attention, mais quand elle avait demandé à son élève d'écrire un essai pour la punir d'avoir bavardé avec Analía Raad en cours, Clara n'imaginait pas une seconde qu'elle rapporterait chez elle un texte aussi délirant qu'obscène. Elle le lut sur son lit, à la lumière d'une vieille lampe, et en arrivant à la fin elle ne savait pas si elle devait être en colère ou juste perturbée. Elle relut plusieurs passages dans l'intention de comprendre, d'élucider la raison de son anxiété chauffée à blanc, et elle comprit qu'outre la perversité du récit intime, ce qui l'angoissait était la maturité de cette écriture, qui semblait correspondre à un esprit plus âgé, et la connaissance indéniable que son élève avait de sa peur — « Tu dois te protéger de tes élèves, Génisse, lui disait sa mère en prenant un air de voyante tandis qu'elle aspirait la fumée de son joint. Elles apprennent plus vite que leurs enseignantes. » Même si sa relation avec Annelise s'était améliorée grâce aux cours particuliers de littérature du vendredi, le fait qu'elle lui ait révélé des détails aussi intimes dans un devoir la décontenançait ; elle ne savait même pas si ce qu'elle y racontait était vrai, mais pour une raison ou une autre tout cela lui répugnait terriblement. « Pourquoi as-tu écrit cela ? lui demanda-t-elle lors d'une de ces colles. — Parce que c'est ce que je voulais », lui répondit-elle, alors que les traces des coups donnés par sa meilleure amie avaient disparu. Les adolescents étaient naturellement insolents, mais Annelise l'était d'une façon hiératique qui réveillait en Clara les pires impulsions. Quand elles parlaient de volcans enneigés et de littérature de terreur, tout allait bien, mais parfois elle découvrait un sourire en coin, retenu aux commissures de ses lèvres tandis qu'elle feignait de l'écouter. « Ce que tu as écrit sur moi n'est pas vrai. Je n'ai pas peur de mes élèves, moi, dit Clara en lui rendant sa copie. — Si, vous avez peur de nous. Voilà pourquoi je dois vous dire la vérité. » Chez elle, elle fermait les fenêtres et tirait les rideaux tous les jours même si elle savait que l'après-midi, en rentrant de son travail, elle les retrouverait ouverts. « La vérité c'est que Fernanda et moi avions élaboré un plan pour vous faire peur, mais maintenant on n'est plus copines. » Parfois, au petit matin, elle entendait des tas de petits cailloux cogner contre une surface irrégulière. « Nous avons cherché votre adresse parce qu'on voulait s'amuser à vous faire peur. » Elle ne voulait même pas imaginer la taille des doigts qui, chaque nuit d'insomnie, poussaient les cailloux au plus profond de son ventre. « Je sais que c'est mal d'être allées vous épier depuis le trottoir d'en face, mais on l'a fait. » La nuit, elle était sûre d'entendre ce ronronnement de pierres, un halètement derrière la serrure et un grésillement de cils, continu et inexplicable. « C'était Fernanda qui voulait rentrer chez vous, lui dit-elle. C'était son idée. »

Ces derniers jours avaient été terribles. La trace des orteils courts et grassouillets pouvant appartenir à n'importe laquelle de ses élèves lui donnait des haut-le-cœur dès qu'elle regardait les chaussures. Selon Annelise Van Isschot, Fernanda voulait rentrer chez sa professeure parce que lui faire peur lui semblait aussi exaltant que gravir une montagne et crier par-dessus les nuages. « Elle voulait qu'on rentre et qu'on change les objets de place. Elle voulait qu'on rentre plusieurs fois sans que vous vous en rendiez compte. » Les M&M's étaient entrées chez elles en passant par la cour puis par la fenêtre de la cuisine qui avait maintenant des grilles – et même si Clara était absente à ce moment-là, et même si pendant le procès ce qui avait été dit était différent, elle était capable de reconstruire fidèlement la scène grâce aux cafards qui pondaient leurs œufs dans sa tête. Elles avaient cassé trois assiettes de sa mère qui se trouvaient près de l'évier et, sous prétexte de chercher des sujets d'examen, elles avaient rôdé dans la maison pendant quelques minutes – pas plus de cinq, avait-elle calculé. Elles avaient juste eu le temps de fouiller le salon quand Clara était arrivée et s'était retrouvée nez à nez avec deux élèves en uniforme. Au début, avait-elle expliqué aux autorités, elle n'avait rien remarqué d'anormal, hormis une orange qui roulait à plusieurs mètres de la porte de la cuisine, mais ensuite – en la ramassant – elle avait vu Malena Goya et Michelle Gomezcoello au bout du salon, tout près de la radiographie de la colonne vertébrale de sa mère, et ç'avait été comme si soudain il faisait nuit en plein jour. Clara se souvenait d'avoir étouffé un cri qui avait ensuite gonflé en elle comme une vague de peaux la submergeant, et lorsque enfin elle avait pu articuler quelque chose, avec une voix qui ne ressemblait pas à la sienne – qui ne pouvait pas être la sienne puisque celle-ci était engloutie sous des couches de couenne –, elle leur avait dit de rester là où elles étaient, que surtout elles ne bougent pas, qu'elle allait appeler la police. Alors, l'orange sale encore dans la main droite, elle s'était dirigée vers le téléphone et elle avait commis sa première erreur : leur tourner le dos. « Les deux adolescentes avaient de très mauvaises notes dans votre matière, avait dit la défense pendant le procès. Les deux adolescentes viennent de foyers à problèmes. » Clara croyait savoir de quel genre de filles il s'agissait parce qu'elles étaient plutôt calmes et passaient inaperçues parmi leurs quarante-cinq camarades de classe. « Les deux assurent avoir souffert de harcèlement pendant les cours de lettres. » Elles étaient souvent absentes, ne rendaient pas leurs devoirs et trichaient en classe. « La question est de savoir, monsieur le juge, si ces adolescentes auraient fait ce qu'elles ont fait si le lycée leur avait permis de s'intégrer, c'est-à-dire, si on s'était occupé d'elles au lieu de les ignorer. » Mais on ne pouvait jamais savoir quel genre de fille était une fille, pensait Clara. « Regarde ça, lui avait dit un jour Ángela dans la salle des profs. Une de mes élèves a fouillé dans mon sac, a pris mon carnet et a dessiné ça. » Lorsque Clara s'était retournée pour appeler la police, tenant toujours l'orange sale dans sa main crispée, Malena Goya s'était jetée sur elle et lui avait mordu l'oreille tandis que Michelle Gomezcoello allait chercher un long couteau à viande dans la cuisine. « C'est une mâchoire, non ? Une mâchoire d'animal. » Clara avait essayé de se libérer de l'emprise de Malena Goya mais la petite était solide et s'agrippait à son cou. « Tu crois que celle qui a dessiné ça se moque de ma mâchoire ? » En se débattant, Clara était tombée et s'était cogné la tête contre la table de la salle à manger. « À ton avis, ce dessin est raciste ? » Elle n'avait pas eu mal mais quand elle avait essayé de se relever, elle avait été prise d'un malaise en voyant du sang sur le bord de la table. « Tu crois que je devrais en parler à la direction ? » Michelle Gomezcoello parlait en hurlant à Malena Goya, pointant vers Clara le long couteau à viande. « Je sais que c'est juste un dessin, mais ce n'est pas bien que les élèves s'insinuent dans la vie privée des enseignants. » Clara ne se souvenait pas de leurs paroles, seulement de leurs voix, pointues comme des épingles. « Ce n'est pas bien qu'elles fouillent dans nos sacs comme de vulgaires voleuses. » Et ensuite, le couteau sur son cou.

Il était devenu difficile pour Clara de rester chez elle en sachant que quelqu'un – qui n'était ni elle ni sa mère morte – utilisait ses affaires, rampait dans les couloirs ou urinait dans les toilettes sans tirer la chasse d'eau. « La question est de savoir, monsieur le juge, si rien n'aurait pu être fait pour éviter que ces deux adolescentes se sentent désespérées et menacées par des mauvaises notes au point de penser qu'agresser leur professeure était la seule issue. » Pour les juges, une enseignante était peut-être l'équivalent d'une mère, mais pour Clara, mère et fille étaient une antinomie. « Quelle est la responsabilité des adultes dans cette histoire ? » Parfois, elle sentait le déséquilibre passer à côté d'elle comme une rafale et elle écartait les bras pour se cramponner à quelque chose de ferme, mais elle ne trouvait que la chaleur de cette sensation évanescente, et ensuite, le néant : un vide que le vent n'osait pas traverser. « La vérité, c'est que même si on n'est plus copines, je sais que Fernanda rentrera chez vous pour vous faire peur », lui dit Annelise, et ce soir-là Clara crut retrouver des cheveux châtains dans sa brosse ; elle fit une pelote de ces cheveux soyeux qui n'étaient pas les siens et la jeta par la fenêtre. « Je vous le dis pour que vous n'ayez pas peur si cela arrive. » Dans la rue sombre où s'envolait la meule de foin miniature faite de cheveux inconnus, il lui sembla voir courir l'ombre d'une gamine qui disparut à l'angle. « Pour que vous sachiez, quand cela arrivera, que c'était Fernanda. » Aucun chien du voisinage n'aboya, mais les chiens étaient toujours de mauvais gardiens. « Je lui parlerai, fit Clara en dissimulant son angoisse devant Annelise. — Non, je vous en prie, ne dites rien, implora-t-elle. Fernanda me fera du mal si elle apprend que je vous l'ai raconté. » Les M&M's l'avaient attachée au fauteuil imprimé tigre avec sa corde à linge et des câbles arrachés à la télévision. « La vérité, c'est que ce n'est pas la première fois que Fernanda me frappe. » Malena Goya avait enlevé une de ses chaussettes, l'avait reniflée, avait grimacé de dégoût et l'avait fourrée dans la bouche de Clara avant de la lui fermer avec du ruban adhésif isolant qu'elle avait trouvé dans la boîte à outils. « Vous voulez que je vous raconte ce que m'a fait ma meilleure amie ? » lui demanda Annelise. Parfois, Clara se disait qu'elle avait été la Malena Goya et la Michelle Gomezcoello de sa mère. « Si je vous le raconte, vous me promettez de ne pas vous fâcher ? » Parce que mère et fille étaient une antinomie, mais les M&M's avaient été ses filles pendant les treize heures et cinquante-sept minutes qu'elle avait passées attachée au fauteuil imprimé tigre, et avec elles, Clara avait fait l'expérience d'être une mère sur la table de sa progéniture affamée.

« T'ai-je ficelée avec mon amour ombilical ? demandait-elle

parfois à la radiographie de la colonne vertébrale de sa mère. T'ai-je coupé la circulation avec la corde de mon nombril ? »

Au lycée, il y avait des centaines de cils que Clara ne savait pas écouter. Le brouhaha continu l'obligeait à se pincer la peau douillette entre les doigts de ses deux mains durant les récréations et en classe, mais quand elle rentrait chez elle, le silence lui révélait les changements : le téléphone décroché, les livres sur la table, une orange à quelques mètres de la porte de la cuisine. Elle se servait un verre de rhum, s'asseyait dans le fauteuil imprimé tigre et regardait pendant des heures la seule chose qui ne changeait jamais de place : la radiographie de la colonne vertébrale de sa mère accrochée au milieu du mur. Au Collège-Lycée bilingue Delta, *High-School-for-Girls*, les élèves sortaient une heure et demie plus tôt que les professeurs – Fernanda avait (selon ses calculs) presque deux heures pour entrer par une fenêtre, changer ses affaires de place avant de revenir la nuit pour reproduire les sons de sa mémoire. Malena Goya et Michelle Gomezcoello s'étaient relayées pour fouiller la maison, sans la quitter des yeux une seule seconde ; elles avaient essayé ses vêtements, utilisé son maquillage, vidé la bouteille de rhum sur elle, découpé aux ciseaux tous ses soutiens-gorge, et trouvé les sujets d'examen quand ils ne les intéressaient plus du tout. « On lui a fracassé le crâne, regarde comme elle saigne, cette conne. On fait quoi, maintenant ? avait dit Michelle. — Pendant qu'on réfléchit, on n'a qu'à fouiller la maison », avait dit Malena. Et quand elles s'étaient lassées de sauter sur les lits, de manger du Nutella, de jeter les chaussures dans les toilettes, de répandre du vernis à ongles dans la cuisine, et de dessiner des pénis sur le visage de leur enseignante, elles avaient décidé de lui pincer le ventre. « Regarde comment elle chiale. Ça lui fait hyper mal. C'est trop drôle. À toi, maintenant. » Elles lui avaient donné des claques, lui avaient coupé les cheveux, lui avaient enfoncé des aiguilles à coudre dans les cuisses. « T'as vu comment on l'a amochée ? Elle va le dire à la police et ma mère va me massacrer. Faudrait qu'on la tue. » Elles avaient passé la flamme de l'allume-gaz sur ses genoux. « OK, mais on la tue comment ? » Quand elles s'étaient mises à casser tous les miroirs, Clara avait pensé que sa fin était venue. « J'en sais rien, j'ai jamais tué personne, moi. » Clara regardait la radiographie de la colonne vertébrale de sa mère chaque fois que la peur lui faisait sentir qu'elle transpirait du lait. « Il y a super longtemps, moi j'ai tué un chat qui m'avait soûlée. » Sa mère ne permettait à personne de rentrer chez elles car elle disait qu'aucun escargot vivant n'invitait d'autres animaux à venir dans sa coquille. « On pourrait lui planter le couteau comme ça, *schlack*, mais il y aura trop de sang et il faudra nettoyer. » Clara avait parfois du mal à déceler les changements dans l'ordre strict des pièces. « On peut l'étouffer avec un oreiller, comme ça on évite de voir sa sale tronche. » Parfois, la seule chose qui changeait était une porte mal fermée ou un verre posé à l'envers. « Et après, on fait quoi ? Parce que moi j'ai vu dans les telenovelas que quand on retrouve le cadavre, les meurtrières se retrouvent dans la merde. » Toutes les nuits, cependant, se ressemblaient – les ressorts, la bougie, les ongles, les rires, les battements de cils. « On pourrait la pendre pour que ça ait l'air d'un suicide. » Mais de temps à autre, le bruit arythmique des pas qui s'approchaient de la porte fermée de sa chambre devenait de plus en plus fort. « Il n'y a pas moyen de faire ça bien… Je crois qu'il vaut mieux tout avouer et voilà. » Et Clara, sentant survenir une nouvelle crise de panique, avait envie d'ouvrir la porte pour tuer sa peur mais elle n'osait pas. « Ma mère va me massacrer. » Elle n'osait pas sortir parce qu'elle ne verrait pas Fernanda dans l'obscurité. « Si on la tue, ce sera bien pire. » L'obscurité ne lui permettrait pas de savoir si c'était bien elle qui battait des cils. « Si on la tue, ce sera vraiment pire. »

Toutes les voix tournaient comme des manèges de crânes dans sa tête.

« Ça fait quoi de tuer quelqu'un ? » avait demandé Malena Goya qui craignait sa mère à en pleurer. « Ça fait quoi de mourir ? » avait demandé Michelle Gomezcoello en brûlant les genoux de Clara. La folie était le degré zéro de la peur de la mort : un escalier cassé qui ne menait nulle part. C'est ce qu'elle pensa le vendredi où Annelise ferma la porte de la salle de classe et enleva son chemisier comme une seconde peau qui s'affaissa sous le poids des boutons. « Vous voyez maintenant ce que m'a fait ma meilleure amie ? lui demanda-t-elle tandis que les yeux de Clara se voilaient de sel devant le champ ouvert d'hématomes et de croûtes. Vous comprenez maintenant ce que Fernanda me fera si elle apprend que je vous ai tout dit ? »

Le silence était le son abject des cils.

Les chaussures sentaient les jeux d'enfants dans une cour d'école.

XXIV

« Je veux que tu me mordes, lui chuchote Annelise. Que tu me mordes très fort. » Sa voix est lente, comme un iguane qui lézarde au soleil. Fernanda s'abîme dans le cou de sa sœur et écoute ses désirs. « Mords-moi, crocodile », et dans sa bouche le corps jumeau se défriche. « Mords-moi, caïman. » Surgit de la canine une fleur de chair. Surgit une fleur d'os dans les museaux microscopiques. Les organes en peau souillent la nuit. Les draps se mettent à transpirer. Son instinct mandibulaire la précipite vers les estuaires, mais ce que Fernanda préfère c'est mordre des clavicules et des pelvis au-dessus des volcans. « Mords-moi aussi fort que tu peux », lui demande sa sœur de renaissance. Annelise lui offre ses os très blancs pour tuer sa faim sur des nappes en coton. Elle lui offre son cou pour qu'elle le serre, ses muscles pour qu'elle les mastique. « Je ne veux pas te faire du mal, mais je vais te faire du mal, lui dit Fernanda. — Laisse-moi des marques, lui demande Annelise sous la douche. Saigne-moi avec tes trente-deux dents. » Et à trente-deux reprises elle la mord. À trente-deux reprises la langue descend le long des jambes, ensalivant de rouge les étoiles. Elles regardent dans l'eau les couleurs des morsures : noir, vert, bleu, lilas. Cosmos béants à fleur de peau. Rosaces sur la Voie lactée de la chair. Annelise ouvre la bouche quand Fernanda lui croque l'entrejambe. Elle tremble. Elle gémit. Elle se nettoie le sang avec du papier toilette et le lance dans la cuvette comme si c'était un pigeon mort. « Je ne veux pas te faire du mal, dit Fernanda. Je ne sais pas pourquoi tu m'obliges à t'en faire. » Puis elle serre les mâchoires sur les côtes pour savourer la peau de peluche d'Annelise et la regarder se mordre les lèvres, et la gifler pour ne pas qu'elle se morde, et lui mordre les tétons pour l'entendre pleurer de douleur et de plaisir ; pour voir son petit nez ardent et ses petits yeux chavirant vers l'intérieur de son crâne. Puis Fernanda lui tire les cheveux dans la douche pour la faire sourire. Elle adore voir Annelise sourire de douleur. « Je prie le Dieu Blanc avec chacune de tes dents, dit Annelise en lui caressant les gencives. Mais personne ne doit le savoir. » Personne ne sait que dans le lit et sous la douche Fernanda s'entache les canines. « Ton sang a un goût de mitraille. Ton sang a un goût de ferraille. » Pendant ce temps, les molaires meurent toujours de soif. « Tu savais que la morsure d'un crocodile est plus puissante que celle d'une baleine ? » Annelise enfonce les doigts dans l'oreiller quand Fernanda lui explore le squelette. La perfection est dans sa mâchoire-piège-à-ours qui chasse au-delà des fessiers et des muscles lombaires. « Tu savais que les crocodiles gardent leurs petits bien au fond de leur mâchoire ? » La perfection se fraie un chemin jusqu'à la moelle : centre du désir équinoxial. Ses dents vrombissent comme des bourdons et piquent le coccyx et les vertèbres en cocon. Ses dents sont des coquilles osseuses qui abritent tout le sel du ventre d'Annelise. Avec elles, Fernanda ne cisèle pas les cuisses mais l'intérieur du fémur. Et lorsque les clavicules flottent comme un horizon qui marque le début du corps, elle les humecte et les ronge. « Petites, on ne faisait pas ce genre de choses », lui dit-elle dès qu'elle sent qu'elle l'aime trop mal, dès qu'elle sent avec effroi qu'elle aime trop le plaisir d'Annelise quand elle grimpe sur elle et lui serre le cou, ou dès qu'elle étire, avec ses incisives, la peau des omoplates. « Nage vers le bas comme un crocodile, lui demande Annelise dans la piscine. Mords vers le haut comme un caïman. » Et sa mâchoire s'empare d'un pelvis céleste comme d'un crâne de renard perdu dans la mangrove. Fernanda n'explique pas au docteur Aguilar que les taches du test de Rorschach sont les os d'Annelise aux couleurs du jardin. Elle ne lui explique pas que sa mâchoire est toute blanche et faite pour dévorer. Pour broyer. « Tu savais que les iguanes mordent le cou de leur partenaire pendant le coït ? lui dit Annelise, pieds nus sur le lit. Tu savais que, pendant le coït, le gecko mâle mord le ventre de la femelle gecko ? » Fernanda n'aime pas qu'Annelise lui parle de coït pieds nus sur le lit. Elle n'aime pas qu'elle prie le Dieu Blanc avec ses dents ni qu'elle dise qu'elle l'a vu et que c'est pour ça qu'elle sait qu'elle va mourir. Elle n'aime pas non plus aimer ses tétons rougis comme deux piqûres de moustique. Ni les centaines de pigeons morts jetés dans les toilettes. « Je ne sais pas d'où me viennent ces envies si terribles », lui dit Fernanda quand elle commence à se sentir coupable. Parfois elle voudrait pousser Annelise du troisième étage du bâtiment, ou qu'elle tombe, mais la plupart du temps elle veut juste l'enlacer et mordre sa langue à tout jamais. « Petites, on n'était pas comme ça. » Annelise gémit autant qu'elle crie quand elle verse de l'eau oxygénée sur ses morsures-petits-pièges-à-ours. *Clic*. Flash. Elles postent les photos sur leurs comptes Instagram privés. « L'amour commence par un mordre et se laisser mordre. »

Pendant qu'elles dorment, la mâchoire de Fernanda semble mordiller l'air. Annelise est bercée par ce son sacré qui vibre comme les cloches du lycée. Certains soirs, elles regardent des films d'horreur comme *Ginger Snaps* ou *Sœurs de sang*. Certains soirs, Fernanda lui mord les aisselles. « Si ta mère voyait tes morsures, tu lui dirais quoi ? » demande Fernanda en lui arrachant une croûte avec son ongle. Aux aurores, Annelise feint d'être somnambule et entre dans la chambre de ses parents. Elle ouvre toutes les portes de la maison. Elle laisse s'échapper tous les animaux de compagnie. « Je lui dirais que les mères mordent aussi », répond-elle en fronçant le nez comme un ver qui se contracte. Fernanda ne comprend pas pourquoi Annelise veut que leurs mères les craignent. « Nous sommes les jumelles de *Shining*. » La mère de Fernanda a peur de Fernanda et cela ne plaît pas à Fernanda. « Nous sommes les sœurs Gibbons. » Elles regrettent de ne pas être identiques. Elles regrettent que les os et la texture de la peau soient une affaire si personnelle, si individuelle. « J'aimerais qu'on ait le même nom », lui dit Annelise en plein cours. La même stature, la même taille d'omoplate. Fernanda est effrayée à l'idée que son humérus soit plus petit que celui d'Annelise et que ses côtes soient plus larges. « Petites, on se ressemblait », lui dit-elle en découvrant qu'Annelise est belle et que la beauté aussi fait peur. Annelise dit à voix haute que voir le Dieu Blanc, c'est comme voir la mort en face et Fernanda prend peur parce qu'elle commence à le croire, surtout quand elles sont dans la chambre blanche et qu'elles s'agenouillent toutes en cercle et se prennent les mains et ferment les yeux et que le silence ressemble à une présence immense qu'Annelise veut leur faire entendre et qu'elles entendent en serrant les mâchoires pour ne pas crier. « On devrait peut-être arrêter avec ces histoires du Dieu

Blanc, lui suggère Fernanda quand elle a peur de ce qu'elle désire. — Je ne te comprends pas », lui répond sa siamoise de hanche. Personne n'ouvre les yeux dans le cercle mais Fernanda les ouvre et voit Annelise la bouche grande ouverte et les yeux blancs comme la lune. « Ce n'est pas quelque chose que l'on peut freiner. » Fernanda veut fondre en larmes quand elle prend plaisir à mordre le calcanéum droit d'Annelise et que celle-ci se cambre comme Linda Blair dans *L'Exorciste*. Son dos a l'air d'une échine de jument et d'une friche traversée par des scorpions imaginaires. Tous les mois, Fernanda et Annelise saignent en même temps. Elles se douchent ensemble et voient leur sang ruisseler entre leurs jambes comme si c'était le même. « Petites, ce genre de choses ne nous arrivait pas », dit Annelise, attirée et repoussée par la couleur de l'eau. Elles évitent les inondations en enlevant les cheveux de la bonde. « Maman dit qu'on ne devrait pas se laver ensemble, qu'on est trop grandes pour ça. » Elles les collent mouillés sur les murs que Charo nettoie à longueur de journée. « On s'est toujours lavées ensemble. » Elles se sont toujours fait des coiffures, ont toujours joué, grimpé, sauté ensemble. Elles se sont toujours caressé les articulations des doigts et embrassées sous les côtes. « On change beaucoup en ce moment, dit Fernanda en tournant le dos aux cantiques tandis que le mont de Vénus d'Annelise se gorge de saveurs. On change trop en ce moment. » Annelise caresse la mâchoire de Fernanda avant de s'endormir. Sa mâchoire faite pour dévorer. Sa mâchoire faite pour broyer. « Tout changement est toujours de trop. »

XXV

Dr Aguilar :

Fernanda : Je crois que c'était la mâchoire du crocodile.

Dr Aguilar :

Fernanda : Non, *I mean*, je crois que la mâchoire du crocodile avec ses dents et sa morsure hyper méga forte a fini par obséder Anne et que ça lui a donné l'idée de me demander de la mordre.

Dr Aguilar :

Fernanda : Oui, Doc. Je crois que je suis enfin prête à en parler.

Dr Aguilar :

Fernanda : En fait on jouait et on se lançait des défis comme ça. Notre amitié était *suuuper* fun.

Dr Aguilar :

Fernanda : Bon, au début je ne l'ai pas vu comme quelque chose de *siii* mal. Ça ne m'a pas semblé *siii* différent de ce qu'on avait déjà fait dans le bâtiment, *you know* ? En réalité, on a toujours trouvé que les os étaient de très jolies choses. Comme des sculptures. Un jour, la prof de sciences naturelles nous a demandé de faire un squelette en pâte à modeler et de donner le nom de chaque os, et avec Anne on s'est trop amusées. Dans la bibliothèque du bahut, au-dessus des étagères, il y a des mâchoires et des animaux dans du formol, et Anne adorait la mâchoire de requin blanc posée sur le rayon poésie, alors elle l'a volée et, quand on était dans la chambre blanche, elle se la mettait comme une couronne. Elle la met toujours comme une couronne, *I guess*. Même si en fait, elle en voudrait une de crocodile. Elle est vraiment obsédée par la puissance des mâchoires de crocodile.

Dr Aguilar :

Fernanda : C'est que… je ne sais pas. *Of course* j'aurais peur d'être mordue. Et *of course* j'ai peur aussi de mordre. Mais j'ai réfléchi à ce que vous m'avez dit l'autre jour et *maybe* c'est vrai qu'il y a eu des moments où j'ai voulu le faire.

Dr Aguilar :

Fernanda : Oui, c'est vrai, je vous ai un peu menti, Doc, mais là je vous dis la vérité. Je finis toujours par vous dire la vérité. Je vais vous dire ce que je pense : je pense que tout le monde a voulu mordre quelqu'un à un moment donné de sa vie. *No big deal*. En voyant un bébé, les dames disent parfois « On aurait envie de le croquer ! » et les couples aussi se disent « Je te mangerais bien, toi », pas vrai ? Vous savez bien que c'est vrai. On s'amuse tous à mordre parce que c'est très très instinctif. Et qu'est-ce que nous sommes ? Des animaux ! Voilà pourquoi mordre et avoir envie de manger les gens qu'on aime est bien plus normal que ce qu'on croit. On ressent tous ce désir. Donc ce n'est pas forcément lesbien ni sexuel, c'est un autre genre d'instinct, *right* ? Le truc, c'est que la plupart des gens n'osent pas mordre en vrai parce qu'ils ne veulent blesser personne et qu'ils ont peur d'être pris pour des animaux. *Anyway*, mon cas est différent parce que moi je ne voulais pas faire du mal à Anne : *I mean*, c'est elle qui voulait que je lui fasse du mal. Pour elle, c'était bon. Je veux dire, Anne aimait que je lui fasse mal. Ce qu'on faisait ensemble, quand personne ne nous regardait, c'était bien plus hardcore que ce qu'on faisait dans le bâtiment. Si les autres avaient su, elles nous auraient prises pour des folles... Dire que c'est Anne qui me le demandait ne semble pas si important que ça, mais ça l'est, parce que c'est elle qui me demandait de la mordre, fort, très très fort. Je me rappelle encore la première fois que j'ai senti son sang sur mes dents... Je ne peux même pas l'expliquer. *Anyway*, pendant un moment je l'ai pris comme un jeu, comme tous les autres trucs qu'on faisait dans le bâtiment, mais après je me suis rendu compte que c'était différent. Je me suis rendu compte que c'était quelque chose, je ne sais pas... d'intime. Ce n'était pas une manière de s'amuser comme les défis qu'on se lançait avec les autres. Ce n'était pas pour nous sentir courageuses. Pour Anne, se faire mordre n'était pas amusant mais... grisant. Et ça m'a mise mal à l'aise. Ses blessures aussi me mettaient mal à l'aise, mais ce que je ne pouvais pas supporter, c'était son plaisir. Au début ce n'était pas le cas, mais c'est vite devenu intenable. Après l'histoire de la photo.

Dr Aguilar :

Fernanda : C'est que sur la photo elle était nue sous la douche et on voyait ses blessures. Certaines saignaient encore un peu. Je ne sais pas... Quand ils ont vu la photo, ils ont fait une grimace de dégoût et d'horreur et du coup j'ai ressenti la même chose. Alors j'ai voulu arrêter. Peut-être parce que je sentais que notre relation changeait trop et que je ne voulais pas qu'elle change. J'étais très très angoissée. Je ne sais pas comment l'expliquer. C'est dur d'essayer de raconter une chose importante pour la première fois. *Let me think*...

Mordre quelqu'un ne m'avait jamais traversé l'esprit. Oui, c'est important de le préciser : parce que c'était son idée. Et même si j'ai pris un peu de plaisir à la mordre, même rien qu'un peu, c'est sa faute et pas la mienne, parce que moi ça ne me serait jamais venu à l'esprit de le faire, vous comprenez, Doc ? Si Anne ne m'avait pas demandé, presque suppliée, de jouer à ça, moi je n'aurais jamais découvert que j'aime peut-être un peu la mordre. Et je sais que ce n'est pas normal d'aimer ce genre de choses, vous savez. Ce n'est pas normal que je prenne plaisir à faire mal à ma BF. Même si elle aime ça et que moi j'aime un peu qu'elle aime ça, l'idée me met mal à l'aise. Petites, on n'était pas comme ça, *you know* ? Je crois que j'ai commencé à avoir peur d'elle parce qu'elle me faisait changer. Elle était en train de me faire croire que je voulais des choses que tout au fond de moi je ne voulais pas. Des choses que je ne peux pas vouloir.

Dr Aguilar :

Fernanda : J'imagine que j'ai pensé pouvoir faire tout ce qu'elle faisait, mais j'ai commencé à avoir peur de ce qu'on faisait et je me suis dit aussi qu'elle me testait peut-être, pour voir jusqu'où je pouvais aller. Alors j'ai voulu arrêter parce que je ne voulais pas aller *siii* loin. Je ne sais pas si vous comprenez. Les jeux qu'on inventait dans le bâtiment, c'était une chose, et ce qui se passait dans nos chambres quand on dormait ensemble, c'en était une autre.

Dr Aguilar :

Fernanda : *Of course. I mean*, je sais que ce qu'on faisait dans le bâtiment aussi c'était dangereux. Enfin, c'est dangereux. *I know*. Mais au moins ce n'était pas intime. Et je crois que ce qui est intime est toujours beaucoup plus menaçant. *Anyway*, je voudrais préciser que je n'étais pas la seule à avoir peur d'Anne. Comme je vous l'ai raconté l'autre jour, les autres aussi en avaient peur, même si elles ne le disaient pas, surtout depuis qu'elle avait inventé les histoires de l'âge blanc et du Dieu Blanc. *I mean,* la dernière fois que je suis allée au bâtiment et que je suis arrivée en retard, j'ai presque eu une crise cardiaque parce qu'elles se sont toutes mises à crier à l'intérieur et que ces cris sont la pire chose que j'ai entendue de toute ma vie. C'était un de ces après-midi où on racontait nos histoires d'horreur, mais c'était Anne qui menait le jeu les derniers temps, parce qu'elle est comme ça. *Whatever*. J'ai entendu ces cris qui ne s'arrêtaient pas et je suis restée pétrifiée à l'entrée du bâtiment, terrifiée par l'écho et les pigeons qui s'envolaient. Ensuite Fiorella, Natalia et Ximena ont dévalé les marches à toute vitesse et m'ont sacrément bousculée en sortant. Elles avaient des visages hideux, déformés par les hurlements. Vous n'imaginez même pas, Doc, ces cris atroces. J'ai eu vraiment très peur et j'ai crié « *Fuck !* », mais je suis quand même montée voir, comme dans les films. Je ne voulais pas être une lâche, j'imagine, et je voulais me prouver à moi-même que, même si j'étais effrayée, j'étais capable d'affronter n'importe quoi. Ah ! Et aussi parce que l'on veut toujours savoir de quoi on a peur, *you know* ? Selon moi, ne pas savoir est *always* pire, Doc. *Anyway*, quand je suis montée, je suis allée direct à la chambre blanche et je l'ai vue, cette scène qui restera gravée dans ma tête pour toujours. J'ai eu tellement peur, *of course*, que tout a ralenti, comme dans les films. Je ne sais pas si c'est vrai, mais une fois j'ai entendu dire que notre perception du temps dépend de la vitesse de nos battements de cœur et que c'est pour ça qu'un colibri nous voit comme nous on voit les tortues. C'est vrai ça, Doc ? *Anyway*, c'était *trooop* bizarre parce qu'au lieu d'accélérer, mon cœur est devenu une tortue quand j'ai vu

Analía en larmes, toute tremblotante au milieu d'une flaque de pisse et de sang. Oui, de la pisse avec du sang ! Anne était dans un coin de la pièce, couronnée de la mâchoire de requin qu'elle avait volée dans la bibliothèque. Elle ne faisait rien, elle regardait juste Analía, l'air un peu effrayé. Je ne sais pas pourquoi, à ce moment-là, j'ai eu la rage. Peut-être parce que je me voyais déjà exclue du groupe et parce qu'au fond j'étais venue pour leur dire adieu, je ne sais pas. Quoi qu'il en soit, j'ai couru vers Anne et je l'ai poussée. Je lui ai crié dessus hyper fort, *like crazy*. Je lui ai demandé en criant ce qu'elle avait fait à Analía, même si je savais qu'elle ne lui avait rien fait. Je savais qu'Analía venait sans doute d'avoir ses règles comme Carrie White, rien de plus, parce c'était la seule parmi nous qui ne les avait pas encore eues et que c'était peut-être arrivé pendant une histoire du Dieu Blanc ou dans le cercle qu'on formait parfois en se tenant les mains en silence. Les règles, ça peut être *vaaachement creepy* en fonction de l'atmosphère, *you know* ? Comme quand, avec Anne, on jouait à se dire qu'on avait un monstre dévoreur dans nos utérus, mais en fait ce n'est pas un bon exemple parce que ça ne nous a jamais fait peur. Nous, on savait bien ce que c'était les règles, mais ce qu'il y a de *creepy*, ce n'est pas de savoir ou de ne pas savoir, mais l'ambiance dans laquelle se déroulent les choses qui sont, je ne sais pas, naturelles. Il y a des ambiances qui font que ce qui est naturel semble antinaturel, et même surnaturel. Je pense donc que c'est ça qui s'est passé. Même si personne ne me l'a raconté, je pense que c'était ça : une affaire d'atmosphère. Mais à ce moment-là personne ne m'a rien dit et Anne m'a regardée comme si elle me haïssait plus que n'importe qui au monde. Alors j'ai eu peur à nouveau parce qu'Analía a cessé de pleurer et qu'il y a eu un silence gigantesque que je n'ai pas pu supporter et j'ai décidé de partir, comme les autres. Et quand je suis arrivée au rez-de-chaussée, Anne m'a lancé cette grosse pierre dont je vous ai parlé l'autre jour, celle qui a failli me fendre le crâne. Mais elle ne m'a pas eue, cette grosse sa... *bitch, sorry*.

Dr Aguilar :

Fernanda : J'imagine que j'ai eu peur parce que j'ai senti quelque chose que je ne pouvais pas voir, mais qui était là. Comme dans la nouvelle que vous m'avez conseillée, *Le Horla*, où l'on parle du vent comme de quelque chose qui est en nous, qui siffle et détruit tout, sans qu'on le voie. C'est ça que j'ai ressenti. Et je crois que c'est ce que je sentais dès qu'on était dans la chambre blanche. En y réfléchissant bien, je me dis qu'il se peut que les autres aient aussi senti ça, et que c'est pour ça que personne n'osait entrer dans la chambre ni la regarder, sauf les après-midi où on était obligées de le faire. Ce n'est pas que je pense que le Dieu Blanc soit réel, absolument pas, Doc, mais les choses qui n'existent pas peuvent aussi nous faire peur.

Dr Aguilar :

Fernanda : Je ne sais pas, ça m'est venu comme ça. Pourquoi ? Vous n'aimez pas que je vous appelle Doc ?

Dr Aguilar :

Fernanda : Je ne suis pas en train de me moquer, Doc.

Dr Aguilar :

Fernanda : *Hello*, Doc.

XXVI

A : Juliet Hulme et Pauline Parker étaient deux meilleures amies qui s'aimaient tellement qu'à quinze ou seize ans, elles décidèrent de tuer la mère de Pauline qui voulait les séparer.

C : Stop.

A : Elles lui assénèrent quarante-cinq coups avec une brique glissée dans un collant. Vous imaginez cela, Miss Clara ? Dans un collant !

C : Je ne veux pas écouter ce genre de choses. Il n'en est pas question…

A : Ensuite Caril Ann Fugate, à l'âge de quatorze ans, tua sa mère, son beau-père et sa demi-sœur avec l'aide de son petit ami.

C : Arrête, Annelise.

A : Ils vécurent six jours avec les cadavres dans la maison puis s'en allèrent faire un *roadtrip* et tuèrent deux adolescents. Vous pouvez le croire, ça ?

C : …

A : Ensuite Mary Flora Bell et Norma Bell, qui n'étaient pas du tout sœurs, juste amies, tuèrent un enfant de quatre ans et un autre de trois. Avec un canif, Mary grava sur ce dernier ses initiales et elle lui coupa les organes génitaux. Elle n'avait que onze ans à ce moment-là. Onze ans !

C : Ça suffit !

A : Brenda Ann Spencer, âgée de seize ans, tira sur des enfants et des professeurs de son établissement avec un fusil de précision. Lors du procès, elle dit avoir fait ça parce qu'elle n'aimait pas les lundis.

C : Annelise, s'il te plaît...

A : « *I don't like mondays.* » C'est tellement simple et en même temps tellement complexe, vous ne trouvez pas ?

C : ...

A : Natasha Cornett fugua avec un groupe d'amis parce qu'elle s'ennuyait – comme nous tous, pas vrai ? Ensuite elle tira à bout portant sur une famille entière. Au moment des faits, elle avait dix-sept ans.

C : S'il te plaît ! Tu m'écoutes ?

A : Les sœurs Caroline et Catherine Karubin assassinèrent leur mère alcoolique en la noyant dans la baignoire. Avant de commettre le crime, elles en parlèrent à leurs amis, et tous trouvèrent l'idée géniale. GÉ-NIALE. Elles avaient quinze et seize ans.

C : S'il te plaît !

A : Si vous partez, je vous poursuivrai, Miss Clara.

C : S'il te plaît...

A : J'ai besoin que vous m'écoutiez. J'ai besoin de votre aide. Vous voyez ce qu'elles ont en commun ?

C : Non.

A : Ana Carolina, âgée de dix-sept ans, étrangla ses parents adoptifs et leur injecta du chlore mélangé à de l'insecticide dans la jugulaire. Après quoi elle alla manger des hot dogs et boire de la bière avec son petit ami.

C : Assez.

A : Attendez, celle-là, c'est mon affaire préférée. Morgan Geyser et Anissa Weier essayèrent de tuer leur meilleure amie en la poignardant à dix-neuf reprises. Elles dirent l'avoir fait parce que Slenderman le leur avait demandé. Vous connaissez Slenderman ?

C : ...

A : Non ? C'est un monstre inventé sur Internet qui évolue à travers les récits de tous les gens qui aiment les histoires d'épouvante. En principe, il se manifeste aux enfants et aux jeunes et, quand cela se produit, c'est très mauvais signe. Croyez-moi.

C : ...

A : Morgan Geyser et Anissa Weier avaient douze ans lorsqu'elles donnèrent dix-neuf coups de couteau à leur amie. Dix-neuf !

C : ...

A : Vous voyez ce qu'elles ont en commun ? Je veux dire... Ce n'est pas normal.

C : ...

A : Et il y en a beaucoup d'autres... Des centaines de milliers de filles qui ont mal tourné. Des filles dangereuses, comme Fernanda. Des filles qui trahissent leurs meilleures amies et qui entrent chez leurs profs pour les terroriser.

C : ...

A : Dieu est jeune. Vous ne croyez pas, Miss Clara ?

XXVII

« Je ne veux pas entrer là-dedans », crie Fiorella. Sa voix se fatigue et se fissure. Elle traîne des yeux chassieux. Elle traîne de mauvaises nuits. Elle voudrait ne pas avoir si peur, mais elle est saisie d'effroi parce que la chambre blanche se gonfle comme un poumon malade et qu'Annelise coiffe la couronne : la lourde mâchoire de requin. Les dents brillent comme des poignards dans ses cheveux. Et au sud, Fernanda entre en chasse. Elle se met à quatre pattes. Les autres l'imitent : elles pénètrent dans la blancheur de la chambre comme la horde du Dieu Blanc. « Prierons-nous ou chasserons-nous ? » demande Anne en se léchant les articulations des doigts. Elle s'agenouille. Elle lève la main droite à hauteur de la couronne. La mâchoire divine. La relique du Dieu-mère-à-l'utérus-déambulant. Fiorella reste à l'extérieur et tremble. Elle sait que si elle n'entre pas elle fâchera Fernanda, elle fâchera Annelise. Sa sœur et les autres forment un cercle pour la cérémonie. Elles sont possédées par la fièvre. Parfois elle l'est aussi, mais pas aujourd'hui, car elle a fait des cauchemars. Elle a vu des visages enfoncés dans la peinture blanche des murs. Elle a vu des caïmans. Elle a vu du lait. Natalia,

Ximena, Analía et Fernanda baissent la tête et leurs cheveux recouvrent leurs visages en sueur et en transe. Elle ne veut pas aller au lit la peur au ventre. Elle ne veut pas rêver de ce qu'elles vont faire. Elles l'ont fait tant de fois. Quinze fois. Vingt fois. Elle sait qu'il y aura de la douleur parce qu'il y a toujours de la douleur. Elle sait qu'elle imaginera des choses parce que Anne les lui fera imaginer. Fiorella voudrait que le jeu lui semble stupide et enfantin, comme la première fois. « Chasseras-tu ou prieras-tu ? » À présent, en revanche, le jeu lui semble trop adulte. « Chasseras-tu ? » À présent Anne a des dents de requin sur le crâne. « Ou prieras-tu ? » Elle se lèche les articulations des doigts de la main gauche et lève en l'air la droite. « L'un ou l'autre, Fiorella. » Et même sans le vouloir, elle entre. « L'un ou l'autre. »

Elles se prennent les mains. Ximena sait que les siennes sont moites. Elle sait que cela dégoûte Analía et Fiorella, mais ses mains sont comme ça. Elle n'en a pas d'autres. Annelise prononce les mots : ceux qui sonnent si bien et font si mal. Et Ximena sourit, fière d'être là, d'avoir relevé tous les défis jusqu'à présent, d'avoir surmonté les punitions, d'avoir offert ses histoires au Dieu Blanc. Elle se trouve chanceuse d'être dans le cercle, même si elle doit frapper ses amies ou être frappée par elles. Parce que l'aventure en vaut la peine, se dit-elle. Parce que qui ne voudrait pas vivre dans une intrigue de film quelques heures par jour ?

Elles ferment les yeux.

Et alors ça commence.

« Le Dieu Blanc est parmi nous », dit Anne. Natalia ne croit pas à ce genre de bêtises, mais quand elle est dans le cercle avec ses amies et qu'elles se donnent la main et qu'elles ferment les yeux, elle suit toujours les règles. « Il est présent dans la chambre », répète Anne, agitée. Toutes l'écoutent. Toutes ont du mal à respirer. Natalia ressent une vibration. Un froid. Une présence. Elle ne croit pas à ce genre de bêtises, mais jamais elle n'oserait ouvrir les yeux. Elle serre les paupières. La voix d'Anne devient une autre voix.

Une voix amputée.

Un moignon.

Analía s'ennuie beaucoup quand elle n'est pas dans le bâtiment. Alors, même si la salive de Fernanda sur son visage la dégoûte et que ce que dit Annelise, couronnée de dents, lui fait peur, elle ne rompt pas le cercle. Elle n'ouvre pas les yeux même si le Dieu Blanc lui caresse l'oreille. Même s'il lui suggère des coups de pied, du sang, des bousculades. Même s'il lui suggère qu'il est facile de lacérer la peau de ses amies. Elle est en sécurité derrière ses paupières closes : tant qu'elle ne le voit pas, rien de mal ne peut lui arriver. Des ongles parcourent son dos et lui tirent les cheveux. Son cou est fragile, mais pas sa tête. « Le Dieu Blanc est là », chante la mâchoire. On lui gifle le visage et elle sourit. « Donne-lui un peu à boire. » Ce qui fait mal, c'est de voir, a-t-elle appris. « Donne-lui une gorgée de ton sang, Analía. » Ce qui est mal, c'est de voir. « Ton sang, qui a le goût du langage. » C'est de voir qui est contraire à Dieu.

Fernanda ouvre les yeux et voit Annelise, qui n'a plus de tête, mais une mâchoire qui pense. « Tu savoureras Dieu dans la charogne », dit-elle en déposant un oiseau mort dans ses paumes. Les autres lèvent les mains en l'air. Elles savent que le moment approche. « Tu savoureras Dieu dans la charogne », reprennent-elles en chœur. Et les murs se mettent à suinter. Et le vent à pleurer comme une mère. Toutes devront le faire, même Annelise, mais Fernanda sera la première. « Tu savoureras Dieu dans la charogne. » Elle préfère les défis, les coups, les dangers. Les histoires d'épouvante qui l'empêchent de dormir. « Prenez, mangez, car ceci est Son corps. » Car le culte au Dieu Blanc est un jeu trop vrai. « Et ceci est Son sang. » Mais Annelise est belle. « Mords-le. » Et Fernanda en pleure de beauté.

« Mords-le. »

XXVIII

Fernanda ferma les yeux et imagina qu'elle s'enfuyait de la cabane, dans une forêt qu'elle supposait verte et brillante comme les arbres de Noël chez ses copines.

Comme les paillettes des décors de théâtre du lycée.

Comme l'uniforme de la surveillante générale.

Comme les chaussures préférées d'Annelise.

Elle n'avait jamais mis les pieds dans une forêt, mais elle en avait souvent vu à la télévision et au cinéma.

Des femmes qui courent. Des filles qui courent.

Elle s'imagina en train de courir. Elle inventa qu'il était possible de courir dans une forêt en étant physiquement menottée à une table, assise sur une chaise, à écouter la voix de grotte, la voix de crevasse de sa prof :

« Comment peux-tu être aussi tarée, gamine tarée ?
Comment peux-tu maltraiter ta meilleure amie,
la forcer à la douleur et entrer chez moi
comme si c'était chez toi ? »

Fernanda courait, elle esquivait les pierres, les racines et les yeux des élans pour fuir cette voix de saison de chasse tout en se disant : *Je n'ai pas fait ça !*

Qu'est-ce que j'ai bien pu faire ? se demandait-elle par moments.

Dans sa tête, les mots de sa prof étaient des lynx, des chiens et des rats qui traquaient son innocence de pensée, d'action ou d'omission.

« Je sais bien ce que tu as fait.
Je sais très bien ce que tu fais sous les lits
avec tes dents et avec tes mains. »

C'est ma faute, c'est ma faute, c'est ma très grande faute, se dit-elle comme lorsqu'on l'obligeait à prier à genoux même si elle n'était coupable de rien.

Elle n'était pas coupable, disaient-ils tous, de la couleur de la piscine.

Elle n'était pas coupable du front bleu brisé de son petit frère.

Lorsqu'elle entendait la voix de plomb de Miss Clara, sa forêt imaginaire disparaissait, alors Fernanda serrait plus fort les paupières et les arbres revenaient avec leurs créatures pour faire taire cette voix de crypte, cette voix de crâne :

« Ton amie Anne me l'a dit.
Ton amie Anne m'a raconté
tout ce que tu lui as fait ;
tout ce que tu m'as fait. »

Mais elle n'était rentrée chez personne et n'avait jamais forcé Annelise à supporter sa façon primitive de mordre, de cela elle était certaine. Même si elle ignorait beaucoup de choses – comme ce qui était arrivé dans la piscine avec son frère mort Martín –, elle était sûre de tout le reste, de tout ce qui était important à présent : que tout ce que lui disait sa prof en crachant de la bave écumante et en tapant du poing sur la table était faux.

Que sa prof était une échappée d'asile.

Qu'elle s'embrouillait en parlant. Qu'elle délirait.

Qu'elle ne l'écoutait pas plus qu'elle ne la voyait essayer de contenir ses larmes, maintenir les paupières fermées, éluder la vision de ces yeux qui semblaient s'être enfoncés dans le crâne parfait de Miss Clara.

Un crâne divin et sale. Si brillant de cheveux gras qu'il faisait peur.

Tête pourrie.

Tête en décomposition.

Elle ne pouvait pas s'enfuir. Elle ne pouvait échapper à ces cheveux noirs et sébacés qui lui disaient si mal les mots.

Elle aussi se disait mal les mots bien au fond d'elle à cause de la peur. La peur qui l'obligeait à balbutier, à faire cavaler sa pensée dans le haut paysage de son imagination pour que les idées ne s'agrippent pas à son cou.

Elle avait toujours cru que les gens n'arrivaient plus à penser quand ils étaient effrayés, mais ce n'était pas son cas. Elle pensait et pensait très bien : en désordre, en cataracte, en carrousel.

Elle pensait plus vite qu'elle ne courait. Plus vite que ce qu'elle ne pouvait comprendre.

Elle ne voulait pas sombrer dans la folie à cause de sa terreur des cheveux.

Elle ne voulait pas se pisser dessus encore une fois, même si elle était déjà en train de le faire.

« Je ne suis jamais rentrée chez vous, moi !
Anne vous a menti !
Anne vous a trompée ! »

Elle reprit son souffle. Sa prof ne l'écoutait pas parce qu'elle était folle à lier, folle à tuer. Ses paroles adultes étaient des crocodiles femelles qui chevauchaient la forêt vert pastèque, vert vomi, pour la signaler du tranchant de leurs queues tordues en l'air.

Elles l'accusaient d'écailles et elle ne comprenait pas pourquoi elle se coupait.

Elles lui parlaient d'histoires de brosses, de canines et de verrous.

Elles lui parlaient d'une affaire de violence présumée sur Annelise.

C'est elle qui me l'a demandé, lui aurait-elle dit si sa langue avait pu faire autre chose que trembler.

Elle aimait que je la mâche comme du chewing-gum.

Elle adorait que je lui serre la trachée comme un vieux torchon.

Sa prof était face à elle, de l'autre côté de la table, mais dans son imagination elle était loin derrière, cachée par les arbres.

Les films d'horreur ne connaissaient rien de la vraie dynamique des enlèvements.

Fernanda s'imaginait qu'elle était rapide dans la forêt pour survivre à cette voix d'ardoise, à cette voix de montagne qui la déshabillait en lui montrant ses crocs, rugissant tout près d'elle comme une ombre indocile, reniflant ses larmes qui ne cessaient de couler.

La vague d'entre les cuisses.

Les pets qu'elle ne pouvait plus retenir, si fétides et bruyants.

Et dans sa forêt imaginaire, sur cette chaise dégoulinante de pisse, Anne lui manqua plus que jamais.

Elle : son double-poupée, son double-baïonnette.

Elle aurait voulu continuer à la mordre malgré tout, pas comme la voix de Miss Clara qui lui mordait les talons, mais comme les mantes religieuses qui mordaient la tête de leurs amants.

Sauf qu'à présent il était trop tard pour ses dents.

À présent elle sentait le danger et voulait retourner dans l'utérus de sa mère, voir naître Martín comme un petit poisson dans l'immensité des civières.

Fuir dans la forêt. Avoir au moins une chance d'échapper aux cheveux noirs qui tombaient des arbres.

« Tu dois comprendre que je ne peux pas
te garder chez moi. »

Être effrayée, c'était désirer ce qu'elle n'avait jamais désiré auparavant : revenir à l'élasticité humide du placenta, se réveiller au premier cri du frère mort.

« Je vais devoir te sortir.
Je vais devoir t'expulser. »

Être effrayée, c'était sentir la vérité comme un cil flottant à la surface de l'œil : savoir qu'elle ne rentrerait plus, qu'il était désormais impossible de reculer. Elle le pressentait dans le son caverneux de la voix de Miss Clara, dans le revolver qui se déplaçait sur la table tel un animal à carapace, dans les oiseaux qui piaillaient hors de la cabane et reprenaient en chœur la scène inachevée de l'intérieur.

Les oiseaux étaient des êtres affreux quand ils faisaient autre chose que voler.

Fernanda n'avait jamais ressenti d'empathie pour les pigeons qu'elle avait tués dans le bâtiment. Elle les avait vus mourir, indifférente, et à présent c'était elle, l'animal répulsif et tremblotant qui abritait le danger jusque dans son squelette.

La nature était ainsi : juste et atroce.

Elle voulut se rappeler le rire d'Anne, embellir la violence avec laquelle elle courait dans la forêt surplombant sa propre négation, mais il ne lui revint pas. Dans sa mémoire ne retentissait qu'un bruit bestial, un éclat de rire en fer peuplé de libellules qui la harcelaient.

« Les gamines tarées comme toi
ont besoin d'une bonne leçon. »

La tête de Fernanda zigzaguait entre les arbres aux cimes nuageuses qui étaient comme la peau interminable de sa mère.

« Je vais te donner une bonne leçon. »

Et tandis qu'elle sentait le froid pénétrer son estomac comme un lombric de glace, elle pensa à Anne qui avait beau être une hyène, qui avait beau être un reptile, mais n'avait pas su prévoir ce que ses mensonges provoqueraient. Ce que sa tentative d'effrayer Miss Clara déchaînerait dans le monde réel.

« Je vais t'apprendre quelque chose, là,
dans ton nid de cafards. »

Annelise devait se sentir coupable de ce qu'elle avait fait sans le savoir.

La pauvre, pensa-t-elle. Elle lui pardonnait de tout son cœur.

« Tu es tarée. »

Je te pardonne, se dit-elle sans cesser de courir, *mais je veux que tu souffres.*

« Tu es vraiment tarée. »

Je t'aime, se dit-elle en cassant des branches et des racines, *mais j'espère que tu porteras le poids de ta faute jusqu'à la fin.*

« J'ai besoin que tu apprennes
et quelqu'un doit t'enseigner. »

Fernanda savait qu'elle avait trahi Annelise la première, voilà pourquoi elle lui pardonnait ; parce que c'était la première à enfoncer la dague qui devait se taire. Toujours.

« Quelqu'un doit faire le sale boulot. »

Et tandis que la voix de Miss Clara disait des choses sans

queue ni tête comme les lombrics de glace qui glissaient le long de sa gorge, Fernanda voyait la vérité : que les animaux savaient quand ils allaient mourir parce que la mort était un sentiment.

Une émotion futuriste du corps.

Et tandis qu'elle écoutait cette voix gelée de la professeure qui dilatait le bois, qui ouvrait de sa force même l'intérieur des pierres, elle regretta vraiment de ne pas être morte avec Annelise quand elle en avait eu l'occasion. Quand la terre avait tremblé dans la chapelle du lycée.

Un séisme de magnitude 4,5 sur l'échelle de Richter, avaient-ils dit aux informations.

Une secousse de plus sur la terre des tremblements, avaient-ils pensé, mais la secousse n'en finissait pas et toutes les filles et tous les professeurs se mirent à échanger des regards, et sur l'autel, Dieu aussi trembla.

« L'apocalypse ! » cria Anne.

Mugissements.

Les filles enlacèrent leurs meilleures amies et Fernanda enlaça Annelise.

Son âme-sœur. Sa jumelle-d'entrejambe.

Alors, la magie : joue contre joue, elles se humèrent les tempes, elles s'enlacèrent la taille en enfonçant presque leurs doigts dans la chair, elles collèrent le bout de leur nez, et tandis que les professeurs leur demandaient de suivre les consignes d'évacuation qu'elles n'avaient jamais répétées, elles se regardèrent avec tant d'intensité qu'elles éclatèrent de rire au milieu de la terreur.

Elle aurait dû mourir ainsi, pensa-t-elle : ensevelie sous le plafond doré de la chapelle.

Un amour enterré.

Une amitié poussant comme un temple souterrain.

Sa mort aurait été joyeuse si elle avait osé mourir ce jour-là ; elle aurait été belle et parfaite, avec Annelise la serrant dans ses bras et riant sans peur aux éclats tandis que les autres hurlaient les yeux fermés.

Elle aurait dû mourir avant la fin du séisme.

Dieu aurait dû tomber.

Lorsqu'elle sortit vivante de la chapelle, elle ne savait pas que n'importe quelle mort après celle qui venait de lui échapper serait toujours pire.

« Avec moi, tu vas devoir apprendre,
tu m'entends ? »

Elle trébucha dans sa tête, mais elle avait perdu l'occasion de bien mourir, alors rien n'avait plus d'importance.

La voix de sabres et de haches la rattrapait en tranchant le vent.

« Tu m'as entendue ? »

La mort était un sentiment.

Face à elle il y avait une blancheur insupportable qu'elle imagina dense et latente : le Dieu Blanc s'imposant dans l'horizon de sa chute.

« Ouvre les yeux ! »

Non, un volcan enneigé. Mais ce n'était pas cela qu'elle voulait inventer.

« Ouvre-les ! »

Elle serra les paupières de toutes ses forces et entendit le bruit de la chaise griffant le sol tout près des pas de sa prof qui s'approchait.

« Ça va être dur, mais tu vas le faire. »

Un volcan glacé sur le point de faire éruption et le Dieu Blanc d'Annelise émergeant du cratère pour la sauver de la crocodilesse.

« Tu vas voir. »

Quelle idiote, pensa-t-elle. Le Dieu Blanc ne sauvait personne.

« Ça va être très dur, mais je vais t'apprendre. »

Sa chute habitait dans la forêt, face à un volcan en éruption comme son ventre.

« Tu n'as qu'à m'écouter. »

Mais quand elle rouvrit les yeux et le chercha par la fenêtre, elle ne vit aucun Dieu, aucun volcan de terre endormi.

De ciel endormi.

« Tu n'as qu'à entrer dans la peur. »

XXIX

A : Elle va s'introduire chez vous.

C : Ça suffit.

A : Je sais qu'elle va le faire.

C : …

A : Un jour elle rentrera chez vous comme ces autres filles, qui sont à l'âge blanc et qui prient le Dieu Blanc, et elle vous fera du mal aussi, comme elle m'en a fait à moi.

C : Tais-toi.

A : Parce qu'elle s'ennuie.

C : …

A : Parce qu'elle a tué son frère quand elle n'était qu'une enfant.

C : …

A : Parce que je suis sa meilleure amie et qu'elle m'a trahie.

C : …

A : Parce qu'on déteste toutes les lundis.

XXX

Fernanda et Annelise traversèrent en courant la pelouse sans esquiver les marguerites. Leurs orteils s'enfoncèrent dans la terre mouillée par les arroseurs automatiques qui brisaient l'eau en des millions de microcristaux liquides. « C'est comme si toutes les coupes s'étaient cassées en l'air », dit Annelise en tuant l'eau de ses mains ouvertes. Elles avaient huit ans et le soleil qui les décoiffait ressemblait à un jaune d'œuf pourri. C'était un jour cireux, et le club était plein de gens boudinés dans des maillots de bain couleur vomi, contrairement aux leurs qui étaient flashy, avec des imprimés de dinosaures. Fernanda se glissa dans une bouée-donut à la vanille saupoudré de vermicelles multicolores, et Annelise la devança en se jetant à l'eau comme un ballon. *Splash*. Des enfants à l'autre bout du bassin avalèrent des vagues chlorées et des morceaux de fruits. Deux nounous aux uniformes roses les sortirent de l'eau et jetèrent sur Annelise, encore immergée, un regard excédé. Le rebord de la piscine était jonché de petites voitures, de robots, de bouées Popeye, Hello Kitty et Dora l'exploratrice, de tongs, de sacs de plage gonflables, de crèmes solaires, de lunettes de soleil, de revues et de biberons. Fernanda regarda d'un air lassé tous ces objets et, rouge de colère, entra lentement dans l'eau en se cramponnant avec ses petits doigts enfoncés dans sa bouée-donut-cadeau-de-papa. Le club avait une piscine plus grande, mais elle était réservée aux adultes et elle ne comprenait pas pourquoi elle n'avait le droit d'aller que dans la plus petite et la plus moche du club. Être une fille, comprit-elle à huit ans, impliquait d'avoir toujours le pire, comme cette bouée ridicule qui n'était en rien comparable à l'énorme baleine flottante de la piscine des adultes. Un jour Annelise avait voulu la voler, mais sa mère l'avait surprise et lui avait donné une fessée qui avait retenti devant les grands et l'avait fait fondre en larmes. Fernanda n'aimait pas comment la mère d'Annelise traitait Annelise. Elle n'aimait pas non plus comment la sienne la traitait elle, mais elle n'y pouvait rien. Leurs mères étaient amies et membres du club. Elles aimaient jouer au badminton, parler avec le coach – un géant qui se faisait parfois essuyer le front par la mère de Fernanda – et boire des breuvages près de la piscine. Quand elles se voyaient pour s'entraîner avec le coach géant, les deux mères envoyaient leurs filles jouer loin de la zone réservée aux adultes, nager dans le bassin plein de morve et de morceaux de pastèque et manger au buffet des enfants, où il y avait toujours un clown ou un Mickey qui faisait des animations. « On ne nous laisse jamais faire de trucs rigolos », disait Annelise, et Fernanda lui donnait raison, même si elle aimait aussi être seule avec sa meilleure amie, courir dans l'herbe, manger des oursons et des arcs-en-ciel gélatineux, boire du Coca-Cola et des jus de fruits ornés de parasols en papier, se caresser les doigts fripés, faire pipi dans la piscine sans que personne s'en rende compte parce que le contraste entre la fraîcheur de l'eau et la tiédeur de son intérieur était délicieux. « C'est notre secret », lui disait Annelise en l'imitant, un peu honteuse. À présent Fernanda la voyait nager sous l'eau comme une sirène tandis que la BO de *Toy Story* retentissait dans les haut-parleurs. « Je suis ton ami ! chantait une fille sur une balançoire à quelques mètres de la piscine. Je suis ton *amiii* ! » Au loin, derrière une clôture, elle apercevait sa mère et celle d'Annelise en compagnie d'autres femmes avec des raquettes et des jupes courtes qui laissaient voir leur cellulite lorsqu'elles déambulaient. « Quand tout s'embrouille, en *vaaadrouille*, *loooin*, très *loooin* de ton lit *douilleeet*... ! » Cela faisait longtemps qu'Annelise détestait que sa mère se réunisse avec d'autres femmes pour boire des breuvages interdits en éclatant de rire comme Ursula dans *La Petite Sirène*. « ... Rappelle-toi c'que ton vieux pote disait, oui, je suis *tooon amiii* ! » Elle trouvait qu'elle agissait différemment, et c'était vrai : quand les mères se réunissaient, Fernanda sentait que la sienne l'aimait moins. « Oui, je suis *tooon amiii* ! » Quand les mères se rassemblaient, la sienne cessait d'être mère pour être une personne différente qu'elle n'aimait pas. « Viens, on joue à "mission secrète", dit Annelise en se hissant sur le rebord de la piscine. Il faut rentrer dans la zone des adultes sans être vues par les mamans et sauver le coach géant. — Le sauver ? — Ben ouais, elles vont l'ensorceler ! — Elles sont méchantes ! — Oui, très méchantes. » Annelise lui raconta qu'un samedi, alors que sa mère avait invité d'autres mères à jouer au poker, boire des breuvages et rire comme des Ursula, au lieu d'aller au lit, elle avait préféré ramper vers le salon pour voir ce qu'elles faisaient. En chemin, dit-elle, elle avait eu peur des bruits qu'elle entendait : des rires tentaculaires, des coupes s'entrechoquant, de la musique avec des trompettes. « Pauvres âmes en perdition, en *maaal* de tout ! » chantait

Ursula dans la tête de Fernanda qui suivait le récit de son amie. Annelise se cacha derrière un meuble et vit les mères avec des éventails de cartes et des jetons sur la table. Elle pensa surgir d'un coup en criant « Bouh ! » mais elle craignit que sa mère lui donne une fessée ou l'insulte comme elle avait l'habitude de le faire devant ses amies. « Elles débarquent dans mes chaudrons, en braillant : "Ursula, sauve-nous !" Et moi j'accepte, quelle question ! » Annelise aurait voulu que Fernanda soit à ses côtés, lui dit-elle, pour voir la scène : soudain, les rires étaient devenus tonitruants et, jetant ses cartes sur la nappe tachée, une des mères enleva sa robe et ses sous-vêtements tandis que les autres riaient aux larmes maléfiquement. « Il est tout de même arrivé que l'une ne puisse pas payer… » Elles fronçaient tellement le nez que leurs narines ressemblaient à des cratères et peu à peu leurs fronts se remplirent d'étranges racines. « Et que j'avoue l'avoir fait frire, sans *compassiooon* ! » D'après Annelise, la mère s'était mise à tourner autour de la table, nue, tandis que les autres, les joues gonflées et tremblotantes, battaient des mains en rythme pour l'encourager. « Pauvres âmes en perdition, en *maaal* de tout ! » Toutes ces grimaces s'accompagnèrent d'énormes gouttes de sueur que les mères essuyèrent avec des serviettes ou directement avec les mains, et quelques secondes plus tard Annelise vit la sienne se lever et se diriger, au milieu des rires de poulpes noirs, vers les seins aux veines bleues et le pubis de chat de gouttière. « Il est vrai que je connais un peu de *maaagie*, c'est un talent que j'ai toujours possédé ! » Elle chancela légèrement, but une gorgée de breuvage vert iguane et s'inclina vers la mère nue pour lui embrasser les lèvres. « Ah, je peux dire que les humains n'aiment pas les *piiipelettes*, qu'ils pensent que les bavardes sont *assommaaantes* ! » Fernanda se souvenait de la peur et du dégoût avec lesquels Annelise lui avait raconté la façon dont elle avait vu la longue langue visqueuse de sa maman pénétrer dans la bouche de la mère nue. « Que lorsqu'une femme sait tenir sa langue, elle est *toujooouuurs* bien plus charmante ! » Alors, sans pouvoir se retenir, Annelise cria pour détourner le regard vitreux de sa mère. « *Arieeel* ! » Furieuse, elle avait attrapé sa petite par la nuque tandis que ses amies riaient et buvaient le breuvage interdit aux fillettes. « Pauvre âme en perdition, décide-*toooiii*, fais ton *choooiiix* ! » Fernanda imagina la scène décrite par Annelise comme si elle l'avait vue à la télévision : Mme Van Isschot traîna sa fille le long du couloir en lui donnant des fessées, puis elles montèrent l'escalier et elle la poussa à l'intérieur de la chambre, et ce ne fut pas là le plus dur, ce qui vint ensuite était pire. « Je suis une femme très occupée, et je n'y *paaasserai* pas la journée. Ça ne te *coooûûûtera* que ta *voooiiix* ! » La fille, toujours inquiète, s'agrippa au bras de la mère qui s'apprêtait à sortir et, sans le vouloir, la griffa du coude jusqu'au poignet. « Ma pauvre *âââme* en perdition ! » Une poupée Barbie devait traîner au sol parce que toutes deux trébuchèrent et la fille cogna le ventre maternel avec ses petites cornes de chevreau. « Si tu veux vraiment passer le pont, faut payer l'addition. » La réaction fut immédiate et terrifiante : Annelise lui avait juré que dans la nuit noire de la chambre, les yeux de sa mère étaient devenus tout blancs, qu'elle l'avait empoignée par les cheveux, l'avait noyée dans son haleine de chauve-souris bouillie et lui avait planté les dents dans l'épaule parce que c'était la première chose qu'elle avait réussi à mordre. Elle l'avait mordue avec rage, prise d'une fureur qu'Annelise n'avait vue que chez les chiens. Elle expliqua à Fernanda que les dents de sa mère lui avaient fait aussi mal que la mort même. Qu'elle ne comprenait pas comment elle n'en était pas morte, d'ailleurs. « *Beluuuga, Sevruuuga*, soufflez, vents de la mer *Caspieeenne* ! » Annelise avait eu du mal à s'endormir à cause de la frayeur que lui avait provoquée sa propre mère en la regardant de très près, pour l'avertir, d'une voix barbue, que si elle en parlait à son père, elle la tuerait. « Elle me l'a dit comme ça : "Je te tue si t'en parles à papa" », avait-elle confessé à Fernanda. Le lendemain, pourtant, les yeux de Mme Van Isschot étaient ceux de tous les jours, et à la grande surprise d'Annelise elle se conduisait comme si de rien n'était. « *Laryyynxis, glosyyytis* et *cooorda vocaaala*, sa *voiiix* est à *moiii*. » Tandis qu'elle se séchait avec sa serviette à fusées, Fernanda se dit que les mères devenaient vraiment bizarres quand elles se réunissaient. « Maintenant *chaaante* ! » Les filles aussi devraient devenir bizarres quand elles sont ensemble, joindre leurs mains et leurs nez sous l'eau, se jumeler. « Dis, tu veux être ma sœur ? » lui demanda-t-elle soudain tandis qu'elle essorait ses cheveux et que l'eau chlorée rebondissait sur le sol. Annelise lui sourit d'un air ému : « Oui, je veux être ta sœur. » La zone réservée aux adultes n'était pas protégée, mais dès qu'un enfant s'y aventurait ses parents le ramenaient au monde plus petit et plus sale de l'extérieur. « Et comment on fait pour désensorceler le géant ? demanda Fernanda en se cachant derrière une colonne pour éviter d'être vue. — Ben, en faisant un bisou dans le cou de nos mamans », répondit Annelise comme si c'était une évidence, avant de continuer son chemin d'un petit pas ferme et ruisselant. Elles traversèrent l'immense piscine pour adultes et virent un gros monsieur sauter d'un tremplin qui touchait le ciel. SPLASH ! Annelise rit en se couvrant la bouche lorsque deux serveurs portant des breuvages multicolores sur des plateaux furent éclaboussés. La baleine flottante vint s'échouer aux pieds d'une femme ayant des taches rouges en forme de poivrons sur les jambes, et bien que Fernanda ait la tentation de l'emporter ou de la percer pour que les adultes non plus ne puissent pas l'utiliser, elle suivit Annelise en direction des terrains de badminton, esquivant les corps sentant la goyave et la crème solaire. « Elles sont là ! » fit Annelise en se baissant. Fernanda l'imita et elle vit leurs mères qui riaient d'un rire ursulesque avec d'autres mères tandis que le coach géant refaisait ses lacets près des gradins vides. « Mission accomplie à quatre-vingt-dix pour cent, fit Annelise dans le talkie-walkie imaginaire de son poing fermé. Il n'y a plus qu'à désactiver le sortilège des mères, terminé ! » Fernanda releva un peu la tête et vit au loin un terrain de foot où seuls des pères couraient. « Et si tu racontais à ton papa ce que tu as vu ? » Annelise la regarda comme si elle avait dit quelque chose d'affreux. « Tu veux que maman me dévore comme la sorcière dans *Hansel et Gretel* ou quoi ? » Fernanda n'apprécia pas ce commentaire et sortit de sa cachette en se frottant les genoux. « Qu'est-ce que tu fais ? Tu vas faire échouer la mission ! » *Les mères ne mangent pas leurs filles*, pensa-t-elle sans rien dire. À quelques mètres de là, sa mère discutait avec le coach en appuyant sa raquette contre une chaise et en dessinant une demi-lune avec la pointe de son pied droit. En la voyant ainsi, Fernanda fut parcourue de frissons, sans comprendre pourquoi. « Reviens ! » cria Annelise tandis que sa nouvelle-frangine-des-aventures se dirigeait vers le terrain de badminton. Le sol vibrait d'un soleil pâle et distant tandis que Fernanda avançait en se déhanchant comme sur un podium, laissant derrière elle un sillon miroitant. Elle n'essaya pas de se cacher, mais sa mère ne remarqua sa présence que lorsqu'elle enlaça ses hanches par-derrière de ses petits bras mouillés. Alors Fernanda sentit les muscles du corps maternel se crisper, se replier comme la mer, et elle vit le sourire en coin du coach salivant dans les nuages. « C'est votre fille ? — Oui... c'est ma petite, répondit la mère comme si elle venait de se réveiller. Voyons, ma chérie, qu'est-ce que tu fais là ? » dit-elle en se défaisant de son étreinte, dissimulant sa gêne sous des mots tendres. Fernanda n'aimait pas que sa mère l'appelle devant les gens « ma chérie », « mon cœur », « mon amour », « mon bébé », « ma princesse », alors que quand elles étaient seules, ou avec son père, elle l'appelait juste par son prénom. « Retourne à la zone réservée aux enfants, mon chou, maman s'entraîne, là, elle est occupée. » Maman prenait une voix plus aiguë lorsqu'elle parlait devant le coach-géant-aux-dents-de-castor. Maman se maquillait et se parfumait pour jouer au badminton. Maman lui demandait de se tenir aussi bien que son frère mort Martín quand il était vivant. « Je veux rester ici. » Fernanda trouvait injuste que son frère n'ait pas eu assez de temps pour commencer à faire des bêtises. « Tu dois retourner à la zone réservée aux enfants, mon cœur. » Alors elle passa de nouveau ses bras autour des hanches qui avaient couronné sa naissance, mais cette fois de face pour que sa mère puisse la voir, et elle appuya son oreille contre le mont de Vénus. Là-haut, dans les nuages, le coach fit demi-tour et rejoignit les autres mères qui jouaient à s'envoyer une balle ailée. « Ne m'oblige pas à me fâcher et fais ce que je te dis », gronda maman sur un ton plus grave et menaçant lorsqu'elles furent toutes seules. Elle essaya de se libérer de l'emprise de ces bras maigrichons et mouillés, mais Fernanda se cramponnait comme une sangsue au sang. « Fernanda ! » D'autres mères épongeaient le front du coach et riaient en voyant la couleur qui tombait du ciel. « Pourquoi je n'ai pas le droit de me détendre, moi ? »

fit la mère presque au bord des larmes. Annelise disait souvent à Fernanda qu'elle l'enviait parce qu'elle aussi aurait aimé avoir le pouvoir de faire peur à sa propre mère. « Maman veut que tu la laisses jouer tranquille ! » Mais le super-pouvoir de faire peur à sa mère n'était pas quelque chose que Fernanda avait demandé. « Tu m'épuises ! Je n'en peux plus de toi ! » Elle libéra sa mère de son étreinte quand elle sentit des ongles effilés s'enfoncer dans ses bras. « Je vais rester ! » cria-t-elle pour ne pas perdre du terrain, mais maman frissonna de soulagement en se voyant libérée et tourna vers elle un visage soudain vieilli. Une femme à la face de corbeau profita de cet instant pour s'approcher, et pour tenter de détendre l'atmosphère elle se mit à faire l'éloge des cheveux de Fernanda, des yeux de Fernanda. « Mais quelle princesse ! On dirait une Napolitaine ! » Maman ne réagit pas aux compliments de l'inconnue et retourna vers la chaise où elle avait laissé son sac de sport et sa bouteille d'eau minérale. De l'autre côté du filet, le coach suivait le match de deux mères qui avaient des bandeaux Nike autour de la tête et qui soudain lancèrent le volant de plumes aux pieds rageurs de Fernanda. « Tu es fâchée, princesse ? lui demanda la femme-face-de-corbeau. Tu vas devenir laide si tu te fâches. » Une envie lui venait de frapper cette femme, de la pousser par terre, de lui sauter dessus, mais comme elle ne le ferait jamais, elle alla rejoindre sa maman qui buvait de l'eau près de la chaise, de dos. *Je vais conjurer le sortilège pour Anne*, pensa-t-elle et elle sauta pour enlacer par-derrière le cou maternel de ses bras chauds. Maman fit un bruit rauque en ployant en arrière sous son poids et laissa tomber la bouteille, mais Fernanda continua à grimper sur elle la bouche en cœur pour embrasser cette nuque transpirante qu'elle ne voyait que pendant les cours de badminton. « Eh, ma fille, tu l'étrangles ! » cria une femme d'un ton vraiment alarmé, et c'est alors que Fernanda se rendit compte que sa mère la tirait d'un coup ferme par les cheveux, la soulevant presque en l'air, tandis qu'elle émettait des bruits secs et entrecoupés. Elle eut mal, mais tout le reste arriva très vite : quelqu'un, peut-être le coach géant, peut-être une mère ou la femme-face-de-corbeau, la prit par la taille et la sépara de sa mère, qui s'effondra sur le sol inondé d'eau minérale. Fernanda ne sut pas qui l'avait reposée à terre parce que ses yeux étaient rivés sur les autres mères qui étaient venues porter secours à la sienne ; la sienne qui avait le visage tout rouge et plein de veines sinueuses, la sienne qui toussait des aquariums, la sienne qui avait les yeux enflés de lagunes, la sienne qui respirait comme si elle était sur le point de couler pour toujours dans la piscine des adultes. *Je voulais juste te faire un bisou,* pensa Fernanda effrayée en voyant sa mère en larmes se faisant aider par les autres mères pour se relever. *Je voulais juste conjurer le sortilège.* « Mamaaaaaan ! » cria-t-elle en se mettant soudain à pleurer, et la femme-face-de-corbeau la regarda épouvantée. « Viens par ici, ta maman a besoin d'un peu d'air », dit la mère d'Annelise, surgissant du groupe des mères. Elle la prit délicatement par la nuque et la conduisit hors du terrain. « Tu as fait mal à ta maman, dit-elle en traversant la zone réservée aux adultes. Tu dois faire attention et l'écouter davantage. » Fernanda chercha Annelise du regard, mais c'était comme si elle n'avait jamais été sa sœur. « Si j'étais ta mère, je ne supporterais pas la moitié de ça. » Quand elles arrivèrent à l'aire des enfants, Fernanda vit Annelise assise au bord de la piscine, battant l'eau de ses pieds fripés. « Tu vois comme Annelise est sage, elle ? » dit la mère de sa sœurette de cœur. Les haut-parleurs faisaient à nouveau résonner la chanson de *Toy Story*, mais la fille qui la chantait n'était plus sur les balançoires. « Tenez-vous bien sinon on ne vous emmènera plus jamais avec nous. » Fernanda s'assit à côté d'Annelise et vit comment la mère-de-la-morsure s'en allait en balançant sa tête d'un côté et de l'autre pour rejoindre la zone réservée aux adultes. « Mais je ferais n'importe quoi pour toi, parce que je suis ton ami ! » Il n'y avait plus aucun enfant dans la piscine, mais on les entendait de l'autre côté des arbustes. « C'est en moi, je suis ton *amiii* ! » Fernanda se rendit compte qu'elle pleurait encore au moment où Annelise commença à lui sécher les larmes en déposant un bisou sur chacune de ses joues. « Y a peut-être plus malin que moi ailleurs, plus fort, plus puissant aussi... » Elle ne savait pas pourquoi, mais elle sentait qu'une honte rampante s'était hissée sur son front et que personne ne devait la voir, pas même sa meilleure amie, sa nouvelle-frangine-des-missions-secrètes. « Mais je suis *sûûûr* que personne ne t'aimera comme je le fais, car je suis ton *amiii* ». Annelise souffla. « Tu vois ? Je t'avais dit de revenir. » Un garçon se mit à crier de l'autre côté des arbustes. « Je t'avais bien dit que les mères, quand elles se réunissent, elles deviennent très méchantes. » Fernanda esquissa un sourire parce que Annelise imita sa moue et l'espace d'une seconde elle s'imagina identique à elle, avec ce visage plein d'étoiles et ces lèvres de chamallow, regardant son reflet dans l'eau sale de la piscine. « Et plus les années paaassent, plus on est *soliii-daires.* » *Les sœurs jumelles n'ont pas besoin de mamans*, pensa-t-elle. « C'est peut-être ça, notre *destiiinée.* » *Les sœurs jumelles se protègent l'une l'autre.* « Je *suiiis* ton *amiii.* » Annelise se laissa tomber dans la piscine et l'encouragea à la rejoindre. « Oui, je suis ton *amiii.* »

Cette fois, Fernanda se jeta à l'eau sans bouée.

XXXI

A : Quel est le seul animal qui naît de sa fille et accouche de sa mère ?

F : La femme.

A : Et nous, on est des femmes ?

F : Non ! Pouah. Nous, on est des siamoises.

A : Des siamoises de hanche.

F : Des siamoises du lobe frontal.

A : Mais, tu sais quoi ? Un jour, on sera des femmes.

F : Ça ne te fait pas peur ?

A : Un jour, on sera comme maman.

F : Ça ne te fait pas trop peur ?

XXXII

— Écoute, oui, écoute. Tu as encore quelque chose d'important à apprendre et c'est moi qui vais te l'enseigner. Ne t'inquiète pas. Dehors, les nuages tiendraient dans une chaussure. Si seulement tu connaissais la véritable taille des choses, mais tu es bien trop jeune pour cela. Tu n'es qu'une petite gamine tarée. Qu'est-ce que tu y connais ? Moi je sais par exemple estimer la force du vent dans les globes oculaires tandis que toi tu ne sais même pas brosser les dents de ta meilleure amie. Mais ne t'en fais pas : je vais t'apprendre la douleur d'une chaussure, d'un lit, d'une porte. Je vais te l'apprendre parce qu'aux gamines tarées comme toi il faut leur apprendre. Que dis-tu ? Je ne comprends rien à ce que tu dis si tu chiales comme ça. Au fond, il s'agit de rentrer dans la peur, pas de la vaincre. Il s'agit de m'effrayer autant que tu m'effraies et que tu sois pourtant comme ma fille. Ne pleure pas la bouche ouverte, c'est dégoûtant. Oui, tu vas souffrir. Oui, tu vas être terrorisée. C'est déjà fait. Ça étrangle, non ? Ça pue, n'est-ce pas ? Ça glace le dos, pas vrai ? Ma vocation est de t'éduquer. Je suis ta mère parce que je suis ton enseignante et je suis prête à te donner une leçon.

Tu vas apprendre que quand on mord la maison de quelqu'un, ses encoignures disparaissent. Les ombres s'allongent, tu n'imagines même pas. Je vais te montrer ce que c'est de s'endormir bien au fond de ton ombre, blottie dans tes parents, dans tes miroirs. Chez moi j'ai très peu de miroirs, mais ça tu le sais déjà. Ils me font peur. Voilà pourquoi mon seul miroir est la colonne tordue de ma mère : sa colonne de chêne tortueux qui est la mienne à présent. Arrête de chialer. Ce que tu sens, c'est juste un canon en argent. Il est froid. Allez, ouvre bien les jambes. Ce que tu as fait n'a pas de nom, tu comprends ? C'est innommable. Ouvre-les ! Et quand on fait quelque chose d'innommable aux autres, il faut en assumer les conséquences. Je ne suis pas ta meilleure amie, je ne suis pas là pour te pardonner, ni pour te croire. Je suis ton enseignante, ta tendre mère des idées. Sais-tu au moins combien de tendresse se cache dans un coup ? Bien sûr que oui. Bien sûr que tu le sais. Mais un coup ne cesse jamais d'être un coup et ce que tu as fait je ne peux pas te le pardonner. C'est juste un canon en argent. On ne peut pas tomber enceinte de la poudre, mais si c'était possible, tu accoucherais d'une balle. Arrête de chialer ! Une balle qui sort et qui revient ensuite te frapper en plein cœur : c'est ça, une fille. En revanche on dit d'une mère qu'elle est une mâchoire se refermant sur ses petits pour les protéger. Elle pourrait les mordre, elle pourrait les manger. Elle veut le faire. Mais un petit peut aussi blesser la bouche de sa mère et cela, personne ne le dit. Un petit est capable de mordre de l'intérieur, de glisser le long de la gorge jusqu'à l'estomac : de se désaccoucher. Et moi, tout ce que je veux, c'est te faire comprendre qu'une maison, c'est comme une mâchoire qui se referme. Il s'agit d'entrer dans la peur, et c'est le plus difficile. Ferme-la ! C'est si dur d'enseigner ce qui est inexact, mais l'éducation est une affaire de forme. Ce que tu vois là, c'est la seule forme. J'ai atteint les limites de ton nid de cafards, de ton imagination terrible du ravage. Mais tout a une fin : nous allons nous désaccoucher. Tu vas ouvrir les jambes à l'intérieur de mon ombre. Je connais les jeunes filles comme toi, les gamines tarées qui viennent chasser en ruisselant leur sang menstruel sur les toitures et qui se mettent à griffer les rideaux. Tu vois ce que tu m'obliges à faire ? Et ça, ce n'est rien : c'est la terreur, et moi je voudrais t'enseigner la panique. Je voudrais t'enseigner l'horreur : un cryo-volcan paralysant chacune des vertèbres de ma mère, une maison où déambule ce qui ne peut se voir. Mais moi je ne peux que t'enseigner la terreur pour que tu connaisses la contraction des muscles ; pour que tu comprennes qu'une maison c'est comme une mâchoire qui se referme et qui protège, mais qu'elle pourrait te mordre, qu'elle pourrait te manger. Je voudrais te pardonner, mais il ne s'agit pas de cela, tu comprends ? Il s'agit d'entrer dans la peur comme sur la crête d'une vague. Il s'agit de m'effrayer autant que tu m'effraies, et malgré cela, de t'avoir emmenée avec moi pour t'enseigner quelque chose. Parce que ce métal, cette gâchette anesthésiée, n'est pas une punition, malgré son apparence. Je ne veux pas te punir, même si je pourrais me venger de toutes les fois où tu ne m'as pas laissée dormir avec tes cils collés à la serrure. Il s'agit de quelque chose de plus propre, de supérieur. Ce que je veux c'est te corriger, te redresser, te faire grandir. C'est ma responsabilité de te faire avancer droit, sans te briser, sans faire de mal aux autres. Quelle asphyxiante responsabilité que celle de t'empêcher d'être un monstre alors que tu es née cannibale. Mais toute enseignante, comme toute mère, se doit d'échapper aux dents de son enfant. Elle doit lui apprendre à ne pas glisser le long de sa gorge, à ne pas mordre, et elle doit s'apprendre à elle-même à ne pas avaler le bébé qu'elle garde dans sa mâchoire. On dit qu'elle est savoureuse, la vie de la fille, mais personne ne dit à quel point la vie de la mère est succulente. Il est aussi difficile de résister à l'envie de détruire ce qu'on a fait qu'à l'envie de détruire celle qui nous a faite, pas vrai, la souris ? C'est quelque chose de féminin. C'est quelque chose que l'on a dans le sang. Mais il faut bien que quelqu'un prenne en charge toute cette violence. Et si personne ne peut le faire, alors il n'y a plus qu'à entrer dans la peur. Se désaccoucher, comme le docteur Frankenstein avec sa créature. Car ce que tu ne peux pas faire, pour rien au monde, c'est abandonner le bébé, le lancer dans le cratère majeur, le voir cuire dans le magma familial sans t'attendre à ce qu'il revienne telle une balle pour te violer la poitrine. Il faut se porter responsable. Et regarde-moi bien : je décide d'en être responsable. Je sais ce que tu as fait, gamine tarée. À ta meilleure amie, à ta mère, à ton enseignante. C'est moi qui vais t'éduquer. Parfois on souffre tellement qu'il n'y a plus qu'à ramper vers le site des explosions et exploser : BOUM ! Fini tout le mal, fini d'attendre que les choses se terminent, fini de gribouiller dans la cendre comme si nous n'avions jamais grandi. Je vais être franche : je ne tolère plus la vie du corps. Je n'en peux plus de voir mon front se plisser sans cesse davantage ou de me coiffer sans réussir ma raie au milieu. Je ne sais pas faire de lignes droites. C'est ridicule de vouloir te redresser. J'ai consacré des heures à passer et repasser le peigne sur le milieu de mon crâne sans jamais parvenir à tracer sur ma tête une ligne d'horizon nette. Des heures à utiliser le peigne aux dents cassées de ma mère. Mais il faut bien que quelqu'un se porte responsable. Ferme la bouche : tu me dégoûtes, pleine de salive et de morve. Pleine de larmes et d'urine. On rentre dans la peur parce que l'on ne peut plus vivre sur le seuil, palpitante de pierres et de piqûres, alors on rentre dans l'horreur pour ne plus attendre qu'il se passe quelque chose. Pour que ça se passe. Parce qu'il est préférable de se noyer en quelques minutes que de se noyer toute une vie durant, tu comprends ? Il vaut mieux mourir d'un coup que te sentir mourir d'effroi chaque matin au réveil et ne pas pouvoir te démêler les cheveux ni te nettoyer comme il faut la peau sous les seins. Ne pas pouvoir te couper les ongles. Ne pas pouvoir ouvrir les placards. Voir ta mère morte naître dans les vestibules. Quelqu'un doit se rendre responsable de ce que signifie se peigner avec les dents de sa mère. Regarde tes cheveux. Tu m'as laissé des tresses sur les oreillers et des doigts dans la baignoire. Et qu'est-ce que je pouvais faire, moi, si je ne pouvais plus ni sortir ni rentrer ? J'ai besoin de t'apprendre quelque chose d'important, mais certaines choses, quand elles s'apprennent, deviennent une punition. Comme le froid d'un canon en argent. Comme la délicatesse d'une gâchette. Je veux seulement que tu comprennes ce qui va nous arriver maintenant : la panique prendra fin comme tout dans un corps vivant. Nous nous désaccoucherons. Tu m'enfanteras tandis que j'entrerai à l'intérieur de ta mâchoire. Ouvre-toi bien. Ça ne se fait pas d'être si sale et si brute. Elle m'a dit de ne rien dire et je n'ai rien dit, même si j'avais quelque chose à dire et nous voilà ici. Parce que tu l'as mordue et que ça t'a plu. Parce que tu es perverse. Parce que tu es rentrée chez moi. Et maintenant je vais te virer de chez moi. Je vais t'apprendre ce que l'on ressent. Je vais te faire comprendre. Que dis-tu ? Je ne te comprends pas. Je ne te crois pas. Je sais très bien ce que tu as fait. Tu sens la merde parce que tu portes un volcan dans mon cerveau prêt à jaillir. Regarde ce qui se passe : tu vois comme je transpire du lait ?

Bois. Tète. Apprends. Ouvre bien les jambes ! Il s'agit d'entrer dans la peur, pas de la vaincre. On ne peut pas vaincre la peur qui alimente la panique avec du lait frais de maman. On ne peut pas fuir, on ne peut qu'entrer vers l'extérieur. Se désaccoucher. Il faut faire quelque chose. Il faut faire quelque chose avec les gamines tarées comme toi. Parce que, quand on fait quelque chose d'innommable à quelqu'un, il faut savoir assumer la suite. C'est ainsi qu'on fait. Ouvre-toi ! Tu me dégoûtes. Tu me fais horreur. Ta cervelle est un nid de cafards, mais je ne veux pas que tu pleures de terreur, je veux que tu pleures d'empathie. Je veux que tu sentes ce que tu as fait et que tu saches ce que c'est d'annuler l'autre. Que dis-tu ? Que c'est elle qui voulait, tu dis ? Que tu n'es pas rentrée chez moi, tu dis ? Chacun sait jusqu'à quel point il peut supporter tant de bruit, tant de mains. Tu ne sais que faire horreur aux autres, gamine tarée, espèce de souris, nid flottant de cafards. Il s'agit d'entrer dans la peur. D'éteindre les lumières. D'annuler ta mère pour exister au-dessus d'elle. D'aimer son sacrifice. De fermer les portes de chez toi. D'ouvrir les jambes bien au fond de ton ombre. Et de recevoir l'étreinte. Tu vois comme je t'embrasse malgré ce que tu as fait ? Ne t'inquiète pas. C'est comme ça qu'on fait, en un éclair. En une cascade de ciel. Ma mère ne laissait personne rentrer dans sa mâchoire, j'étais la seule à y rentrer, moi, sa génisse de boue. Et j'ai glissé le long de sa gorge. Et j'ai gratté son estomac. Une fille ne se rend jamais compte qu'un jour il lui faudra être la mère à la mâchoire. Mais tu es comme ma fille parce que tu es mon élève. Je me rends responsable de tout le mal que tu fais. Ouvre-toi bien. On va éteindre ensemble les lumières pour qu'apparaisse le Dieu Blanc de ta pensée. L'immense vérité du néant. Tu le sais, non ? Bien sûr que oui. Bien sûr que tu le sais. Tu sais bien que les filles qui ont trop d'imagination finissent tarées, mais à présent tu vas apprendre quelque chose d'important. Réjouis-toi. Voici la couleur de la peur. Le blanc du lait. Le blanc de la mort. Crâne enneigé de Dieu. Bienvenue dans la mâchoire volcanique. Bienvenue chez moi. Entrons.

REMERCIEMENTS

Ce roman n'aurait pas pu s'écrire sans le soutien et la relecture de Guille et Tania, qui m'ont aidée à trouver ses faiblesses. Merci à eux.

Merci également à ma famille qui a supporté mes absences, mon anxiété et mes insomnies.

Merci à Olga Martínez et Paco Robles, les éditeurs de Candaya, qui continuent à publier et à croire en mes exercices funambules.

Merci à Jorge Martillo Monserrate, qui, sans le savoir, m'a prêté pour ce roman le vers « Le port est une peau d'éléphant » extrait de son poème « *El sur* ».

Merci à Bruna Fürst, l'auteure de *Sor Juana : zombies, vampiros y lesbianas*, de m'avoir permis de parler de son projet, qui va d'ailleurs bientôt voir le jour.

Enfin, merci à ceux qui écrivent de bonnes creepypastas et qui avec leurs textes me rappellent que la peur, ce n'est pas le *quoi* mais le *comment*.

Composition : Soft Office.
Achevé d'imprimer
sur Roto-Page
par l'Imprimerie Floch
à Mayenne, en janvier 2022.
Dépôt légal : janvier 2022.
Numéro d'imprimeur : 99669.

ISBN 978-2-07-288286-9 / Imprimé en France.

362600